诸神充满

贾平凹 著

果麦文化 出品

诸神充满·嘉祥延集

目 录

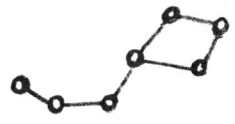

· 辑一 ·

大自然的一切

蛙事	3
眼睛	6
文竹	8
云雀	12
燕子	16
风雨	20
树佛	22
访梅	24
访兰	30
六棵树	33
鸟窠	44
泉	49
木耳	54
一只贝	58
一棵小桃树	62

· 辑二 ·

诸神充满

贺州见闻	69
养鼠记	74
我有一个狮子军	80
动物安详	84
古土罐	87
陶俑	91
一块土地	99
观沙砾记	109
关于埙	112
丑石	114
酒	117
爱的踪迹	121
"卧虎"说——文外谈文之二	125
猎手	130
挖参人	133
阿离	137
观斗	141
壁画	143
天马	147
饮者	151
在玫瑰园里	154

·辑三·

我

辞宴书	159
孤独地走向未来	164
静虚村记	166
凉台记	171
红狐	173
残佛	179
狐石	182
静	185
月鉴	188
茶话	193
玩物铭	197
好读书	214
生活的一种——答友人书	217
自在篇——文外谈文之一	219

· 辑四 ·

看这里的人间

天气	227
地平线	231
十字街菜市	233
五味巷	239
宜君记	245
西安这座城	248
读山	253
未名湖	257
柳湖	259
荒野地	261
游了一回龙门	266
走了几个城镇	270
从棣花到西安	287
忙人——游青城山	292
松云寺	295
夏河的早晨	297
当我路过这段石滩	300
陕西小吃小识录	304

辑一

大自然的一切

美是到处都有的,但美却常常被人疏忽了。你们总是寻那大红大绿,可红得多了,可以使你烦躁,绿得多了,可以使你沉郁,黄得多了,可以使你感伤,只有这白色是无极的,是丰富的,似乎就无极得无有,丰富得荒凉了呢。

蛙事

世上万物都分阴阳，蛙就属于阳，它来自水里。先是在小河或池塘中，那浮着的一片黏糊糊的东西内有了些黑点，黑点长大了，生出条尾巴，便跟着鱼游。它以为它也是鱼，游着游着，有天把尾巴游掉了，从水里爬上岸来。

有两种动物对自己的出身疑惑不已，一种是蝴蝶，本是在地上爬的，怎么竟飞到空中？一种是蛙，为什么可以在湖河里又可以在陆地上？蝴蝶不吭声的，一生都在寻访着哪一朵花是它的前世，而蛙只是惊叫：哇！哇！哇！它的叫声就成了它的名字。蛙是人从来没有豢养过却与人不即不离的动物，它和燕子一样古老。但燕子是报春的，在人家的门楣上和屋梁上处之超然。蛙永远在水畔和田野，关注着吃，吃成了大肚子，再就是繁殖。

蛙的眼睛间距很宽，似乎有的还长在前额，有的就长在了额的两侧，大而圆，不闭合。它刚出生时的惊叹，后来可能是看到了湖河或陆地的许多秽事与不祥，惊叹遂为质问，进而抒发，便日夜蛙声不歇。愈是质问，愈是抒发，生出了怒气和志气，脖子下就有了大的气囊。春秋时越王勾践为吴所败，被释放的路上，见一蛙，下车恭拜，说："彼亦有气者？！"立下雪耻志向，修德治兵，最终成了"春秋五霸"之一。

谐音是中国民间的一种独特思维，把蝙蝠能联系到福，把有鱼能联系到有余，甚至在那么多的刺绣、剪纸、石刻、绘图上，女娲的造像就是只蛙。我的名字里有个凹字，我也谐音呀，就喜欢蛙，于是家里收藏了各种各样的石蛙、水蛙、陶蛙、玉蛙和瓷蛙。在收藏越来越多的时候，我发觉我的胳膊腿细起来，肚腹日渐硕大。我戏谑自己也成一只蛙了，一只会写作的蛙。

或许蛙的叫声是多了些，这叫声使有些人听着舒坦，也让有些人听了胆寒。毛泽东写过蛙诗："独坐池塘如虎踞，绿荫底下养精神。春来我不先开口，哪个虫儿敢作声。"但蛙也有不叫的时候，它若不叫，这个世界才是空旷和恐惧。我在广西的乡下见过用蛙防贼的事，是把蛙盛在带孔的土罐里，置于院子四角，夜里在蛙鸣中主人安睡，而突然没了叫声，主人赶紧出来查看，果然有贼已潜入院。

虽然有青蛙王子的童话，但更有"癞蛤蟆想吃天鹅肉"的笑话。蛙确实样子丑陋，暴睛阔嘴，且短胳膊短腿的，走路还是跳着，一跳一拃远，一跳一拃远。但我终于读到一本古书，上面写着蟾蜍、癞蛤蟆都是蛙的别名，还写着嫦娥的名字原来叫恒我，说："昔者，恒我窃毋死之药于西王母，服之以奔月。将往，而枚占于有黄。有黄占之曰：吉。翩翩归妹，独将西行。逢天晦芒，毋惊毋恐，后且大昌。恒我遂托身于月，是为蟾蜍。"

啊哈，蛙是由美人变的，它是长生，它是黑夜中的月亮。

眼睛

一开窗，天上正经过一架飞机。于是风在起波，云也翻滚，像演了戏，模拟着世上所有的诡谲和荒诞。那些还亮着残光的星星，便瑟瑟不安，最后都病了，黯然坠落。

远处垭口上的塔，渐渐清晰，应该有风铃声吧，传来的却是一群乌鸦，扇着翅膀在咯哇。

高高低低的房子沿着山根参错，随地赋形，棱角崭新，这条小街的形势就有些紧张。那危石上的老松，原本如一个亭子，现在一簇簇针一样的叶子都张扬了，像是披挂了周身的箭。

家家开始生火做饭了，烟从囱里出来，一疙瘩一疙瘩的黑烟，走了魂地往出冒。

一堵墙，其实是牌楼，檐角翘得很高，一直想飞的，到底还是站着。影子在西边瘦长瘦长，后来就往回缩，缩到柱脚下了，是扔着的一件破袄，或者是卧了一只狗。

斜对面的场子边，突出来的崖角上往下流水，水硬得如一根银棍就插在那个潭窝里。有鸡在那里喝水，一个小孩趔趔趄趄也去喝水，他拿着一只碗去接，水到碗里水又跑了，怎么都接不住。

灰沓沓的雾就从山顶上流下来了，是失了脚地流，一下子跌在街的拐弯那儿，再腾起来成了白色的气，开始极快地涌过来。有人吃醉了酒，鬼一样地飘忽着，自言自语。但他在白气里仍然回到了自己家，没有走错门。

那个屋檐下吊着旗幌的门口，女人把门面板一叶一叶安装合拢了，便生起了小炉。一边看着湿漉漉的石板街路，一边熬药。

一个夹着皮包的人已经站在楼下的台阶上，拿着一张纸，在给店主说：这是文件，从北京到的省里，从省里到的县里，县里需要你们认真学习。店主啊啊着，在刮牙花子，抹在纸的四角，再把纸直接贴在了门上。

窗子关上了，窗子在褪色：由亮到灰，由灰到黑，全然就是夜了。拉灭了灯，灯使屋子在夜里空空荡荡。空荡里还是有着光和尘，细菌和病毒呀，用力地挥打了一下，任何痕迹都没有留下。

突然手机在桌面上嘶叫着打转儿，像是一只按住了还挣扎的知了。机屏上显示的是那个欧洲朋友的名字。

还是坐下来吧。久久地坐在镜子前，镜子里是我。

我是昨天晚上从城里来到了秦岭深处的小镇上，一整天都待在这两层楼的客栈里。我百无聊赖地在看着这儿的一切，这儿的一切会不会也在看着我呢？我知道，只有我看到了也有看我的，我才能把要看的一切看疼。

文竹

　　离开我的文竹，到这闹闹嚷嚷的城市里采购，差不多是一个月的光景了。一个月里，时间的脚步儿这般踟蹰，竟裹得我走不脱身去，夜里都梦着回去，见到了我的文竹。

　　去年的春上，我去天静山上访友，主人是好花的，植得一院红的白的紫的，然而，我却一下子看定了那里边的这盆文竹了。她那时还小，一个枝儿，一拃高的上来，却扁形地微微仄了身去，未醉欲醉的样子，乍醒未醒的样子。我爱怜地扑近去，却舍不得手动，出气儿倒吹得她袅袅浮拂，是纤影儿的巧妙了，是梦幻儿的甜美了。我不禁叫道："这不是一首诗吗？"主人夸我说得极是，便将她送与我了。从此我得了这仙物，置在我的书案，成为我书房的第五宝了。她果然地好，每天夜里，写作疲倦了，我都要对着那文竹坐上片刻：月光是溶溶的，从窗棂里悄没声儿地进来，文竹愈觉得清雅，长长的叶瓣儿呈着阴阴，楚楚的，似乎色调又在变幻……这时候，我心神俱静，一切杂思邪念荡然无存，心里尽是绿的纯净，绿的充实。一时间，只觉得在这深深的黑夜里，一切都消失了，只有我了；我也要在这深深的夜里化羽而去了呢。

她陪着我，度过了一个春天，经过了一个冬天，她开始发了新枝，抽了新叶，一天天长大起来，已经不是单枝，而是三枝四枝，盈盈的，是一大盆的了。我真不晓得，她是什么精灵儿变的，是来净化人心的吗？是来拯救我灵魂的吗？当我快乐的时候，她将这快乐满盆摇曳；当我烦闷的时候，她将这烦闷淡化得是一片虚影。我就守在她的面前，弄起笔墨，做起我的文章了。人都说我的文章有情有韵，那全是她的，是她流进这字里行间的。啊，她就是这般美好，在这个世界里，文竹是我的知己，我是再也离不得她了。

然而，我却告别了她，到这闹市里来采购，将她托付养育在隔壁的人家了。

这人家会精心养育吗？他们是些粗心的人，会把她一早端在阳光下晒着，夜来了，会又端着放在室里吗？一天可以办到，两天可以办到，十天八天，一个月，他们会是不耐烦了，把她丢在窗下，随那风儿吹着，尘儿迷着，那叶怕要黄去了，脱去了，一片一片，卷进那猪圈牛棚任六畜糟蹋去了。那么，每天浇一次水，恐怕也是做不到的，或许记得了倒一碗半杯残茶，或许就灌一勺涮锅水呢。那文竹怎么受得了呢？她是干不得的，也是湿不得的。夕阳西下的时候，托一碗水来，那不是净水，也不是溶着化肥的水,是在瓶子里沤了很久的马蹄皮子的水,端起来,点点滴滴地渗下去的呢……

唉,我真糊涂,怎么就托付了他们,使我的文竹受这么大的委屈啊!

采购还没有完成,身儿还不能回去,愁得无奈了,我去跑遍这城的所有公园,去看这里的文竹。文竹倒也不少,但全都没有我的文竹的天然,神韵也淡多了,浅多了。但是,得意扬扬之际,立即便是无穷无尽地思念我的文竹的愁绪。夜里歪在床头,似睡却醒,梦儿便姗姗地又来了。但来到的不是那文竹,是一个姑娘。我惊异着这女子的娟好,她却仄身伏在门上,抖抖削肩,唧唧嗒嗒地哭泣了。

"你为什么哭了?"我问。

"我伤心,我生下来,人人都爱我,却都不理解我,妒忌我,我怎么不哭呢?"她说,眼泪就流了下来。

哦,这般儿的女子处境,我是知道的:她们都是心性儿天似的清高,命却似纸一般地贱薄,峣峣者易折,皎皎者易污啊。

"他们为什么这样?他们为什么要这样?"

我却淡淡地笑了:

"谁叫你长得这么美呢?"

她却睁大了眼睛,定定地看着我,有了几分愤怒;我很是窘了。她突然说:

"美是我的错吗?我到这个世上来,就是来作用、贡献美的。或许我是纤弱的,但我娇贵,但我任性,我不容忍任何污染!"

我大大地吃惊了：

"你是谁，叫什么名字？"

"文竹！"

文竹？我大叫了一声，睁开眼来，才知道是一场梦了。啊，是一场梦呢！往日的梦醒，使我空落，这梦，却使我这般地内疚，这般地伤感呢！我沉吟着，感到我托付不妥的罪过，感到我应该去保护的责任；我一定是要回去的了，我得去看我的文竹了。

云雀

小小的时候,我眼见过一个奇妙的现象,便不敢忘去;一直到现在,我已是垂垂暮年了,但仍还百思不得其解呢。

我们的隔壁,是住着一位老头的。他极能养鸟,门前的木架上,吊下各式各样的鸟笼,里边住着云雀、绿嘴、画眉、黄鹂儿……尽是些可怜可爱的生灵儿。整天整天里,我们就守在那鸟笼下,听着它们鸣叫。叫声很是好听,尤其那只云雀,像唱歌一样,打老远就能听见,使人禁不住要打一个麻酥酥的颤儿了。

时间一长,那云雀声就不比以前那么脆了,老头便给它吃最好的谷,喝最清的水,稍不鸣叫,就万般逗弄;于是它就又叫起来了。但它叫起来的时候,总是在笼里不能安宁,左一撞右一碰的,常常把黄黄的小嘴从笼格里挤出来,盯着高高的云天,叫得越发哑了。

"它唱得太疲劳了。"我们都这么说,便去给老头建议,不要逗弄它了吧。

但是，每每黎明的时候，它就又叫起来了，而且每个黎明都叫。我们爬起来，从窗口里看去，天刚刚发亮，云升得很高很高，老头并没有起床呢。于此才明白别人不逗弄它，它还是每天要叫的；依然嘴挤在笼格外边，翅膀扑扇着，竟有几根茸茸的羽毛掉了下来。

"它在练嗓子吗？"妹妹说。

"不，它那嗓子已经哑了。"我说。

"那它为什么还要唱呢？"

"谁知道呢！你听，它是在唱一支忧郁的歌吗？"

细细听起来，果然那叫声充满了忧郁；那往日里悠悠然的叫声原来是痛苦的呼喊呢！

"是它肚子饥了，渴了吧？"妹妹又说。

我们跑过去，要给它添些食儿，却看见笼里，满满地放着一盘黄谷，一盘清水：这便又使我们迷糊了。

"一定是向往着云天吧。"

我们这么不经意地说过，立即便觉得是很正确的了。想，它未被老头捉住之前，它是飞在天上的，天那么空阔，天便全然是它的；黎明的时候，它一定是飞得像云一样地高，向黑暗宣告着光明。如今，黎明来了，它却飞不出去，才这么发疯似的抗议了！我们在笼下捡起那抖落下的羽毛，深深地感到它的可怜了。

我们把这想法告诉给老头，老头笑我们可爱，却终没有放了它去。它每天还是这么叫着，唱那一支忧郁的歌。

我们终于不忍了，在一个黎明，悄悄起来，拆开了笼的门，放它出去了。它一下子飞到了柳树梢上，和柳梢一起激动，有些站不稳，几乎就要掉下来了。但立即就抖抖身子，对着我们响亮地叫了一声，倏忽消失在云天里不见了。

老头发觉走失了云雀，捶胸顿足了一个早上，接着就疑心被人放走的，大声叫骂。我们听了，心里却充满欢乐，觉得干了一件伟大的事情。

云雀飞走了，我们却时时恋念着它，当看着那笼里的绿嘴、黄鹂、画眉，就想它这个时候，是在天的哪一角呢？在云的哪一层呢？它该是多么快活，那唱的，再也不是忧郁的歌了，而是凌云之歌，自由之歌，生命之歌了啊！

一天过去了，两天过去了，突然，我们在那棵柳树上，却发现了它。它样子很单薄，似乎比以前消瘦多了，也疲倦多了；在风里，斜了翅膀，上下怯怯地飞。我们惊喜地呼唤它，但立即就赶走了它，怕那老头发现了，又要捉它回去。

但是，就在第四天的早上，我们刚刚醒来，突然就又听到了云雀的叫声。赶忙跑出门，看那柳树，柳树上没有它。老头却在大声地喊叫我们了：

"啊，云雀，还是我的那只云雀！"

我们看时，老头正提着那个鸟笼。笼门已经重新封了，云雀果然就在里边，一声一声地叫。这使我们大惊失色，责问他怎么又提了它，老头说：

"哪里！是它飞回来的；这鸟笼一直在那里空着，它就飞回来了呢。"

"这怎么可能呢?"我们说。

"怎么不可能呢?"老头说,笑得更得意了,"我已经喂它两年了,这笼里多舒服啊!"

我们走近去,云雀待在那里,急急地吃着那谷子,喝着那清水,好像它一直在饿着,在渴着,末了,就静静地卧下来,闭上了眼睛,做着一种疲乏后的休息。

我们默默地看着它,这只美丽的云雀,再没有说出话来。

燕子

　　不见了燕子，已是七八年的光景；我常常在城里觅寻，但每每却都失望了。商场的大厅里，它自然不肯去的；那高达十几层的楼顶上，我爬上去了，也不曾见它的窠儿筑着；我也专意到公园过了一次，那水光山色里，也没它的足迹。啊，可亲的燕子，难道你是在地球上灭绝了吗，还是不肯到这大城市里来？这么苦着我，使我夜夜梦着你的倩影和呢喃的低吟，而哀愁儿不能自已！

　　记得在乡里的时候，天一暖和，它就来了，住在我家低低的草屋的梁上，一直到天气变冷的深秋了，才要离去。它是穿着一件黑外衣的，总是把头裹得严严，似乎是一个寡妇，整日呢呢喃喃，一副懦弱而固执的模样。我刚刚会爬，光着屁股在土窝里滚，尿下了，又用手去和泥玩。后来，稍稍大点，就去放牛；我摘过草莓子吃，也趴在河里喝水，也坐在阳坡上捉虱，甚至跟着奶奶，一块去山坡上的庙中烧香磕头呢。可走到哪里，燕子总陪伴了我，当我念叨着"虱多钱多""眼不见为净"的话时，燕子就不住地细语。别人听不懂那是说些什么，我是听明白了：它是懂得我们的，常常只要学着一声呢喃的叫声，它就会飞到我们手掌上来呢。

在我的童年幼年里，饲养过猫儿狗儿，但猫儿容易背叛，狗儿又多恶事，唯有燕子是最好的了。在这四山之间的地方，它给了我乐趣，也给了我得意。我年年盼着它来，它果然也就来了。一直过了好多年，它还是它的老样儿，年年还记着这么个草屋呢。

我长成大人了，从乡里到大城市里求学，我却深深地羞愧起儿时的愚昧，时常想起来，就感到脸红。然而，燕子，它还住在我家的木梁上吗？它还在说着那些永不改音的古老的话吗？我想把这一切的变化，一切的见识，诉说给它，但却再也寻不着它了。

终有一日，市里开会，会址是一座七层楼的大会议室，摆设十分讲究。我靠近那面一人多高的玻璃窗前，正听着报告，突然有了一片呢呢喃喃的叫声；神经立即触动了。举头看时，那窗外的半空，灰白色里，翻动着无数的黑点。啊，燕子，是我可亲的燕子！它竟到城市里来了，来得又是那么地多！在这个世界上，它是无处不去的；往日我怨恨它的不来，原来是我的少见多怪了！

燕子越来越多了，组成了一个燕子阵，使夕阳晚照的天，也不明朗起来。但是，却没有一只是冲着这座七层楼来的。我探出头看去，四面都是高楼大厦，燕子盘旋成一团，全是绕着右侧的一座并不高大的鼓楼飞的，在那鼓楼的顶上、檐下、栏里、阶内，出出进进，鸣叫不已。

这竟使我疑惑不解了。会议刚一休息，我就走到凉台上，想：鼓楼并不高大，也不艳丽，因年久失修，梁上已没了雕，栋上也没了画，连那临风叮当的挂铃也没有了，那有什么可吸引的呢？

"它为什么不到四周的高楼大厦上来？"

"高楼大厦是现代化的。"旁边有人说。

"现代化的为什么它就不来？"

"它是留恋古老的。"

我不大理会，便噘起嘴来，作弄出儿时学会的燕鸣声，但它们纷纷从我身边飞过，却没有一只落下来，尽趋着鼓楼而去了。

"咳，"我长叹了一口气，"它们把我也忘了。"

"是你忘了你。"

是的，是我忘了我了，我再不是那么个流着黄涕的孩子了，我长成大人，我有了知识，它认得的只是过去的我！但我自豪，我得意，我终究不是往日的我了。可它，我的燕子，面对这现代化的建筑，无动于衷，疯狂儿恋着鼓楼，是因为只有这一处鼓楼，才是它们有情物，它们呢呢喃喃，只有将这永世不变的语言说给鼓楼，控诉、抗议这么大个城市里，再没有了它们的去处吗？

啊，燕子，我不禁悲伤起来了：时至今日，还这么固执，这么偏见，不肯落脚在新的建筑，硬要向腐朽欲倾的鼓楼飞去，那么，城市将永远不会是你的天地了，现代建筑愈来愈多，你不是便要真的消亡了吗？咳，我该怎么说呢，我可怜的燕子，我可悲的燕子！

风雨

树林子像一块面团了，四面都在鼓，鼓了就陷，陷了再鼓；接着就向一边倒，漫地而行的；忽地又腾上来了，飘忽不能固定；猛地又扑向另一边去，再也扯不断，忽大忽小，忽聚忽散；已经完全没有方向了。然后一切都在旋，树林子往一处挤，绿似乎被拉长了许多，往下扭，往上扭，落叶冲起一个偌大的蘑菇长在了空中。哗的一声，乱了满天黑点，绿全然又压扁开来，清清楚楚看见了里边的房舍、墙头。

垂柳全乱了线条，当抛举在空中的时候，却出奇地显出清楚，刹那间僵直了，随即就扑撒下来，乱得像麻团一般。杨叶千万次地变着模样：叶背翻过来，是一片灰白；又扭转过来，绿深得黑青。那片芦苇便全然倒伏了，一截断茎斜插在泥里，响着破裂的颤声。

一头断了牵绳的羊从栅栏里跑出来，四蹄在撑着，忽地撞在一棵树上,又直撑了四蹄滑行,未了还是跌倒在一个粪堆旁,失去了白的颜色。一个穿红衫子的女孩儿冲出门去牵羊,又立即要返回,却不可能了,在院子里旋转,锐声叫唤,离台阶只有两步远,长时间走不上去。

槐树上的葡萄蔓再也攀附不住了,才松了一下屈蜷的手脚,一下子像一条死蛇,哗哗啦啦脱落下来,软成一堆。无数的苍蝇都集中在屋檐下的电线上了,一只挨着一只,再不飞动,也不嗡叫,黑乎乎的,电线愈来愈粗,下坠成弯弯的弧形。

一个鸟窠从高高的树端掉下来,在地上滚了几滚,散了。几只鸟尖叫着飞来要守住,却飞不下来,向右一飘,向左一斜,翅膀猛地一颤,羽毛翻成一团乱花,旋了一个转儿,倏忽在空中停止了,瞬间石子般掉在地上,连声响儿也没有。

窄窄的巷道里,一张废纸,一会儿贴在东墙上,一会儿贴在西墙上,突然冲出墙头,立即不见了。有一只精湿的猫拼命地跑来,一跃身,竟跳上了房檐,它也吃惊了;几片瓦落下来,像树叶一样斜着飘,却突然就垂直落下,碎成一堆。

池塘里绒被一样厚厚的浮萍,凸起来了,再凸起来,猛地撩起一角,唰地揭开了一片;水一下子聚起来,长时间地凝固成一个锥形;啪地摔下来,砸出一个坑,浮萍冲上了四边塘岸,几条鱼儿在岸上的草窝里蹦跳。

最北边的那间小屋里,木架在吱吱地响着。门被关住了,窗被关住了,油灯还是点不着。土炕的席上,老头在使劲捶着腰腿,孩子们却全趴在门缝,惊喜地叠着纸船,一只一只放出去……

树佛

我称柿树为佛，柿树嫁接了结果，如女子成熟少妇乃渐入渐老之境。

这佛在北方的山峁存生，山峁不平，随势筑形。远看浑然椭圆，恍惚疑涌地而起若峁上之峁，又如天外飞来，浮聚了一堆浓云，这是佛的雍雍体态了。再远看黑粗的主干恰与细微的梢枝组合，叶脉的枝条辐射为扇面，枝梢分丫，这是佛的柔柔千面手了。再远看梢丫错综复杂，在天的衬景上如透雕又如剪纸，天成了撕碎的白纸虚幻衍化，这是佛之煌煌灵晕了。再远看，再远看，倏忽纳嚣风而使其寂然消声，骤然吸群鸟而又轰然释放，这是佛的浩浩法度了。

树而为佛，树毕竟有树的天性，它爱过风流，也极够浪漫，以有弹性的枝和柔长的叶取悦于世。但风的抚摸使它受尽了方向不定的轻薄，鸟的殷勤使它难熬了琐碎饶舌的嚣烦。北方旱水，北方不宜桃李。要经见日月运转四季替换，要向往高天听苍鹰鸣唤，长长的不被理解的孤独使柿树饱尝了苦难，苦难中终于成熟，成熟则为佛。佛是一种和涵，和涵是执着的极致；佛是一种平静，平静是激烈的大限；荒寂和冷漠使佛有了一双宽容温柔的慈眉善眼，微笑永远启动在嘴边。

佛以树而显身了，难道为着的是瘠贫的山峁，为着的是委琐了的农人？

有树佛存在，大美便在了世间。

阿×，你知道吗？在黄河龙门的东岸山塬上，我第一次觉悟到了柿树的佛，感受了从未有过的神圣和亲近啊！

访梅

小时候，对于我们这些孩子，冬天实在是单调的日子；春天夏天的花花绿绿的色彩，全然消失了，甚至连一只花翎的鸟儿也飞绝了。到处是一片白。游戏也懒得去做，顶多是去大场踢毽子，踢上一气，也索然无味。只好待在家里的火塘边看那红光，看着看着，那火烧到旺处，却也成了白色。正难熬着，听奶奶说，舅爷要来家了。这使我们十分高兴，盼了整整十天，差不多要失望了，他才姗姗来了。

舅爷是个画家，住在远远的大城里，听奶奶说，他的名气老大，在国外也办过画展。但我们翻看他的画集，却并不佩服他，他的画简单极了，每幅画都懒得去画满，往往就是那么几块几笔水墨，那蚂蚱，似乎并不就是蚂蚱，那小鱼，似乎并不就是小鱼。我们当时就哧地笑了，觉得跟我们的画差不多呢。于是乎，他来后的第二天，我们就不敬而远之了，随便着和他对话，笑上

蛙

梅花

几声,缠他讲城市的故事,日子也觉得有些生气。但是,他却提出要出外作画去,大雪天里,天地一片儿白,有什么可画的呢?我们很有几分疑惑,更有了几分好奇,便闹嚷嚷地厮跟了他去。

从窄窄的雪巷里蹚出去,过了大场,一直往村后的小山包上走去。山包上雪落得很厚,夏天里,我们在这里捉毛老鼠的那片乱坟,什么凹的凸的地也没有了;夜里打着手电,悄悄来掏灰鸽子的树上,没了窠儿,也没有一片叶子。这里有什么可画的呢?舅爷拣着一块石头坐下,眯缝了那双眼睛,左看看,右看看,看远又看近。足足那么了半个时辰,就拿出画夹,开始画起来了。我们一眼一眼看,看着看着,果然天地单调,画面更单调。

"单调吗?"舅爷说。

"单调极了。"我们说,"我们给你寻些能画的色彩吧。"

"找些什么色彩呢?"

"譬如梅花,那花是多么红呢!"

舅爷笑了,叮咛我们小心去寻。

"去吧,舅爷等着你们寻来最美的东西。"

我们跑去了,先是到了东边,那是一漫斜坡,稀稀地站着几株柿树,如今光裸裸的,没有一颗红艳艳的果子,铁似的枝条,衬在雪里,似乎在做着沉思。再往远去,有一簇村庄,屋顶蓝锃锃的瓦没见了,村前那口满是绿荷的池塘没见了,村口跑出一头毛驴,也是满身潮了霜,灰不溜丢的。

我们又跑到山包北边,下去一里,便是清阳河了。往日里,那是个大草坝,上面有着青茵茵的草,草里长着花,黄的、红的、紫的、蓝的。我们把羊赶上去,羊在啃草,我们就采花编着花环。傍晚回家,我们脖子上挂着花环,羊脖子上也挂着花环。可如今,什么也没有了,雪埋得平平的,偶尔看得见一丛草尖冒上来,那已经干枯了,霜冻得很硬,一有风就嘤嘟嘟响。

我们又跑到山包西边,心想这儿一定是会有梅的,因为长着密密的树。但是,我们细细地在树林子里找了,并没有什么梅的,甚至连别的什么颜色的东西也没有。我们一下子都坐在雪窝里,觉得这冬天里,实在是没有什么可画的色彩了,一时之间,又觉得舅爷可笑:连色彩都没有,还谈得上什么美吗?真后悔不该这么跑了山包的几面坡,更后悔压根儿就不该跟着舅爷到这里来呢。

可是,我们转回到舅爷那儿,他却已画了四张画,虽然又是那么几笔,树并不就是那树,桥并不就是那桥。看见了我们,说:

"孩子,寻到了吗?"

"什么也没寻到。"

"只是白的吗?"

"只是白的。"

"好了,找到了。"

"找到了?找到什么了?"

"找到了只是白的。"

"白的有什么意思?"

"你们想想,天是什么?天是云。云是什么?云是蒸汽。蒸汽是什么？蒸汽是水。水是什么？水是白的。天上地下，哪一样不是白色的呢？白色是最美的色彩呢！"

"那么说，"我们一时狐疑了，"什么东西里，什么时候难道都有美吗？"

"对了，孩子！美是到处都有的，但美却常常被人疏忽了。你们总是寻那大红大绿，可红得多了，可以使你烦躁，绿得多了，可以使你沉郁，黄得多了，可以使你感伤，只有这白色是无极的，是丰富的，似乎就无极得无有，丰富得荒凉了呢。"

我们都哑然了，虽然听得并不甚明白，但毕竟惭愧起来，而且自那以后，愈来愈加深了理解，深深地后悔辜负了多少个冬天，使多少个美好的东西毫无意义地无知地消磨过去了。

访兰

　　父亲喜欢兰草,过些日子,就要到深山中一趟,带回些野兰来培栽;几年之间,家里庭院就有了百十余品种,像要做一个兰草园圃似的。方圆十几里的人就都跑来玩赏。父亲并不以此得意的,而且倒有了几分愠怒;时又进山去,便从此不再带回那些野生野长的兰草了。这事很使我奇怪,问他,又不肯说,只是有一次再进山的时候,要我和他一块儿:"访山去吧!"

　　我们走了半天,一直到了山的深处。那里有一道瀑布,几十丈高地直直垂下,老远就听到了轰轰隆隆地响,水沫扬起来,弥漫了半天,日光在上面浮着,晕出七彩迷离的虚幻。我们沿谷底走,便看见有很多野兰草,盈尺高的,都开了淡淡的兰花,像就地铺着了一层寒烟;香气浓烈极了,气浪一冲,站在峡谷的任何地方都闻到了。

　　我从未见过这么清妙的兰草,连声叫好,又动手要挖起一株来，想，父亲会培育这仙品的：以前就这么挖回去，经过一番培栽，就养出了各种各样的品类、形状的呢！

父亲却把我制止了，问道："你觉得这里的兰草好呢，还是家里的那些好？"我说："这里的好！""怎么个好呢？"我却说不出来。家里的的确比这里的看着好看，这里的却比家里的清爽。"是味儿好像不同吗？"

"是的。"

"这是为什么？一样的兰草，长在两个地方就有了两个味儿？！"

父亲说："兰草是空谷的幽物，得的是天地自然的原气，长的是山野水畔的趣姿；一培栽了，便成了玩赏的盆景。"

"但它确实叶更嫩，花更繁更大了呢！"

"样子是似乎美了，但美得太甜，太媚，格调也就俗了。"

父亲的话是对的。但我却不禁惋惜了：这么精神的野兰，在这么个空谷僻野，叶是为谁长的，花是为谁开的，会有几个知道而欣赏呢？

"这正是它的不俗处。它不为被欣赏而生长，却为着自己的特色而存在着，所以它才长的叶纯，开的花纯，楚楚的有着它的灵性。"

我再不敢去挖这些野兰了。高兴着它的这种纯朴，悲痛以前为什么喜爱着它而却无形中就毁了它呢！

父亲拉我坐在潭边，我们的身影就静静地沉在水里；他看着它，也在看着我，说："做人也是这样啊，孩子！人活在世上，不能失了自己的真性，献媚处事，就像盆景中的兰草一样降了品格；这样的人是不会给社会有贡献的。"

我深深地记着父亲的话。从那以后，已经是十五年过去了，我一直未敢忘却过。

六棵树

　　回了一趟老家,发现村子里又少了几种树。我们村在商丹川道是有名的树园子,有四十多种树。自从炸药轰开了这个小盆地西边的牛背梁和东边的烽火台,一条一级公路穿过,再接着一条铁路穿过,又接着修起了一条高速公路,我们村子的地盘就不断地被占用。拆了的老院子还可以重盖,而毁去的树,尤其是那些唯一树种的,便再也没有。这如同当年我离开村子时的那些上辈人和那些农具,三十多年里就都消绝了。在巷道口我碰到了一群孩子,我不知道这都是谁家的子孙,问:知道你爷的名字吗?一半回答是知道的,一半回答不知道。再问:知道你姥爷的名字吗?几乎都回答不上来。咳,乡下人最讲究的是传承香火,可孩子们却连爷或姥爷的名字都不知道了。他们已不晓得村子里的四十多种树只剩下了二十多种,再也见不上枸树、榭树、棠棣、栎、桧、柞和银杏木、白皮松了,更没见过纺线车、鞋拔子、捞兜、牛笼嘴、曳绳、槌枷、檐簸子。记得小时候我问过父亲，老虎是什么，熊是什么，黄羊和狐狸是什么，父亲就说不上来，一脸的尴尬和茫然。我害怕以后的孩子会不会只知道了村里的动物只是老鼠苍蝇和蚊子，村里的树木只是杨树柳树和榆树？所以，就有了想记录那些在三十年间消绝的花草树木、飞禽走兽、农耕用具的欲望。

现在，我先要记的是六棵树。

皂角树。我们的村子分涧上涧下，这棵皂角树就长在涧沿上。树不是很大，似乎老长不大，斜着往涧外，那细碎的叶子时常就落在涧根的泉里。这眼泉用石板箍成三个池子，最高处的池子是饮水，稍低的池子淘米洗菜，下边的池子洗衣服。我小时候喜欢在泉水边玩，娘在那里洗衣服，倒上些草木灰，揉搓一阵子了，抡着棒槌啪啪地捶打。我先是趴在饮水池边看池底的小虾游来游去，然后仰头看皂角树上的皂角。秋天的皂角还是绿的，若摘下来最容易捣烂了去衣服上的垢痂，我就恨我的胳膊短，拿了石子往上掷，企图能打中一个下来。但打不中，皂角树下卧着的狗就一阵咬，秃子便端个碗蹴在门口了。

皂角树属于秃子家的，秃子把皂角树看得很紧。那年月，村人很少有用肥皂的，皂角可以卖钱，五分钱一斤。秃子先是在树根堆了一捆野枣棘，不让人爬上去，但野枣棘很快被谁放火烧了。秃子又在树身上抹屎，臭味在泉边都能闻见，村人一片骂声，秃子才把屎擦了。他在夹皂角的时候，好多人远远站着看，盼望他立脚不稳，从涧上摔下去。他家的狗就是从涧上摔下去过，摔成了跛子，而且从此成了亮瞉。亮瞉非常难看，后腿间吊着那个东西。大家都说秃子也是个亮瞉，所以他已经三十四五了，就是没人给他提亲。

秃子四十一岁上，去深山换苞谷。我们那儿产米，二三月就拿了米去深山换苞谷，一斤米能换三斤苞谷。秃子就认识了那里一个寡妇。寡妇有一个娃，寡妇带着娃就来到了他家。那寡妇后来给人说：他哄了我，说顿顿吃米饭哩，一年到头却喝米角儿粥！

但秃子从此头上一年四季都戴个帽子，村里传出，那寡妇晚上睡觉都不允他卸下帽子。邻居还听到了，寡妇在高潮时就喊：卫东，卫东！村人问过寡妇的儿子：卫东是谁？儿子说是他爹，他爹打猎时火枪炸了，把他爹炸死了。大家就嘲笑秃子，夜夜替卫东干活哩。秃子说：替谁干都行，只要我在干着。

村人先是都不承认寡妇是秃子的媳妇，可那女人大方，摘皂角时看见谁就给谁几个皂角。常常有人在泉里洗衣服，她不言语，站在涧上就扔下两个皂角。秃子为此和女人吵，但女人有了威信，大家叫她的时候，开始说：喂，秃子的媳妇！

秃子的媳妇却害病死了，害的什么病谁也不知道，而秃子常常要到坟上去哭。有一年夏天我回去，晚上一伙人拿了席在麦场上睡，已经是半夜了，听见村后的坡根有哭声，我说：谁哭呢？大家说：秃子又想媳妇了。

又过了两年，我再一次回去，发觉皂角树没了，问村人，村人说：砍了。二婶告诉我，秃子死了媳妇后，和媳妇的那个儿子合不来，儿子出外再没有音信，秃子一下子衰老了，五十多岁的人看上去有七十岁。他不戴帽子了，头上的疤红得像烧过的柿子，一天夜里就吊死在皂角树上，皂角落得泉边到处都是。这皂角树在涧上，村人来打水或洗衣服就容易想起秃子吊死的样子，便把皂角树砍了。

药树。药树在法性寺的土崖上，寺殿的大梁上写着清康熙初年重建，药树最少在这里长了三百年。我记事起，法性寺里就没有和尚，是小学校，铃声是敲那口铁铸的钟，每每钟声悠长，我就感觉是从药树上发出来的。药树特别粗，从土崖上斜着往空中长，树皮一片一片像鳞甲，村人称作龙树。那时候我们那儿还没有发现煤，柴火紧张，大一点儿的孩子常常爬上树去扳干枯了的枝条，我爬不上去，但夜里一起风，第二天早晨我就往树下跑，希望树上的那个鸟巢能掉下来，鸟巢是可以做几顿饭的。

药树几乎是我们村的象征。人要问：你是哪儿的？我们说：棣花的。问：棣花哪个村？我们说：药树底下的。

我在寺里读了六年书，每天早晨上完操校长训话，我抬头就看到药树。记得一次校长训话突然提到了药树，说早年陕南游击队在这一带活动，有个共产党员受伤后在寺里养伤住了三年，新中国成立后当了三年专员，因为寺里风水好，有这棵龙树。校长鼓励我们好好学习，将来也成龙变凤。母亲对我希望很大，大年初一早上总是让我去药树下烧香磕头，她说：你要给我考大学！

但是，我连初中还没读完，"文革"就开始了，辍学务农，那时我十四岁。

我回到村里，法性寺小学也没了师生，驻扎了当地很大的一个造反派的指挥部。有了这个指挥部，我们从此没有安宁过，经常是县城过来的另一个造反派的人来攻打，双方就在盆地东边的烽火台上打了几仗。好像是这个造反派的人赢了，结果势力越来越大。忽然有一天，一声爆炸，以为又武斗了，母亲赶紧关了院门，不让我们出去。巷道里有人喊：不是武斗，是炸药树了！等村人赶到寺后的土崖上，药树果然根部被炸药炸开，树干倒下去压塌了学校的后院墙。原来造反派每日有上百人在那里起灶做饭，没有了柴火，就炸了药树。

村里人都傻了眼，但村里人没办法。到了晚上，传出消息，说造反派砍了药树的枝条，而药树身太粗砍不动也锯不开，正在树上掏洞再用炸药炸。队长就和几位老者在寺里和指挥部的人交涉，希望不要炸树身，结果每家出一百斤柴火把树身保全下来。

树身太大，无法运出寺，就用土掩埋在土崖下，但树的断茬口不停地往出流水，流暗红色的水，把掩埋的土都浸湿了，二爷说那是血水。

村人背地里都在起毒咒：炸药树要遭报应的！果不其然，三个月后，烽火台又武斗了一场，这个造反派的人死了三个，两个就是在药树下点炸药包的人。而"文革"结束后，清理阶级队伍，两个造反派的武斗总指挥都被枪毙了。

我离开村子的那年，村人把药树挖出来，解成了板，这些板做了桥板就架设在村前的丹江上。

楸树。高达二十米，叶子呈三角形，叶边有锯齿，花冠白色。楸树的木质并不坚实，有点儿像杨树。这棵树在刘新来家的屋后，但树却属于李书富家。刘新来家和李书富家是隔壁，但李书富家地势高，刘新来家地势低，屋后的阳沟里老是湿津津的，很少有人去过。楸树占的地方窄狭，就顺着涧根往高里长，枝叶高过了涧畔。刘家人丁不旺，几辈单传，到了刘新来手里，他在外地工作，老婆和儿子在家，儿子就患了心脏病，一年四季嘴唇发青。阴阳先生说楸树吸了刘家精气，刘新来要求李书富把楸树伐了，李书富不同意，刘新来说给你二百元钱把树伐了，李书富还是不同意。

刘新来的老婆带了儿子去了刘新来的单位，一去三年没有回来。那时候我和弟弟提了笼子拾柴火，就钻进刘家屋后砍涧壁上的荆棘，也砍过楸树根。楸树根像蛇一样爬在涧壁上，砍一截下来，根就冒白水，很快颜色发黑，稠得像胶。我们趴在院门缝往里看，院子里蒿草没了台阶，堂屋的门框上结个大蜘蛛网，如同挂了个筛子。

李书富在秋后打核桃的时候从树上掉下来，把脊梁跌断了，卧床了三年，临死前给老伴说：用楸树解板给我做棺材。他儿子在西安打工，探病回来就伐倒了楸树。伐楸树费了劲，是一截一截锯断用绳吊着抬出来，解成了板。李书富一死，儿子却没有用楸树板给他爹做棺材，只是将家里一个老式板柜锯了腿，将爹装进去埋了。埋了爹，儿子又进城打工了。李书富的老伴还留在家里，对人说：儿子在城里找了个对象，这些木板留着做结婚家具呀。我也要进城呀，但我必须给他爹过了百天，百天里这些木板也就干了。

百天过后，李书富的儿子果然回来接走了老娘，也拉走了楸木板。而在这一天，刘新来家的堂屋倒塌了。

香椿。村里原来有许多椿树，我家茅坑边就有一棵，但都是臭椿，香椿只有一棵。这一棵长在莲叶池边的独院里，院里住着泥水匠，泥水匠常年在外揽活，他老婆年龄小得多，嫩面俊俏。每年春天，大家从墙外经过，就拿眼盯着香椿的叶子发生。

男人们都说香椿好，前院的三婶就骂：不是香椿好，是人家的老婆好！于是她大肆攻击那老婆，说人家走路水上漂是因为泥水匠挣了钱给买了一双白胶底鞋，说人家奶大是衣服里塞了棉花，而且不会生男娃，不会生男娃算什么好女人？

三婶有一个嗜好，爱吃芫荽。她在院子里种了案板大片芫荽，每一顿饭，她掐几片芫荽叶子切碎了搅在饭碗里。我们总闻不惯芫荽的怪气味，还是说香椿好，香椿炒鸡蛋是世上最好的吃食。

社教的时候，村里重新划阶级成分。泥水匠原来的成分是中农，但村人说泥水匠的爹在新中国成立前卖掉了十亩地，他是逮住要解放的风声才卖的地，他应该是漏划的地主，结果泥水匠家就定为地主成分。是地主成分就得抄家，抄家的那天村人几乎都去搬东西，五根子板柜抬到村饲养室给牛装了饲料，八仙桌成了生产队办公室的会议桌。那些盆盆罐罐都被砸了，院子里的花草被踏了。三婶用镰割断了那爬满院墙的紫藤萝，又去割那棵香椿，割不动，拿斧头砍，就把香椿树砍倒了。

从此村里只有臭椿。臭椿老生一种椿虫，逮住了，手上留一股臭味，像狐臭一样难闻。

苦楝树。苦楝树能长得非常高大，但枝叶稀疏，秋天里就结一种果，指头蛋儿大，果把儿很老，一兜一兜地在风里摇曳，一直到腊月天还不脱落。

先前村里有过三棵苦楝树。一棵在村口的戏楼旁，戏楼倒塌的时候，这树莫名其妙也死了。另一棵在涧上的一块场地上，村长的儿子要盖新院子，村长通融了乡政府，这场地就批给了村长的儿子做庄宅地。而且场地要盖新院子，就得伐了苦楝树，这棵苦楝树产权属于集体，又以最便宜的价处理给了村长的儿子。这事村人意见很大，但也只能背后说说而已，人家用这棵苦楝树做了担子，新房上梁的时候大家又都去帮忙，拿了礼，燃放鞭炮。

最后的一棵苦楝树在村西头，树下是大青石碾盘。碾盘和石磨称作青龙白虎，村西头地势高，对着南头山岭的一个沟口，碾盘安在那儿是老祖先按风水设计的。碾盘旁边是雷家的院子，住着一个孤寡老人。我写完《怀念狼》那本书后回去过一次，见到那老汉，他给我讲了他爷爷的事。他小时候和他娘睡在上屋，上屋的窗外就是苦楝树和碾盘，夏天里他爷爷就睡在碾盘上。那时狼多，常到村里来吃鸡叼猪，有一夜他听见爷爷在碾盘上说话，掀窗看时，一只狼就卧在碾盘下。狼尾巴很大，直身坐着，用前爪不断地逗弄他爷爷。他爷爷说：你走，你走，我一身干骨头。狼后来起身就走了。我觉得这个细节很好，遗憾《怀念狼》没用上。

这棵苦楝树是最大的一棵苦楝树，因为在碾盘旁可以遮风挡雨，谁也没想过砍伐它。小时候我们在碾盘上玩抓石子，苦楝蛋儿就时不时掉下来，嘣，一颗掉下来，在碾盘上跳几跳，嘣，又掉下来一颗。述君和我们玩时一输，他力气大，就用脚踹苦楝树，苦楝蛋儿便下冰雹一样落下来。

苦楝蛋儿很苦，是一味药，邻村的郎中每年要来捡几次。后来苦楝树被人用斧头砍了一次，留下个疤，谁也不知道是谁砍的。不久姓王那家的小女儿突然死了，村里传言那小女儿还不到结婚年龄却怀了孕，她听别人说喝苦楝蛋儿熬出的水可以堕胎，结果把命丢了。于是大家就怀疑是姓王的来砍了树。

一级公路经过我们村北边，高速公路经过的是村前的水田，但高速公路要修一条连接一级公路的辅道，正好经过村西头，孤寡老人的院子就拆了，碾盘早废弃了多年，当然苦楝树也就伐了。老院子给补贴了两万元，碾盘一分钱也没赔，苦楝树赔了三千元，村人家家有份，每户分到一百元。

这次回去，我见到了那个郎中，他已经是老郎中了，再来捡苦楝蛋时没有了苦楝树，他给我扬扬手，苦笑着，却一句话都没有说。

痒痒树。这棵痒痒树是我们村独有的一棵痒痒树,也可以说是我们那儿方圆十里内独有的树。树在永娃家的院子里,是他爷爷年轻时去山阳县,从那儿带回来移栽的。树几十年长得有茶缸粗,树梢平过屋檐儿。树身上也是脱皮,像药树一样,但颜色始终灰白。因为这棵树和别的树不一样,村人凡是到永娃家来,都要用手搔一搔树根,看树梢颤颤巍巍地晃动。

树和人在一起时间长了,不是树影响了人,就是人影响了树。五魁家的院墙塌了一面,他没钱买砖补修,就栽了一排铁匠蛋树。这种树浑身长刺,但一般长刺都是软刺,他性情暴戾,铁匠蛋树长的刺就非常硬,人不能钻进去,猫儿狗儿也钻不进去。痒痒树长在永娃家的院子里,永娃的脾气也变了,竟然见人害羞,而且胆小。当一级公路改造时,原来老路从村后坡根经过,改造后却要向南移,占几十亩耕地,村人就去施工地闹事,永娃也参加了。但那次闹事被公安局来人强行压服,事后又要追究闹事人责任,别人还都没什么,永娃就吓得生病了,病后从此身上生了牛皮癣。他再没穿过短裤短袖,据说每天晚上让老婆用筷子给他刮身子,刮下屑皮就一大把。村人都说这病是痒痒树栽在院子里的缘故,他也成了痒痒树。他的儿子要砍痒痒树,他不同意,说:既然我是人肉痒痒树,你把树一砍,我不也就死了?他儿子也就不敢砍了。

前三年的春上,西安城里来了人,在村里寻着买树,听说了永娃家院子里有痒痒树,就来看了要买。永娃还是不舍得,那伙人就买了村里十二棵柴槐树、三棵桂花树。永娃的儿子后来打听了这是西安一个买树公司，他们专门在乡下买树，然后再卖给城里的房地产开发商，移栽到一些豪华别墅里，从中牟利。永娃的儿子就寻着那伙人，同意卖痒痒树，说好价钱是一千元，几经讨价还价，最后以五百元成交，但条件是必须由永娃的儿子来挖，方圆带一米的土挖出。永娃的儿子那天将永娃哄说去了他舅家，然后挖树卖了，等永娃回来，院子里一个大深坑，没树了，永娃气得昏了过去。

永娃是那年腊八节去世的。

去年，永娃的儿媳妇患了胆结石来西安做手术，那儿子来看我，我问那棵痒痒树卖给了哪家公司，他说是神绿公司，树又卖给一个尚德别墅区，他爹去世前非要叫他去看看那棵树，他去看了，但树没栽活。

鸟窠

在我小的时候，村里有了一所磨坊，矮矮的一间草屋，挨着场畔的白杨树儿，孤零零地待着；娘是那里的磨倌，我跟着娘，在那里也泡过了我的童年。

过去了一个冬天，又过去了一个冬天，我们只是待在这磨坊里。娘是经管箩面的，坐在筐篮边上，将箩儿来回筛着，面粉扬起来，雾蒙蒙的，她不说不笑，也不大变换姿势，眉儿眼儿就像个雪人儿一般的。我是专赶着那毛驴：它的眼睛被布蒙住了，套着磨杆，走着一圈，又一圈；我跟着毛驴的屁股，也走着一圈，又一圈。石磨呼呼噜噜地响着，像在打雷，先还觉得有趣，慢慢就烦腻了：毛驴耷拉下耳朵，一圈比一圈走得慢了，我也走得慢了下来，歪过头去，无精打采地看那窗外的世界。

窗外五十米的地方，有着一棵白杨，是四周最高的白杨了，端端地往上长，几乎没有什么枝股，通身灰白灰白的，尤其在傍晚的时分，暮色里就白得越发显眼，像是从地里射上去的一道光柱。就在那稀稀的几根细枝的顶端，竟有了一个鸟窠，横七竖八的柴枝儿，筑个笼筐儿形似的；一对鸟夫妻住在那里，叫不上名字，是白的脑门、长的尾巴那一类的。它们一早就起飞走了，晚上才飞回来，常常落到磨坊门口，双脚跳跃着觅食；我撒一把麦粒过去，它们却忽地飞去了。

我觉得这些小生命可爱了，想它们一定也很寂寞，那么，来和我待在一起，它们唱歌就有我听，我说话也有它们听了，它们可以一直飞到我的磨盘上，我一定会让它们把麦粒儿吃饱呢。我便从光溜溜的树身爬上去，一直爬到树顶，那里风真大，左右摇晃，使我更觉得这里不安全，就小心翼翼地抱下那个窠来了。用绳儿系着，棍儿架着，我把鸟窠安放在磨坊的门口，想晚上鸟儿回来了，就会歇在里边，赶明日我一到磨坊，就看得见它们了。

但是，第二天我来的时候，那鸟窠里却空落落的；从窗口看那白杨树，鸟夫妻在叽叽喳喳叫着，焦躁地飞上飞下。它们是在哭啼呢，还是在咒骂？我大声地说：窠在这儿，窠在这儿！它们却并不理会。飞过一阵了，双双落在一枝树股上，母的偎着头，欲睡未睡，公的却静静地盯着远方，叽叽喳喳了一阵，便又都飞开去；很快，它们分别衔着一根柴枝儿，又在那梢端儿上，筑起新窠了。

我真有些不明白：它们为什么要那么傻呢？它们飞过磨坊，难道没有看见窠在门口吗？但它们还是不停地衔柴枝儿筑窠，一根，两根，横竖交错，慢慢看出有个窠形了。我想，它们一定会疲倦的，疲倦了就会飞进这门口的窠里来的。我再也不去看它们，只是赶我的毛驴，毛驴蒙着眼，走着一圈，又一圈，我跟着毛驴屁股，也走着一圈，又一圈。

一天过去了，那窠编好了底。一天又过去了，那窠编好了顶。鸟夫妻已经十分疲劳了，衔一根柴枝儿，要歇几次，才能衔上梢端；但放好一根柴枝儿，就喳喳地叫着，你一声，它一声的。

我很嫉妒它们，但终于内心惭愧了，觉得我不该移了它们的窠，苦得它们又去创业，便将那门口的鸟窠放到白杨树下，让它们不必远路去寻材料；一放下鸟窠，就立即飞跑回磨坊。害怕它们看见造孽的是我。

新窠又筑起来了，筑得比原先那个更好看呢。它们又在上边过它们的日子了，早晨依然是吵吵闹闹一阵，就双双飞了去。天总是晴朗的，有着微微的风，它们一前一后，斜着翅膀，一会儿飞得很高很高，一会儿又飞得很低很低，末了，就又一呼一应，倏尔在云天里消失了。

似乎又过了十天吧，母的再不去飞行了，它终日静静地躺在窠里，偶尔对着磨坊叫那么一声，公的时常飞回来，嘴里叼着小虫儿。我真有些奇怪，不知道这是为什么。有一次，我正赶着毛驴走，就听见那白杨树上一片儿喧嚣，扭头看时，那只公鸟正扑拉着翅膀，在窠边飞来飞去，挨着那窠沿儿，有了四个红红的小嘴儿。啊，它们是有了儿女了呢。

那儿女是什么模样儿，我看不清楚，我几次要爬上白杨树去捉一只下来，又觉得不忍，就这么天天看着它们：它们快活，我也快活；它们鸣叫，我也呼喊。终于又过了一段时间，我看见那小鸟儿们了，它们和它们的父母一样漂亮，而且全能起飞，啪啪啪地飞到云里去了。

它们飞走了，差不多的白天里，磨坊里外再没有什么好听的了，只是那无止无休的呼呼噜噜的石磨声。毛驴拽着磨杆，走着一圈，又一圈。我跟着毛驴的屁股，也走着一圈，又一圈。我不知道这个时候，鸟儿飞到什么地方去了……毛驴渐渐耷拉下耳朵，慢下来了，我并不去用树条儿打它，只是问娘：

"娘，鸟儿为什么不住到地上来呢？"

"它们喜欢住得高高的。"

"那么高的，经常有风，它们不害怕吗？"

"不怕，它们很快活；能飞呢。"

噢，我想，它们是不是以为住在这磨坊门口了，担心被我捉住呢？它们住在那高高的树梢上，是愿意到什么地方就到什么地方去，想看什么就看什么吧。哎呀，那天空全是它们的了，它们是够多快活呢！

"娘，"我又问道，"鸟儿为什么就能飞呢？"

"它们有羽毛的翅膀。"

"那人为什么没有呢？"

"人是要安分的。"

人为什么要安分呢？娘的话，我却听不懂了，想地上有山呀，房呀，湖呀，河呀的阻挡，所以鸟不住在地上吗？天上没有阻挡，空空旷旷的，但人要安分，所以才不能长出羽毛的翅膀吧。我真想再一次上那白杨树去，住在那窠里，叫那小鸟儿做哥哥、姐姐，叫那老鸟儿做爸爸、娘娘，长一对羽毛的翅膀儿。

娘却骂我说疯话，直催我快赶驴，说再不赶紧，限天黑就不能磨完这些麦子了。我打起毛驴来，毛驴就又一阵紧跑，我也撵着毛驴屁股小不丢溜地跑。但是，毛驴又渐渐耷拉下耳朵，一步一步地慢了，我也收下步来，又去看那窗外的白杨树了。鸟儿一家又飞回来，在那里吵吵叫叫地热闹，很快就又飞去了，有两根羽毛悠悠地飘下来，落在树下。

我终不能忍了，再不听娘的斥责，跑出去，在那白杨树下捡起了那两根羽毛，拿回来，一根别在我的头上，一根别在毛驴的臃脖子上……

泉

我老家的门前,有棵老槐树,在一个风雨夜里,被雷电击折了。家里来信说,它死得很惨,是拦腰断的,又都裂开四块,只有锯下来,什么也不能做,劈成木柴烧罢了。我听了,很是伤感,想那夜的风雨,是恶,是暴,还是方向不定,竟夹带了如此的雷电?可怜老槐无力抵御外界的侵凌,却怎么忍受得了这重重的摧残和侮辱呢?

后来,我回乡去,不能不去看它了。

这棵老槐,打我记事起,它就在门前站着,似乎一直没见长,便是那么地粗,那么地高。我们做孩子的,是日日夜夜恋着它,在那里荡秋千,抓石头,踢毽子,快活得要死。与我们同乐的便是那鸟儿了,一到天黑,漫空的黑点,陡然间就全落了进去,神妙般地不见了。我们觉得十分有趣,猜想它一定是鸟儿的家,它们惊惧那夜的黑暗,去得到家的安全,去享受家的温暖了呢。或者，它竟是一块站在天地之间的磁石，无所不括地将空中的生灵都吸去了，要留给黑暗的，只是那个漠漠的，天的空白？冬天，世上什么都光秃秃的了，老槐也变得赤裸，鸟儿却来报答了它，落得满枝满梢。立时，一个鸟儿，是一片树叶；一片树叶，是一个鸣叫的音符：寂寞的冬天里，老槐就是竖起的一首歌子了。于是，它们飞来了，我们就听着这冬天的歌，喜欢得跑出屋来，在严寒里大呼大叫；它们飞走了，我们就捡着那树下抖落的几片羽毛，幻想着也要变一只鸟儿，去住在树上，去飞到树顶的上空，看那七斗星座，究竟是谁夜夜把勺儿放在那里，又要舀些什么呢？

　　如今我回来了，离开了老槐十多年的游子回来了。一站在村口，就急切切看那老槐，果然不见了它。进了院门，家里人很吃惊，又都脸色灰黑，勉强和我打着招呼，我立即就看见那老槐了，劈成碎片，乱七八糟地散堆在那里，白花花地刺眼，心里不禁抽搐起来。我大声责问家里人，说它那么高的身架，那么大的气魄，骤然之间，怎么就在这天地空间里消失了呢？！如今，我的幼年过去了，以老槐慰藉的回忆也不能再做了，留给我的，就是那一个刺眼痛心的树桩吗？！我再也硬不起心肠看这一场沧桑的残酷，蕴藏着一腔对老槐的柔情，全然化作泪水流下来了。

　　夜里，家里人都没有多少话说，悲痛封住了他们的嘴；闷坐了一会儿，就踽踽进屋去睡了。我如何不能睡得，走了出来，又不知身要走到何处，就呆呆地坐在了树桩上。树桩筛筐般大，磨盘样圆，在月下泛着白光。可怜它没有被刨了根去，那桩四边的皮层里，又抽出了一圈儿细细的小小的嫩枝，极端地长上来，高的已经盈尺，矮的也有半寸了。我想起当年的夏夜，槐荫铺满院落，我们做孩子的手拉手围着树转的情景，不觉又泪流满面。世界是这般残忍，竟不放过这么一棵老槐，是它长得太高了，目标要向着天上呢，还是它长得太大了，挡住了风雨的肆行？

小儿从屋里出来，摇摇摆摆的，终伏在我的腿上，看着我的眼，说：

"爸爸，树没有了。"

"没有了。"

"爸爸也想槐树吗？"

我突然感到孩子的可怜了。我同情老槐，是它给过我幸福，给过我快乐；我的小儿更是悲伤了，他出生后一直留在老家，在这槐树下爬大，可他的幸福、快乐并没有尽然就霎时消失了。我再不忍心看他，催他去睡，他却说他喜欢每天晚上坐在这里，已经成习惯了。

"爸爸，"小儿突然说，"我好像又听到那树叶在响，是水一样的声音呢。"

唉，这孩子，为什么偏偏要这样说呢？是水一样的声音，这我是听过的。可是如今，水在哪儿呢？古人说，抽刀断水水更流，可这叶动而响的水，怎么就被雷电斩断了呢？难道天上可以有银河，地上可以有长江，却容不得这天地之间的绿的水流吗？

"爸爸，水还在呢！"小儿又惊呼起来，"你瞧，这树桩不是一口泉吗？"

我转过身来，向那树桩看去，一下子使我惊异不已了：啊，真是一口泉呢！那白白的木质，分明是月光下的水影，一圈儿一圈儿的年轮，不正是泉水绽出的涟漪吗？我的小儿，多么可爱的小儿，他竟发现了泉。我要感谢他，世界要感谢他，他真有发现了新大陆的哥伦布一样的伟大啊！

"泉！生命的泉！"我激动起来了，紧紧抱住了我的小儿，想这大千世界，竟有这么多出奇，原来一棵树便是一条竖起的河，雷电可以击折河身，却毁不了它的泉眼，它日日夜夜生动，永不枯竭，那纵横蔓延在地下的每一根每一行，该是那一条一道的水源了！

我有些不能自已了。月光下，一眼一眼看着那树桩皮层里抽上来的嫩枝，是那么地精神，一片片的小叶绽了开来，绿得鲜鲜的，深深的：这绿的结晶，生命的精灵，莫非就是从泉里溅起的一道道水柱吗？那锯齿一般的叶峰上的露珠，莫非是水溅起时的泡沫吗？哦，一个泡沫里都有了一个小小的月亮，灿灿的，在这夜里摇曳开光辉了。

小儿见我高兴起来，他显得也快活了，从怀里掏出了一撮往日捡起的鸟的羽毛，万般逗弄，问着我：

"爸爸，这嫩枝儿能长大吗？"

"能的。"我肯定地说。

"鸟儿还会来吗？"

"会的。"

"那还会有雷电击吗？"

小儿突然说出的这句话，却使我惶恐了，怎样回答他呢？说不会有了，可在这茫茫世界里，我仅仅是一个小小的分子，我能说出那话，欺骗孩子、欺骗自己吗？

"或许还会吧。"我看着小儿的眼睛，鼓足了劲说，"但是，泉水不会枯竭的，它永远会有树长上来，因为这泉水是活的！"

我说完了，我们就再没有言语，静止地坐在树桩的泉边，在袅袅起动的风里，在万籁沉沉的夜里，尽力地平静心绪，屏住呼吸，谛听着那从地下涌上来的、在泉里翻腾的、在空中溅起的生命的水声。

木耳

堂兄年前来，给我说：

南山，有一个密密的大森林，长着赤松、白桦、黑柏、杉、栎、杨、椿；我们修路进去，有计划地采伐；成批成批的栋梁之材就运出了山外。为了全面地普查这个古老的森林，一日，我们三人出发，一直往南山的深处去，于是到了一个神秘的地方。

这是个阴沉的谷沟，时而闪得开阔，时而狭窄得要囔啷啷碰在一起；山山峁峁，似乎全没有了脉势走向，横七竖八地乱了规律。就在最远最高的那个山梁，天幕衬托之下，分明看出两边尖尖地翘起，中间缓缓地落下，活脱脱一个上弦的月亮。我们便叫它月亮坳。到坳里去的路十分难走，一山的松动石，常常就有几块滚落下来，满山满谷响着爆裂的隆鸣。爬上去，那里却长满了清一色的栲树，盆粗的，桶粗的，一搂粗两搂粗的，从那月亮的底部齐楚楚地长得和月亮的两边一样高低了。这里几乎从未有过人的足迹和气息，鸟儿也很少；死寂寂的，一说话，就有了扩音，嗡嗡地回韵不绝，但嗡声太大了，说话反倒又不容易听清。我们惊喜发现了这个奇妙的山坳，惊喜这个山坳里有这么多上好的栲树，这是一批难得的大梁、立柱用材啊！

但是，这里的地势太险恶了，木材无法运出，我们就决定将公路修进来。

一个月过去了，又一个月过去了，山路却无法开出来。那里三天两头就是一场恶风暴雨，可怕的雷电竟是一个火球一个火球击打在那巨大的黑石上，好多人以此便丧生了；而艰艰难难修出的那一截路面，哗啦啦一声，松动石涌下，什么也就不复存在了。路无法再修了，我们只有天晴的日子，站在沟底看去，那密密的栲树将月亮坳填满，像一个倒放的梳子，常要猜想：是月藏在林中呢，还是树长在月中？只好无可奈何地议论：

"那是一批好树啊！"

"那真是好树。"

"为什么就要生长在那个地方呢？"

"那地方太不是地方。"

就在夏天的一个月初，南山里又遭到了一次百年不遇的风雨雷电，月亮坳受到了残酷的劫洗，栲树全然地毁掉了。从此，那个地方又没有人再去，空留一个月亮坳，一个冰冷的坳的月亮。

栲树自生自灭了；这无光无热的坳的月亮，使它们长成了材，却又使它们遭到了毁灭！

"多么可惜的栲树！"

"多么可惜。"

一年后，我们偶然又赶到了那里，一片倒木，狼藉不堪，像一处古战场一样惨不忍睹。但是，出奇地却发现一群一群数不胜数的黑色蝴蝶，一齐落在那开始腐朽的倒木上，似乎都在扇着翅膀做极快的已经用肉眼无法分辨速度的闪颤呢。

"啊，蝴蝶！"

"啊，蝴蝶！"

我们惊呼着，跑近去，却立即傻眼了，原来那并不是黑色的蝴蝶，而是每一根腐朽木上，都密密麻麻地生长着小拳般大的木耳。

面对着木耳，我们再没有喊出声来，默默地做着长久的思想：这是怎么回事？这是向我们做着一种生命的显示呢，还是做着一种严肃的提问？古时的梁山伯和祝英台，生不能美满于世，死而化蝶双飞人间，这木耳，难道就是这栲树不死的精气而凝，生不能成材出坳，死也要物质不灭，化蝶飞出这个远僻的可怕的地方吗？这可怜可尊的木耳，腐朽的躯体里竟有了如此神奇的精灵！

我们面面相觑着，深深地感到了森林开发者的羞愧；小心翼翼地一片一片将木耳摘下，背下山去；下定了从未有过的决心：路再难修，也一定要修，让采伐队开进来，让机器开进来，让这闭塞的地方同外边的世界大同；天地自然有了栋梁的生长，就要让栋梁有其价值的用场啊！

路便重新修起来，一尺，一尺，千回百转，爬高伏低，一直向深山老林里延伸而去了。

堂兄留给了我一包木耳，看时，果然肉厚体大，形如黑色的蝴蝶。我舍不得食用，虽然那是明目健脑、补精提神之仙物；时时看着它，说不清对它的感情，是一种崇敬还是伤悲，是一种慰藉还是寄托，恍恍惚惚之际，写出这段文字，录下我此时此刻的心境。

一只贝

一只贝,和别的贝一样,长年生活在海里。海水是咸的,又有着风浪的压力;嫩嫩的身子就藏在壳里。壳的样子很体面,涨潮的时候,总是高高地浮在潮的上头。有一次,它们被送到海岸,当海水又哗哗地落潮去了,却被永远地留在沙滩,再没有回去。蚂蚁、虫子立即围拢来,将它们的软肉啮掉,空剩着两个硬硬的壳。这壳上都曾经投影过太阳、月亮、星星,还有海上长虹的颜色,也都曾经显示过浪花、漩涡和潮峰起伏的形状;现在它们生命结束了!这光洁的壳上还留着这色彩和线条。

孩子们在沙滩上玩耍,发现了好看的壳,捡起来,拿花丝线串着,系在脖颈上。人都在说:这孩子多么漂亮!这漂亮的贝壳!

但是,这只贝没有被孩子们捡起。它不漂亮,它在海里的时候,就是一只丑陋的贝。因为有一颗石子钻进了它的壳内,那是

喜来浑不觉

竹塘

个十分硬的石子,无论如何不能挤碎它;又带着棱角;它只好受着内在的折磨。它的壳上越来越没有了颜色,没有了图案,它失去了做贝的荣誉;但它默默的,它说不出来。

它被埋在沙里。海水又涨潮了;潮又退了;它还在沙滩上,壳已经破烂,很不完全了。

孩子们又来到沙滩上玩耍。他们玩腻了那些贝壳,又来寻找更漂亮的呢。又发现了这一只贝的两片瓦砾似的壳,用脚踢飞了。但是,同时在踢开的地方,发现了一颗闪光的东西,他们拿着去见大人。

"这是什么东西?"

"这是珍珠!嗨,多稀罕一颗大珍珠!"

"珍珠?这是哪儿来的呢?"

"这是石子钻进贝里,贝用血和肉磨制成的。啊,那贝壳呢?这是一只可怜的贝,也是一只可敬的贝。"

孩子们重新去沙滩寻找它,但没有找到。

一棵小桃树

我常常想要给我的小桃树写点文章，但却终没有写就一个字来。是我太爱怜它吗？是我爱怜得无所谓了吗？我也不知道是什么怪缘故，只是常常自个儿忏悔，自个儿安慰，说：我是该给它写点什么了呢。

今天的黄昏，雨下得这般儿地大，使我也有些吃惊了。早晨起来，就淅淅沥沥的，我还高兴地说：春雨贵如油；今年来得这么早！一边让雨湿着我的头发，一边吟些杜甫的"随风潜入夜，润物细无声"，甚至想去田野悠悠地踏青呢。那雨却下得大了，全不是春的温柔，一直下了一个整天。我深深闭了柴门，临窗坐下，看我的小桃树在风雨里哆嗦。纤纤的生灵儿，枝条已经慌乱，桃花一片一片地落了，大半陷在泥里，三点两点地在黄水里打着旋儿。啊，它已经老了许多呢，瘦了许多呢，昨日楚楚的容颜全然褪尽了。可怜它年纪太小了，可怜它才开了第一次花！我再也不忍看了,我千般儿万般儿地无奈何。唉,往日多么傲慢的我,多么矜持的我,原来也是个孱头儿。

好多年前的秋天了,我们还是孩子。奶奶从集市上回来,带给了我们一人一颗桃子。她说:都吃下去吧,这是一颗"仙桃";含着桃核做一个梦,谁梦见桃花开了,就会幸福一生呢。我们都认真起来,全含了桃核爬上床去。我却无论如何不能安睡,想这甜甜的梦是做不成了,又不肯甘心不做,就爬起来,将桃核埋在院子角落的土里,想让它在那蓄着我的梦。

秋天过去了,又过了一个冬天,孩子自有孩子的快活,我竟将它忘却了。一个春天的早晨,奶奶打扫院子,突然发现角落的地方,拱出一个嫩芽儿,便叫道:这是什么呀?我才恍然记起了是它:它竟从土里长出来了!它长得很委屈,是弯了头,紧抱着身子的。第二天才舒开身来,瘦瘦儿的,黄黄儿的,似乎一碰,便立即会断了去。大家都笑话它,奶奶也说:这种桃树是没出息的,多好的种子,长出来,却都是野的,结些毛果子,须得嫁接才成。我却不大相信,执着地偏要它将来开花结果哩。因为它长的太不是地方,谁也不再理会,惹人费神的倒是那些盆景儿了。爷爷是喜欢侍弄花的,在我们的屋里、院里、门道里,摆满了各种各样的花草。春天花事一盛,远近的人都来赞赏,爷爷便每天一早喊我们从屋里一盆一盆端出来,一晚又一盆一盆端进去;却从来不想到我的小桃树,它却默默地长上来了。

它长得很慢,一个春天,才长上二尺来高,样子也极猥琐。但我却十分地高兴了:它是我的,它是我的梦种儿长的。我想我的姐姐弟弟，他们那含着桃核做下的梦，或许已经早忘却了，但我的桃树却使我每天能看见它。我说：我的梦儿是绿色的，将来开了花，我会幸福呢。

也就在这年里，我到城里上学去了。走出了山，来到城里，我才知道我的渺小：山外的天地这般儿大，城里的好景这般儿多。我从此也有了血气方刚的魂魄，学习呀，奋斗呀，一毕业就走上了社会，要轰轰烈烈地干一番我的事业了；那家乡的土院，那土院里的小桃树便再没有去思想了。

但是，我慢慢发现我的幼稚、我的天真了，人世原来有人世的大书，我却连第一行文字还读不懂呢。我渐渐地大了，脾性儿也一天一天地坏了，常常一个人坐着发呆，心境似乎是垂垂暮老了。这时候，奶奶也去世了，真是祸不单行。我连夜从城里回到老家去，家里人等我不及，奶奶已经下葬了。看着满屋的混乱，想着奶奶往日的容颜，不觉眼泪流了下来，对着灵堂哭了一场。天黑的时候，在窗下坐着，一抬头，却看见我的小桃树了：它竟然还在长着，弯弯的身子，努力撑着的枝条，已经有院墙高了。这些年来，它是怎么长上来的呢？爷爷的花事早不弄了，一垒一垒的花盆堆在墙根，它却长着！弟弟说，那桃树被猪拱折过一次，要不早就开了花了。他们曾嫌长得不是地方，又不好看，想砍掉它，奶奶却不同意，常常护着给它浇水。啊，小桃树，我怎么将你遗在这里，而身漂异乡，又漠然忘却了呢？看着桃树，想起没能再见一面的奶奶，我深深懊丧对不起我的奶奶，对不起我的小桃树了。

如今，它开了花了，虽然长得弱小，骨朵儿也不见繁，一夜之间，花竟全开了呢。我曾去看过终南山下的夹竹桃花，也去领略过马嵬坡前的水蜜桃花，那花开得火灼灼的，可我的小桃树，一颗"仙桃"的种子，却开得太白了、太淡了，那瓣片儿单薄得似纸做的，没有肉的感觉，没有粉的感觉，像是患了重病的少女，苍白白的脸儿，又偏苦涩涩地笑着。我忍不住几分忧伤，泪珠儿又要下来了。

花幸好并没有立即谢去，就那么一树，孤孤地开在墙角。我每每看着它，却发现从未有一只蜜蜂去恋过它，一只蝴蝶去飞过它。可怜的小桃树！

我不禁有些颤抖了：这花儿莫不就是我当年要做的梦的精灵儿吗？！

雨却这么大地下着，花瓣儿纷纷零落去。我只说有了这场春雨，花会开得更艳，香味会蓄得更浓，谁知它却这么命薄，受不得这么大的福分，受不得这么多的洗礼，片片付给风了，雨了！我心里喊着我的奶奶。

雨还在下着，我的小桃树千百次地俯下身去，又千百次地挣扎起来，一树的桃花，一片，一片，湿得深重，像一只天鹅，眼睁睁地羽毛剥脱，变得赤裸的了，黑枯的了。然而，就在那俯地的刹那，我突然看见那树儿的顶端，高高的一枝儿上，竟还保留着一个欲绽的花苞，嫩黄的，嫩红的，在风中摇着，抖着满身的雨水，几次要掉下来了，但却没有掉下去，像风浪里航道上的指示灯，闪着时隐时现的嫩黄的光，嫩红的光。

我心里稍稍有了些安慰。啊，小桃树啊！我该怎么感激你，你到底还有一朵花呢，明日一早，你会开吗？你开的是灼灼的吗？香香的吗？我亲爱的，你那花是会开得美的，而且会孕出一个桃儿来的；我还叫你是我的梦的精灵儿，对吗？

辑二

诸神充满

一户人家里,上房厢房厦屋后院到处敬的是菩萨,天师、财神、灶王,还有祖宗牌位,还有关公钟馗的画像,甚至那门上钉着个竹筒,里边插了香,在敬门神。我们一行人正感叹:诸神充满!

贺州见闻

一

从桂林往贺州去,一路都是山。这山很奇怪,有断无续,散乱着全是些锥形,高倒不高,人却绝对上不去。山还能长成这样?想着是上天把一张耙翻过来的吧,满是耙齿。

据说这里曾经是山与海争斗之地,厮杀得乌烟瘴气,至今人们还习惯多吃姜蒜,而现在作为特产的黄蜡石,可能也是那时凝固的血。后来,海要淹没山的时候,海气竭而死,山也只残存了峰头。

高速路就在这样的山中穿行,偶尔到一处了,山突然就躲闪开来,阔地上便有了楼房屋舍,少的就是村镇,多的则为县城了。而躲开的山远远蹲着,好像是栽了桩要围篱笆,也好像是狗在守护。

我还纠结着那场山与海的战争：多大的海呀就死了，水原来也是一粒一粒的，水死成了沙子？！

二

贺州有许多古镇，我去了黄姚。黄姚是在一个山湾里，河流又在镇子中。水在曲处有桥，桥头桥尾有树。桥都很质朴，巨型的石板相互以石榫接连了平卧在水面，树却枝股向四面八方的空中张扬，且从根到梢挂满了菟丝女萝，在风里似乎还要飞起来。桥前树后都是人家，街巷便高低错落，弯转迂回，从任何一处过去也能游遍全镇，而走错一个岔口，却是半天不得回来。

街巷里货栈店铺很多，门面都有小造型，或挂了幌旗，或吊上灯笼，布置了真花和假花，甚至一根麻绳拴了硬纸片儿就在门环上："只做你爱吃的味道""女人不可百日无糖""老地方今夜有梦""我有酒，你有故事吗？"老板或许是文艺青年，招揽着小情小调的顾客，觉得有些花哨和轻浮，想想这也是时代风尚，便浅浅地笑了。

但那挑着担子叫卖的油茶，用竹签扎着吃的菜酿，以及小摊上的山稔子、黄荆子、野百合、五指毛桃，使你知道了这里的特产和特色。更有街巷里的黑石路，千人万人走过了，已经漆明油亮，傍晚时还闪动着光辉，它是一直在明示着镇子上千年的历史。

我在那里故意滑了一跤，用手去抚摸像皮肤一样细腻的路石，我知道，路石也同时复印了我的身影。

三

在乡下人家院里，见墙边放着数个带孔的陶罐，陶罐里养着蛙，问其缘故，回答是：防贼的。先是不解，蓦地明白，拍手叫好。一般防贼都是养狗，狗多是在打盹，要是有贼，它就扑着叫，而蛙平常爱说话，贼一来，却噤声了。世上好多不祥事，总有人抗议，也总有人沉默，沉默或许更预警。

四

走潇贺古道，顺脚进了一个村子。村东头是座戏台，台柱上贴了张青龙神位的纸条，摆着个香炉；村西头有间屋楼，楼檐上贴了张白虎神位的纸条，也摆着个香炉。在村巷中转悠，怪石前有香炉，古树下有香炉，碾子、酒坊、石井、磨棚都有香炉。到一户人家里，上房厢房厦屋后院到处敬的是菩萨，天师、财神、灶王，还有祖宗牌位，还有关公钟馗的画像，甚至那门上钉着个竹筒，里边插了香，在敬门神。我们一行人正感叹：诸神充满！就见一个老者走过来，面如重枣，白胡垂胸，但个头矮小，肚腹硕大，短短的两条胳膊架着前后晃动。我说：咦，这像不像土地爷？同行的人看了都说像。

五

贺州人长寿，眼见过几十位都是百岁以上，考察他们的养生秘诀，好像并没有什么，只是说早晚喝油茶，顿顿有菜酿。

这油茶不是那种茶树籽榨出的油，也不是用炒面做成的茶羹，而是把老姜和大蒜切成碎末和茶叶搅和一起在鏊子里炒，炒出了香，就用小木槌捣砸，然后起火烧锅，还要捣砸，边添水边捣砸，不停地捣砸，直到汤汁煮沸，捞去渣滓，油茶就做好了。菜酿的"酿"原本是一种面皮包馅的蒸煎烹煮，但这里不产面粉，就豆腐、辣角、冬瓜、鸡皮、桃子、香蕉、猪肠、萝卜、兔耳、瓜花、茄子、豆芽、韭菜，没有啥不可包上肉馅、菇馅、花生馅来酿了。

我是喝第一口油茶时，觉得味怪怪的，喝过一碗，满口生香，浑身出汗，竟然上了瘾，在贺州的那些日子，早晚要喝两碗。菜酿也十分对胃口，吃饱了还再吃几个，每顿都鼓腹而歌。我说我回西安了也试着做油茶菜酿呀，陪我们的朋友说那不行的，这里曾经有人去了外地开专卖店，但都因味道变了失败而归。这或许是有这里气候的原因，水的原因，所产的食材原因，或许也是天意吧,只肯让贺州人独受。

那么,我说,要长寿就只能以后多来贺州了。

养鼠记

买了十三楼的一个单元房做书房，以为街道的灰尘不会上来，蚊子不会上来，却没想到上来了老鼠。老鼠是怎么上来的？或许是从楼梯，一层一层跑上来；或许沿着楼外的那些管道，很危险地爬上来。可以肯定的是这只是一只老鼠，因为我见过一次，是那天早上一开门，它正立在客厅，门猛地一响，似乎吓了一跳，跌坐在地上，便立即起身钻到另一个房间去了。我的朋友来我处借书的时候也见过一次，它站在那个古董架上洗脸，一闪就不见了。它一拃多长，皮毛淡黄，尖嘴长尾，眼睛漂亮。老鼠就是老鼠，生下来就长了胡子，但它仍是只年幼的老鼠。书房里突然有了老鼠，我得赶紧检查房子的漏洞。我是从来不开窗子的，进门也是顺手关门，我发现柜式空调的下水管那儿有空隙，便把它堵严了。老鼠如同麻雀一样，离不开人，要在屋檐下筑窝，但又不亲近人，人一靠近就跑了。老鼠和我仅打过那一次照面,之后再没有见过,而我不愿意它留在书房。要把老鼠捉住或撵走,到处堆满了书籍报刊和收集来的古董玩物,清理起来十分困难,这就无法捉住和撵走。我也买了鼠药放在墙角,它根本不吃;又买了好几块粘鼠板摆在各处,它仍不靠近。反倒是我有一次不经意踩上了,鞋子半天拔不出来。书房唯一出口就是大门,晚上开了门让它走吧。可在城市的公寓楼上,晚上怎敢大门不关呢?何况还可能有另外的老鼠进来。那怎么办?既然无法捉住它和撵走它,它又无法自己出去,毕竟是一条生命,那就养吧。一养便养了四年,我还在养着。

养老鼠其实不费劲,给它提供食物就是。我的书房离我居住的家较远,我是每天早上来到书房,晚上再回到家去。第一次我在晚上离开书房时将一块馒头放在一块干净的秦砖上,第二天早上再来时,那馒头就不见了。但当天晚上没有了馒头,把剩下的石条放在那儿,早上再来时,石条竟然完好无缺。我以为它是从什么地方出去了,或者是死了,就又在离开时放上馒头,以测试我的猜想。可隔了一夜,却发现馒头又没了。我这才知道它是不吃石条的。以后的日子,我没有给它留剩饭,常在冰箱里备有两三个馒头。数月后,到了秋天,楼下的馒头店搬走了,没有了馒头,我就放了花生,有生花生和油炸过的花生,但它好像仅吃个三粒就不吃了。我以为松鼠是吃松子的,松鼠和老鼠应该是同一类,我在超市里发现有卖松子的,买了一包,回书房放了,还说:"给你过个生日!"可它也不吃松子。我就有些生气了。什么嘴呀,这么挑食的?!朋友请吃饭,剩下的鱼、排骨、油饼、锅盔和饺子拿回来，全给它放了，它只吃锅盔。馒头和锅盔放得干了硬了，它也不吃。有一次我买了晚饭，剩下一根火腿肠，趁晚上放在那里了。那么长的一根火腿肠，它竟吃得一点渣屑都不剩。原来它可以吃肉的，不要带骨头的那种。我每次外出吃饭，便给它带些剩肉，它却又不吃了。丸子不吃，糯米团不吃，方便面不吃，核桃仁葡萄干不吃；豆腐吃过一次，再放就不吃了。那它还吃什么呢？我想起一首歌：我爱你，就像老鼠爱大米。抓了一把米放在那里，结果它根本不吃。我看过漫画，老鼠是偷油的，也会抱着鸡蛋，就在碟里放了菜油，它没有吃；放过一颗鸡蛋，它也没有动。而朋友送来的水果，比如梅子、苹果、梨、香蕉、猕猴桃，它只吃香蕉和猕猴桃。但也只是在香蕉和猕猴桃上哑出一个小洞，吃一点就是了。它还是喜欢吃馒头和锅盔。我就笑了，陕西人爱吃这些，它还真是陕西的老鼠。有时我也冒出一个想法，这老鼠咋和我的饮食习惯差不多：不要求多奢华，但一定要讲究？太软的馒头和锅盔不吃，太硬的馒头和锅盔不吃；锅盔不吃边棱儿，馒头不吃皮儿。

我的书房里拥挤不堪，但还算乱中有序，除了几十个书架，这儿一摞书籍，那儿一堆报刊，再就是那些偶像，佛教的、道教的、儒教的；更多的是秦汉唐的陶器、木刻、石雕，石雕又是什么动物的人物的都有。我每次进去，都肯定要焚香的，让诸神的法力充满房间。要离开了，就拍着那只大石狮，它是人面狮身的瑞兽：给咱守护好呀！然后再高声对老鼠说："馒头节省着吃，渴了不要喝佛前的净水，给你喝的水在盒子里。"我到了外边，尤其是晚上，想着那么大的房间里，堆放了那么多东西，那些东西都不动，只有老鼠在其中穿行，如同巡夜一般，心里便充满了乐意。

但我仍对老鼠发过两次火。一次我翻检那些汉唐石碑的拓片，发现有三四张被咬破了。我勃然大怒，骂道："老鼠，你听着，你竟敢咬我的拓片？我警告你，如果再敢咬书咬纸，我清理整个房间也要把你打死！"从此，再没有发现它咬碎过什么。另一次，我擦拭客房中堂的案桌，案桌上供奉着唐时的一尊铜佛和文殊普贤两位菩萨的石像，竟然有了老鼠的屎粒和尿渍。我再一次火冒三丈，大声警告："你去死吧，老鼠！去死吧，明天我抱一只猫来。"但我去市场买猫的时候，主意又变了，何必要它的性命呢？返回来给佛上了香，又供上水果和鲜花。我听见什么地方响了一下，我猜想肯定是老鼠在暗处耍我。我没有回头，只说了一句："你记着！"

朋友们知道我在书房养着老鼠，都取笑我，作践我。我说："这是一只听话的老鼠。"他们说："听话？该不会说这是一只有文化的老鼠吧。"我脸上发烧，说："它进来了，不得出去，我能不养吗？或许是一种缘吧。"

和老鼠能有什么缘呢？我的小女儿是属老鼠的，我的一些朋友也是属老鼠的。小女儿的到来和朋友之间的交集，那都是上天的分配，或者说磁铁吸的就是螺丝帽儿和钉子啊。小女儿让我有操不尽的心，朋友中有帮助过我的也有坑害过我的。但你能刀割水洗了小女儿和朋友吗？世上有那么多的老鼠，为什么偏就这一只老鼠进了我的书房？它从地面到十三楼，容易吗？它是冲着书籍来的，冲着古董玩物来的？那它真是有文化的老鼠了。如果它没有文化，那四年了，它白天里要看我读书写作，听我和朋友们说文论艺，晚上又和书籍古玩在一起，也该有些文化了吧。

所以我觉得我养了老鼠并不丢人，也不是无聊。四年里我没有加害它，没有让它挨饿；我没有奴役它，也没有从它那儿博取什么快活。它好像能知冷知热，我曾见过它褪下的毛，也似乎没生过病。它除了犯那两次错，后来再没有咬噬过什么，也不再到有佛像的条案和架子上去。我们互不见面，我就是每天放食或隔空喊话；它在某处偷偷耍我，偶尔到我梦中。但有一天，我突然担心起来，它是不是太孤单了。我并不知它是公是母，可无论公母它都是单身呀。它得有情欲呀，它得有后代呀。我多么希望它能出了这个房子，到楼下的花园里去寻找它的伙伴。但它就是没有出去。我终于决定在一个夏夜把大门打开。我就坐在客厅里，拉灭了灯，连烟都不敢吸，让它出门；还在心里念了《大悲咒》，让它离开。到天明了，我只说它是出去了。当天我离开时又放了馒头，想证实它是真出去了。等我再一次回来，一开门就看秦砖上的馒头还在不在。我那时是既盼望馒头还在又盼望馒头不在。要是馒头还在，那它真的是走了，我心里还有些不舍。可一看，馒头竟没有了。天哪，它还在！我就笑了，说："那好，那好，行走！"我在瞬间叫它"行走"，因我的书房名是上书房，而古时候上书房是皇帝读书的地方，能自由出入上书房的官就叫上书房行走。我也把我的老鼠叫作了行走。

2014年9月24日下午,我在书房里写小说,到了黄昏,写累了,摘下眼镜凝视对面的佛像。我的写字台安放在大房间的南边,北边是两个木架,上面摆放的全是铜的铁的石的木的佛像。

我看着佛像,祈望神灵赐给我智慧的力量,才一低头,却看见老鼠就在那木架前的地板上。四年了,这是我第二次看到它。它还是那么一拃长,皮毛淡黄。它在那里背向着我,突然上半身立起来,两只前爪举着,然后俯下身去;上半身立起举着前爪,又俯下身去。我一下子惊呆了,也感动不已。我没有弄出声响,看着它做完三次动作,然后便去了另一个房间。等它走了,我吁了一口气,放下正写的小说,就写下了这篇小文。

我有一个狮子军

我体弱多病，打不过人，也挨不起打，所以从来不敢在外动粗。口又笨，与人有说辞，一急就前言不搭后语，常常是回到家了，才想起一句完全可以噎住他的话来。我恨死了我的窝囊。我很羡慕韩信年轻时的样子，佩剑行街，但我佩剑已不现实，满街的警察，容易被认作行劫抢劫。只有在屋里看电视里的拳击比赛。我的一个朋友在他青春蓬勃的时候，写了一首诗："我提着枪，跑遍了这座城市，挨家挨户寻找我的新娘。"他这种勇气我没有。人心里都住着一个魔鬼，别人的魔鬼，要么被女人征服，要么就光天化日地出去伤害，我的魔鬼是汉罐上的颜色，出土就气化了。

一日在屋间画虎，画了很多虎，希望虎气上身，陕北就来了一位拜访我的老乡，他说，与其画虎不如弄个石狮子，他还说，陕北人都用石狮子守护的，陕北人就强悍。过了不久，他果然给我带来了一个石狮子。但他给我带的是一种炕狮,茶壶那般大,青石的。据说雕凿于宋代。这位老乡给我介绍了这种炕狮的功能,一个孩子要有一个炕狮,一个炕狮就是一个孩子的魂,四岁之前这炕狮是不离孩子的,一条红绳儿一头拴住炕狮,一头系在孩子身上,孩子在炕上翻滚,有炕狮拖着,掉不下炕去,长大了邪鬼不侵,刀枪不入,能踢能咬,敢作敢为。这个炕狮我没有放在床上,而是置于案头,日日用手摩挲。我不知道这个炕狮曾经守护过谁,现在它跟着我了,我叫它:来劲。来劲的身子一半是脑袋,脑袋的一半是眼睛,威风又调皮。

古董市场上有一批小贩,常年走动于书画家的家里以古董换字画,这些人也到我家来,他们太精明,我不愿意和他们纠缠。他们还是来,我说:你要不走,我让来劲咬你!他们竟说:你喜欢石狮子呀?我们给你送来!十天后果真抬来了一麻袋的石狮子。送来的石狮子当然还是炕狮,造型各异,我倒暗暗高兴,萌生了我得有个狮群的念头,便给他们许多字画,便让他们继续去陕北乡下收集。我只说收集炕狮是很艰难的事情,不料十天半月他们就抬来一麻袋,十天半月又抬来一麻袋。而且我这么一收,许多书画家也收集,不光陕北的炕狮被收集,关中的小门狮也被收集,石狮收集竟热了一阵风,价钱也一涨再涨,断堆儿平均是一个四五百元,单个儿品相好的两千三千不让价。

我差不多有了一千个石狮子。已经不是群,可以称作军。它们在陕北、关中的乡下是散兵游勇,我收编它们,按大小形状组队,一部分在大门过道,一部分在后门阳台,每个小房门前列成方阵，剩余的整整齐齐护卫着我的书桌前后左右。世上的木头石头或者泥土铜铁，一旦成器，都是有了灵魂。这些狮子在我家里，它们是不安分的，我能想象我不在家的时候，它们打斗嬉闹，会把墙上的那块钟撞掉，嫌钟在算计我。它们打碎了酒瓶，一定是认为瓶子是装着酒的，但瓶子却常常自醉了。闹吧，屋子里闹翻了天，贼是闻声不敢来的，鬼顺着墙根往外溜，溜到门前打个趔趄就走了。我要回来了，在门外咳嗽一下，屋里就全然安静了。我一进去，它们各就各位低眉垂手，阳台上有了窃窃私语，我说：谁在喧哗？顿时寂然。我说：嗨！四下立即应声如雷。我成了强人，我有了威风，我是秦始皇。

秦始皇骑虎游八极，我指挥我的狮军征东去，北伐去，兵来将挡，遇土水淹，所向披靡，一吐恶气。往日诽谤我、羞辱我的人把他绑来吧，但我不杀他，让来劲去摸他的脸蛋，我知道他是投机主义者，他会痛哭流涕，会骂自己是猪屎。从此，我再不吟诵忧伤的诗句："每一粒沙子都是一颗渴死的水。"再不生病了拿自己的泪水喝药。我要想谁了，桌上就出现一枝玫瑰。楼再高不妨碍云向西飞，端一盘水就可收月。书是我的古先生，花是我的女侍者。

到了这年的冬天，我哪儿都敢去了，也敢对一些人一些事说不。我周围的人说：你说话这么口重？我说：手痒得很，还想打人哩！他们不明白我这是怎么啦。他们当然不知道我有了狮军，有了狮军，我虽手无缚鸡之力，却有了翻江倒海之想。这么张狂了一个冬季，但是到了年终，我安然了。安然是因为我遇见大狮。

我的一个朋友，他从关中收购了一个石狮，有半人多高，四百余斤。大的石狮我是见得多了，都太大，不宜居住楼房的我收藏，而且凡大的石狮都是专业工匠所凿，千篇一律的威严和细微，它不符合我的审美。我朋友的这个狮子绝对是民间味，狮子的头极大，可能是不会雕凿狮子的面部，竟然成了人的模样，正好有了埃及金字塔前的蹲狮的味道。我一去朋友家，一眼看到了它，我就知道我的那些狮子是乌合之众了。我开始艰难地和朋友谈判，最终以重金购回。当六人抬着大狮置于家中，大狮和狮群是那样地协调，让你不得不想到狮群在一直等待着大狮，大狮一直在寻找着狮群。我举办了隆重的拜将仪式，拜大狮为狮军的大将军。

有了大将军统领狮军，说不来的一种感觉，我竟然内心踏实，没有躁气，是很少给人夸耀我家里的狮子了。我似乎又恢复了我以前的生活，穿臃臃肿肿的衣服，低头走路。每日从家里提了饭盒到工作室，晚上回来。来人了就陪人说说话，人走了就读书写作。不搅和是非，不起风波。我依然体弱多病，讷言笨舌，别人倒说"大人小心"；我依然伏低伏小，别人倒说"圣贤庸行"。出了门碰着我那个邻居的孩子，他曾经抱他家的狗把屎拉在我家门口，我叫住他，他跑不及，站住了，他以为我要骂他揍他，惊恐地盯着我，我拍了拍他的头，说：你这小子，你该理理发了。他竟哭了。

动物安详

我喜欢收藏，尤其那些奇石、怪木、陶罐和画框之类，且经发现，想方设法都要弄来。几年间，房子里已经塞满，卧室和书房尽是陶罐画框乐器刀具等易撞易碎之物，而客厅里就都成了大块的石头和大块的木头，巧的是这些大石大木全然动物造型，再加上从新疆弄来的各种兽头角骨，结果成了动物世界。这些动物，来自全国各地，有的曾经是有过生命，有的从来就是石头和木头，它们能集中到一起陪我，我觉得实在是一种缘分。每日奔波忙碌之后，回到家中，看看这个，瞧瞧那个，龙虎狮豹，牛羊猪狗，鱼虫鹰狐，就给了我力量，给了我欢愉，劳累和烦恼随之消失。但因这些动物木石不同，大小各异，且有的眉目慈善，有的嘴脸狰狞，如何安置它们的位置，却颇费了我一番心思。兽头角骨中，盘羊头是最大的，我先挂在面积最大的西墙上，但牦牛头在北墙挂了后，牦牛头虽略小，其势扩张，威风竟大于盘羊头，两者就调了过。龙是不能卧地的，就悬于内门顶上。龟有两只，一只蹲墙角，一只伏沙发扶手上。柏木根的巨虎最占地方，侧立于西北角。海百合化石靠在门后，一米长的角虫石直立茶几前。木羊石狗在沙发后，两个石狮守在门口。这么安排了，又觉得不妥，似乎虎应在东墙下，石鱼又应在北边沙发背顶上，龙不该盘于门内顶而该在厅中最显眼部位，羊与狗又得分开，那只木狐则要卧于沙发前，卧马如果在厨房门口，仰起的头正好与对面墙上的真马头相呼应。这么过几天调整一次，还是看着不舒服，而且来客，又各是各的说法，倒弄得我不知如何是好。一夜做梦，在门口的两个狮子竟吵起来，一个说先来后到我该站在前边，一个说凭你的出身还有资格说这话？两个就咬起来，四只红眼，两嘴绒毛。梦醒我就去客厅，两个狮子依然在门口处卧着，冰冰冷冷的两块石头。心想，这就怪了，莫非石头凿了狮子真就有狮子的灵魂？前边的那只是我前年在南山一个村庄买来的，发现它时，它就在猪圈里，当时那家农民说，一块石头，你要喜欢了你就搬去吧。待我从猪圈里好不容易搬上了汽车，那农民见我这兴奋劲儿，就反悔了，一定要付款，结果几经讨价还价，付了他二十五元。这狮子不大威风，但模样极俊，立脚高望，仰面朝天，是个高傲的角色，像个君子。另一只是一个朋友送的，当时他有一个拴马桩和这只狮子，让我选一个，我就带回了这狮子。我喜欢的是它的蛮劲，模样并不好看，如李逵、程咬金一样，是被打破了头仍扑着去进攻的那种。我拍了拍它们，说：吵什么呀，都是看门的，有什么吵的？！但我还是把它们分开了，差别很大的是互不计较的，争斗的只是两相差不多的同伙，于是一个守了大门，一个守了卧室门。第二日，我重新调整了这些动物的位置，龙、虎、牛、马当然还是各占四面墙上墙下，这些位置似乎就是它们的，而西墙下放了羊、鹿、石鱼和角虫石，东墙下是水晶猫、水晶狗、龟和狐，南墙下安放了石麒麟，北墙的沙发靠背顶上一溜儿是海百合化石、三叶虫化石、象牙化石、鸵鸟、马头石、猴头石。安置毕了，将一尊巨大的木雕佛祖奉在厅中的一个石桌上，给佛上了一炷香，想佛法无边，它可以管住人性也可以管住兽性的。又想，人为灵，兽为半灵，既有灵气，必有鬼气，遂画了一个钟馗挂在门后。还觉得不够，书写了古书中的一段话贴在沙发后的空墙上，这段话是：碗大一片赤县神州，众生塞满，原是假合，若复件件认真，争竞何已。

至今，再未做过它们争吵之梦，平日没事在家，看看这个瞧瞧那个，都觉顺眼，也甚和谐，这恐怕是佛的作用，也恐怕是钟馗和那段古句的作用吧。

古土罐

我来自乡下，其貌亦丑，爱吃家常饭，爱穿随便衣，收藏也只喜欢土罐。西安是古汉唐国都，出土的土罐多，土罐虽为文物，但多而价贱，国家政策允许，容易弄来，我就藏有近百件了。家居的房子原本窄狭，以至于写字台上、书架上、客厅里，甚至床的四边，全是土罐。我是不允许孩子们进我的房子，他们毛手毛脚，担心怕撞碎，胖子也不让进来，因为所有空间只能独人侧身走动。曾有一胖妇人在转身时碰着了一个粮仓罐，粮仓罐未碎，粮仓罐上的一只双耳唐罐掉下来破为三片。许多人来这里叫喊我是仓库管理员，更有人抱怨房子阴气太重，说这些土罐都是墓里挖出来的，房子里放这么多怪不得你害病。我是长年害病，是文坛上著名的病人，但我知道我的病与土罐无关，我没这么多土罐时就病了的。至于阴气太重，我却就喜欢阴，早晨能吃饭的是神变的，中午能吃饭的是人变的，晚上能吃饭的是鬼变的，我晚上就能吃饭，多半是鬼变的。有客人来，我总爱显示我的各种土罐，说它们多朴素，多大气，多憨多拙；无人了，我就坐在土罐堆中默看默笑，十分受活。

我是很懒惰的人，不大出门走动，更害怕去社交应酬。自书画渐渐有了名，虽别人以金来购，也不大动笔，人骂我惜墨，吝啬佬。但凡听说哪儿有罐，可以弄到手，不管白日黑天，风寒雪雨，我立即就赶去了。许多人因此而骗我，提一只土罐来换几个字，或要送我一只土罐而要求去赴一个堂会。上当受骗多了，我也知道要去上钩入瓮，但我控制不了我，我受不了土罐的诱惑。我想，在权力、金钱、女色、名誉诸方面，我绝对有共产党人的品质，而在土罐方面不行。对于土罐的如此嗜好，连我也觉得不解，或许我上上的那一世曾经是烧窑的？或许我上上的那一世是个君王富豪？

这些土罐，少量是古董市场上买的，大量是以字画变换，还有一些，是我使了各种手段从朋友、熟人手中强夺巧取而来。在我扬扬得意收藏了近百的土罐之时，一日去友人芦苇家，竟然见得他家有一土罐大若两人搂抱，真是馋涎欲滴，过后耿耿于怀。但我难以启口索要，便四处打听哪儿还有大的，得知陕北佳县一带有，雇车去民间查访，空手而归，又得知泾阳某人有一巨土罐，驱车而去，那土罐大虽大，却已破裂。越是得不到越想得到，遂鼓足勇气给芦苇去了一信，写道——

　　古语说，神归其位，物以类聚。我想能得到您存的那只特大土罐。您不要急。此土罐虽是您存,却为我爱,因我收集土罐上百,已成气候,却无统帅,您那里则有将无兵,纵然一木巨大,但并不是森林,还不如待在我处,让外人观之叹我收藏之盛,让我抚之念兄友情之重。当然,君子是不夺人之美,我不是夺,也不是骗,而要以金购买或以物易物。土罐并不值钱,我愿出原价十倍数,或您看上我家藏物,随手拿去。古时友人相交,有赠丫鬟之举,如今世风日下,不知兄肯否让出瓦釜?

信发出后,日日盼有回复,但久无音讯,我知道芦苇必是不肯,不觉自感脸红。正在我失望之时,芦苇来电话:"此土罐是我镇家之物,你这般说话,我只有割爱了!"芦苇是好人,是我知己,我将永远感谢他了。我去拉那巨大土罐时,特意择了吉日,回来兴奋得彻夜难眠,我原谅着我的掠夺,我对芦苇说:物之所得所失,皆有缘分啊!

现在,巨大土罐放在我的家中,它逼着一些家什移位于阳台上,而写字台仅留给我了报纸一般大的地方。我在想,这套房子到底是组织上分配给我住的还是给土罐住的?这些土罐是谁人所做,埋入谁人坟墓,谁人挖掘出土,又辗转了谁人之手来到了我这里?在我这里待过百年了又落在哪人手中,又有谁还能知道我曾经收藏过呢?土罐是土捏烧而成,百年之后我亦化为土,我能不能有幸也被人捏烧成土罐?那么,家里这些土罐是不是有着汉武帝的土,司马迁的土,唐玄宗或李白的土?今夜,月明星稀,家人已睡，万籁俱静，我把每个土罐拍拍摸摸以想象，在其身上书写了那些历史的人名，恍惚间，便觉得每个土罐的灵魂都从汉唐一路而来了，竟不知不觉间在一土罐上也写下了我的名字。

陶俑

秦兵马俑出土以后，我在京城不止一次见到有人指着在京工作的陕籍乡党说：瞧，你长得和兵马俑一模一样！话说得也对，一方水土养一方人，一方人在相貌上的衍变是极其缓慢的。我是陕西人，又一直生活在陕西，我知道陕西在西北，地高风寒，人又多食面食，长得腰粗膀圆，脸宽而肉厚，但眼前过来过去的面孔，熟视无睹了，倒也弄不清陕西人长得还有什么特点。史书上说，陕西人"多刚多蠢"，刚到什么样，又蠢到什么样，这可能是对陕西的男人而言，而现今陕西是公认的国内几个产美女的地方之一，朝朝代代里陕西人都是些什么形状呢，先人没有照片可查，我只有到博物馆去看陶俑。

最早的陶俑仅仅是一个人头，像是一件器皿的盖子，它两眼望空，嘴巴微张。这是史前的陕西人。陕西人至今没有小眼睛，恐怕就缘于此，嘴巴微张是他们发明了陶埙，发动起了沉沉的土声。微张是多么好，它宣告人类已经认识到自己在这个世界上的位置，它什么都知道了，却不夸夸其谈。陕西人鄙夷花言巧语，如今了，还听不得南方"鸟"语，骂北京人的"京油子"，骂天津人的"卫嘴子"。

到了秦，就是兵马俑了。兵马俑的威武壮观已妇孺皆晓，马俑的高大与真马不差上下，这些兵俑一定也是以当时人的高度而塑的，那么，陕西的先人是多么高大！但兵俑几乎都腰长腿短，这令我难堪，却想想，或许这样更宜于作战，古书上说"狼虎之秦"。虎的腿就是矮的，若长一双鹭鸶腿，那便去做舞伎了。陕西人的好武真是有传统，而善武者沉默又是陕西人善武的一大特点。兵俑的面部表情都平和，甚至近于木讷，这多半是古书上讲的愚，但忍无可忍了，六国如何被扫平，陕西人的爆发力即所说的刚，就可想而知了。

秦时的男人如此，女人呢？跽坐的俑使我们看到高髻后绾，面目清秀，双手放膝，沉着安静。这些俑初出土时被认作女俑，但随着大量出土了的同类型的俑，且一人一马同穴而葬，又唇有胡须，方知这也是男俑，身份是在阴间为皇室养马的"围人"。哦，做马夫的男人能如此清秀，便可知做女人的容貌姣好了。女人没有被塑成俑，是秦男人瞧不起女人还是秦男人不愿女人做这类艰苦工作，不可得知。如今南方女人不愿嫁陕西男人，嫌不会做饭、洗衣、裁缝和哄孩子，而陕西男人又臭骂南方男人竟让女人去赤脚插秧、田埂挑粪，谁是谁非谁说得清？

汉代的俑就多了，抱盾俑、扁身俑、兵马俑。俑多的年代是

草地上两个空酒瓶子醉了

門神主人在寫書，勿扰。

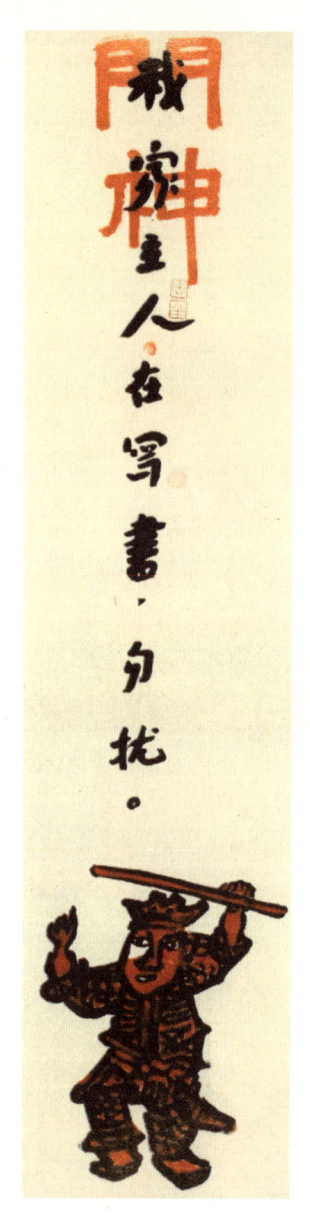

我的门神

文明的年代，因为被殉葬的活人少了。抱盾俑和扁身俑都是极其瘦的，或坐或立，姿容恬静，仪态端庄，服饰淡雅，面目秀丽，有一种含蓄内向的阴柔之美。中国历史上最强盛的为汉唐，而汉初却是休养生息的岁月，一切都要平平静静过日子了，那时的先人是讲究实际的，俭朴的，不事虚张而奋斗的。陕西人力量要爆发时，那是图穷匕现的，而蓄力的时候，则是长距离地较劲。汉时民间雕刻有"汉八刀"之说，简约是出名的，茂陵的石雕就是一例。而今，陕西人的大气，不仅表现在建筑、服饰、饮食、工艺上，接人待物言谈举止莫不如此。犹犹豫豫，瞻前顾后，不是陕西人性格；婆婆妈妈，鸡零狗碎，为陕西人所不为。他不如你的时候，你怎么说他，他也不吭，你以为他是泼地的水提不起来了，那你就错了，他入水瞄着的是出水。

汉兵马俑出土最多，仅从咸阳杨家湾的一座墓里就挖出三千人马。这些兵马俑的规模和体型比秦兵马俑小，可骑兵所占的比例竟达百分之四十。汉时的陕西人是善骑的。可惜的是现在马几乎绝迹，陕西人自然少了一份矫健和潇洒。

陕西人并不是纯汉种的，这从秦开始血统就乱了，至后年年岁岁地抵抗游牧民族，但游牧民族的血液和文化越发杂混了我们的先人。魏晋南北朝的陶俑多是武士，武士里相当一部分是胡人。那些骑马号角俑、舂米俑，甚至有着人面的镇墓兽，细细看去，有高鼻深目者，有宽脸彪悍者，有眉清目秀者，也有饰"魋髻"的滇蜀人形象。史书上讲过"五胡乱华"，实际上乱的是陕西。人种的改良，使陕西人体格健壮，易于容纳，也不善工计，易于上当受骗。至今陕西人购衣，不大从上海一带进货，出门不愿与南方人为伴。

正是有了南北朝的人种改良，隋至唐初，国家再次兴盛，这就有了唐中期的繁荣，我们看到了我们先人的辉煌——

天王俑：且不管天王的形象多么威武，仅天王脚下的小鬼也非等闲之辈：它没有因被踩于脚下而沮丧，反而跃跃欲试竭力抗争。这就想起当今陕西人，有那一类，与人抗争，明明不是对手，被打得满头满脑血了却还往前扑。

三彩女侍俑：面如满月，腰际浑圆，腰以下逐渐变细，加上曳地长裙构成的大面积的竖线条，一点儿也不显得胖或臃肿，倒更为曲线变化的优美体态。身体健壮，精神饱满，以力量为美，这是那时的时尚。当今陕西女人，两种现象并存，要么冷静、内向、文雅，要么热烈、外向、放恣，恐怕这正是汉与唐的遗风。

骑马女俑：马是斑马，人是丽人，袒胸露臂，雍容高雅，风范犹如十八世纪欧洲的贵妇。

梳妆女坐俑：裙子高系，内穿短襦，外着半袖，三彩服饰绚丽，对镜正贴花黄。

随着大量的唐女俑出土，我们看到了女人的发式多达一百四十余种。唐崇尚的不仅是力量型，同时还是表现型。男人都在展示着自己的力量，女人都在展示着自己的美，这是多么自信的时代！

陕西人习武健身的习惯可从一组狩猎骑马俑看到，陕西人的幽默、诙谐可追寻到另一组说唱俑。从那众多的昆仑俑、骑马胡俑、骑卧驼胡人俑、牵马胡人俑，你就能感受到陕西人的开放、大度、乐于接受外来文化了。而一组塑造在骆驼背上的七位乐手和引吭高歌的女子，使我们明白了陕西的民歌戏曲红遍全国的根本所在。

秦过去了，汉过去了，唐也过去了，国都东迁北移离陕西远去，一个政治经济文化的中心日渐消亡，这成了陕西人最大的不幸。宋代的捧物女绮俑从安康的白家梁出土，它们文雅清瘦，穿着"背子"。还有"三搭头"的男俑。宋代再也没有豪华和自信了，而到了明朝，陶俑虽然一次可以出土三百余件，仪仗和执事队场面壮观，但其精气神已经殆失，看到了那一份顺服与无奈。如果说，陕西人性格中有某些缺陷，呆滞呀，死板呀，按部就班呀，也都是明清精神的侵蚀。

每每浏览了陕西历史博物馆的陶俑，陕西先人也一代一代走过，各个时期的审美时尚不同，意识形态多异，陕西人的形貌和秉性也在复复杂杂中呈现和完成。俑的发生、发展至衰落，是陕西人的幸与不幸，也是两千多年的中国历史的幸与不幸。陕西是中国历史的缩影，陕西人也最能代表中国人。二十世纪七十年代之末，中国实行改革开放政策，地处西北的陕西是比沿海一带落后了许多，经济的落后导致了外地人对陕西人的歧视。我们实在是需要清点我们的来龙去脉，我们有什么，我们缺什么，经济的发展文化的进步，最根本的并不是地理环境而是人的呀，陕西的先人是龙种，龙种的后代绝不会就是跳蚤。当许许多多的外地朋友来到陕西，我最于乐意的是领他们去参观秦兵马俑，去参观汉茂陵石刻,去参观唐壁画。我说:"中国的历史上秦汉唐为什么强盛,那是因为建都在陕西,陕西人在支撑啊。宋元明清国力衰退,那罪不在陕西人而陕西人却受其害呀。"外地朋友说我言之有理,却不满我说话时那一份红脖子涨脸:瞧你这尊容,倒又是个活秦兵马俑了!

一块土地

这是××给我说的,他说,那块地并不大,总共十八亩二分五,他们习惯于说是十八亩地。

十八亩地很平整,但北头窄,南头稍宽些,西边有一条水渠,水渠一拐,朝别的地方去了,拐弯处长了棵梧桐树。十八亩地里冬天种麦,夏天种苞谷,庄稼长得好不好,他那时太小,只有两岁吧,并不理会,他只关心着那棵梧桐树上会不会来凤凰。梧桐树是沙百村里最粗的树,树冠特别大,也特别圆,风一吹,就软和了,咕涌咕涌地动。大人们都说,梧桐树上招凤凰,但他从来没见过凤凰,来的全是黑羽毛鸟,一落进去就不见了。

那时候,他的太爷还在,太爷鼻子以下都是胡子,没有嘴。他记得有一阵太爷总是去十八亩地,从地北头走到地南头,再从地南头走到地北头,来回地走。太爷在地里走着就背了手,腿好像没了膝盖,直戳戳地往前迈一步,再迈一步,像是不会走路似的。从渠沿上走过的人说：啊爷，你咋天天都量地哩？

太爷说：我有吗？

那人说：那原本就是你的嘛。

太爷瞪了一眼。

太爷为什么要瞪人家，他不知道原因，后来是爷告诉了他。爷的爷初来乍到沙百村，这里还是一片狼牙刺滩，一家人起早贪黑硬是挖掉了狼牙刺，搬走了石头，才修出来了十八亩地。但在太爷三十岁的那一年，房子着了大火，把什么都烧成了灰，十八亩大地就卖给了村里的马家，太爷还从此给人家吆马车。

太爷在用步子丈量着十八亩地，村子里正叮叮咣咣地敲锣鼓。锣鼓差不多都敲过十天半月了，还是敲，那是一套新置的响器，敲起来他总以为要敲烂了，可就是敲不烂。

锣鼓敲到谁家，谁家就拿一条红被面来挂彩，快到他家时，太婆舍不得把红被面拿出来。记得太爷站在上房台阶上吃水烟，太爷每天丈量一遍十八亩地回来都要吃水烟，说：你呀你呀，新社会了嘛！

他那时不晓得什么是社会，社会又怎么是新的了。

太爷说：土地改革了呀！

太爷在十八亩地里种了麦子，麦子长势很好，风一起，麦地里就旋了涡，风好像有双大脚，一直在那里跳舞。可是，麦子刚刚泛黄，眼看着都要搭镰了，太爷却死了。

太爷他没福。

沙百村的坟地都是在村东那个堆料礓石的高岗子上的，只有太爷的坟埋在梧桐树下。太爷临死前给太婆交代，这十八亩地是极力要求分回来的，宁愿一个人孤孤单单，一定要埋在十八亩地里。太婆和太爷一辈子意见不合，平日一个说要这样，另一个偏要那样。太婆说：啊这一回听你的。就把太爷埋在了梧桐树下。

村里有人说，太婆真不该把太爷埋在十八亩地的，可能太爷知道太婆不顺听他的话，故意反说的，太爷哪里会舍得让坟占用十八亩地呢？他们就提起太爷的往事，说马家不仅在沙百村的土地多，在西安城里仍还有一个骡马店，太爷就每日从渭河码头上到城里的钟楼下，又从城里的钟楼下到渭河码头上吆马车拉客。冬季的夜里吆完最后一趟马车，钟楼下就有个老妓女等太爷，太爷便给她买两碗热馄饨，她可以整夜把太爷的一双脚抱在怀里暖热。这老妓女后来就是他的太婆。但这话爷不让后辈人说，他爹不说，他也不说。

其实，太爷的事情他记得并不多。记得深刻的还是他爷。爷对十八亩地更是上心，种麦、种苞谷，也种豌豆和芝麻，地堰砌得又细又直，地里的土疙瘩都磕得碎碎的，更不能有一棵杂草。沙百村人在很长的时间里流传着一个笑话，说爷有一次进城，沙百村离城有十里路，爷感觉要大便呀，就往回赶，须要把粪屙在十八亩地里，但终究没憋住，半路上屙了，却还屙在荷叶上提回来倒在地里。这笑话或许是编的，但他亲眼看过爷在吃土。那是一个秋后，十八亩地犁过种麦，麦苗还没出来，爷领着他在地里走。爷一直鼻孔张大地吸，他说爷你吸啥哩？爷说你没闻到土气香吗？他闻不出来，爷就从地上捏一把土，捏着捏着，竟把一小撮塞在嘴里嚼起来了,吓了他一跳。

他说:爷,爷,你吃土哩?

爷说:吃哩。

他说:爷是蚯蚓。

爷呵呵呵地笑了,说:蚯蚓?啊,蚯蚓,爷是蚯蚓。

后来,爷就当了村长。当了村长,爷就走方字步,而且每次出门,都要披一件衣服,冬天里披的是棉袄,夏天里披的是褂子,在村道里走,人人见了都问候。爷怎样经管着村子,他不甚清楚,但在爷当村长的几年里,沙百村一下子成了远近闻名的先进村。

在一年夏天,有个风水先生来到村里,看了沙百村地形,认为沙百村并没什么出奇处呀,就见到爷,怀疑是不是村长的祖坟穴位好,爷带着就去了十八亩地。才走到水湾拐弯那儿,爷却让风水先生等一等。风水先生问为啥,爷说:一群孩子在地南头偷吃豌豆哩,咱突然去了会吓着他们。风水先生哦了一声,不再去看穴位,说:我明白了,全明白了。

是过了两年吧,村里又是敲锣打鼓,叮叮咣,叮叮咣,他还是操心着锣鼓要敲烂了,可锣鼓就是敲不烂。爷当然也是参加了锣鼓队,但敲完锣鼓回来,婆在问爷:咋又敲锣鼓哩?

爷说:社会又变呀。

婆经过土改,以为又要分地,说:村里不是地都分完了吗?

爷说:要收地呀。

这就是成立了人民公社,沙百村各家各户的土地都收了,十八亩地也收了,所有的土地都归于集体。

村子里架起了高音喇叭,喇叭是个大嘴,整天在说着人民公社好。但是爷不久就病了,爷的病先是眼睛黄,后来浑身黄,黄得像土,再就是肚子胀,汤米不进。沙百村成了人民公社的一个生产队,生产队选队长,选的还是爷,爷已经领不了社员们去拔界石、扒地堰、平整大面积耕地了。睡倒了一个月,到了初秋,爷突然精神好些,要家里人搀着去十八亩地。家里人搀着他到梧桐树下,爷说:噢芝麻开花了。头一歪,在爹的怀里咽了气。

爷死后没有埋在十八亩地里,因为十八亩地已经不属于他家,爷埋在了村东堆料礓石的高岗子上。太爷的坟堆也平了,清明节去祭奠,只在梧桐树下烧纸。

十八亩地再不可能还种豌豆和芝麻了,它是村里最好的三块地之一,秋季全种了苞谷。苞谷秆上结了棒子,像牛的犄角,他总感觉十八亩地里是摆了牛阵,牛随时就会呼啸着跑了出来。

那些年里,吃粮吃菜连同烧锅的柴火都由生产队按工分的多少来分,人开始肚子吃不饱饭,猪也瘦得长一身的红毛。沙百村的人几乎都成了贼,想着法儿偷地里的庄稼,他也就钻到十八亩地里捋套种在苞谷里的黄豆叶子。捋黄豆叶子时连黄豆荚一块捋,拿回家猪吃叶子,人煮了豆荚吃。他是先后去捋过三次,第四次让队长发现了,队长夺了笼筐,当场就用脚踏扁了。

他说:这十八亩地原本是我家……

队长说:你说啥?你再说!

队长扇了他一个耳光,他就没敢再说。

他回到家要把挨打的事说给爹的，爹却正把那套锣鼓往他家的土楼上放，他以为又要敲锣鼓了。爹告诉他这套锣鼓一直在常三爷家，常三爷年纪大了，常三爷的儿子老谋着要把锣当烂铜烂铁卖了去买黑市粮呀，常三爷就让爹存到他家的。

这锣鼓从此就放在他家的土楼上，再也没有敲过。有一年村里有个叫朱能的人来他家借小米，他家没有秤，也没升子，朱能说你家不是放着锣吗，给我量上一锣。他爹从土楼上取锣，锣里竟然有一窝新生的老鼠。用锣量了一锣小米，朱能却是把那一锣小米做了干饭，一顿吃了。

朱能坏了村子的名誉，周围生产队的人都在嘲笑，说沙百村的人是饿死鬼托生的。

在他七岁的那年，娘得了一种病，就是腰越来越弯，好像她背上老压着个大沙袋似的，眼睛再也看不到了天。爹把他寄养在了城里的姑家，就在那里上学。村里的事自那以后他便知道得少了，只晓得爹在后来像太爷年轻时一样，吆起了马车。但爹吆马车不是去拉客，爹是到城里拉粪车。每个星期六了，爹都要来姑家的那个大杂院收粪水，辕杆上就吊一个麻袋，里边装着红薯，或者是白菜和葱，放到姑家了，便在厕所里淘粪，然后一桶一桶提出去倒在马车上的木罐里。那匹老马很乖，站着一动不动，无论头是朝东还是朝西，尾巴老是朝下。淘完了粪，爹是不在姑家吃饭的，带着他回沙百村过星期天，他便坐在辕杆上。

他是每个星期六都坐粪车的，一直坐到了中学毕业。

这期间发生了多少事啊，比如，他娘死了，他爹摔断过腿，头发一根一根全白了,他又上了大学,大学毕业再在一家报社上班。

就在他再一次回到沙百村,要把辞退工作准备经商的想法说给爹,他记得清清楚楚,那一天他家的院子里拥了好多人。这些人在从土楼上往下取锣鼓,鼓是皮松了,重张拉紧钉好,而锣也锈了几处,敲起来还是震耳欲聋。他那时真笨,以为他们要闹社火,还纳闷着沙百村从来就没有闹过社火呀。

院子人说:征地啦,征地啦!

他说:土地又改革呀?

院子人说:你还是城里人哩,你不知道征地?

他当然知道征地,好多城中村都征地盖楼房了,可他哪里能想到,沙百村距城这么远的,怎么就征到了这里的地!

沙百村的锣鼓叮叮咣咣敲动着,沙百村果真是被征了地,不仅是征了耕地,连村子都征了。因为沙百村西边的三个村子原是唐代的皇家公园旧址,现在要恢复重建,周围十几个村子都得搬迁。

那个晚上,沙百村人都在高兴,这地一征,社会又变了嘛,他们终于不再是农民了,以后子子孙孙永远不是农民了,而且每家还领到了一大笔补贴费,就筹划着该怎么使用这些钱了:去大商场租个柜台吧,从广州上海进货,做服装生意,却又担心如果货卖不出去怎么办?最可靠的还是到街上去摆地摊吧,或者推个三轮车去卖早点。他爹却在屋里喝闷酒,喝了半瓶子,喝得一脸的汗都是油。

爹说：你爹真的也不是农民了？

他说：没地了，当然不是农民嘛。

爹却说咱到十八亩地去。

他能理解爹的心情，以前分了地，又收了地，地还在沙百村，天天都能看到，现在却要离开沙百村，十八亩地说不定做什么用场，就再也没有了呀。他陪爹去了十八亩地。那一夜月亮很高，爹又像太爷一样，反背了手，腿也没了膝盖，直直地一步一步从地北头走到地南头，从地南头走到地北头。走了七八个来回，爹的腿一软就跪在地上磕头。他不知道爹是给十八亩地磕头哩，还是给埋在十八亩地里的太爷磕头。

爹离开了沙百村，搬到了城西南角新建的小区住，把家里的什么都带去了，包括那一套锣鼓。但爹过不惯住高层楼的生活，说老觉得楼在摇，晚上睡不踏实。

他不能陪爹呀，先还是十天半月去看望一次，后来三四个月也难得去，因为他的公司经营外贸生意，生意又非常好，而且在积累了一定资金后，他也开始进入房地产市场。

城市发展确实很快，像湖水一样向四边漫延着扩张，那个唐代的皇家公园在三年内就恢复重建了，果然成了西安最现代也最美丽的地方。原先二十万一亩征去的土地，地价开始成了四百万一亩，纷纷建造了别墅，别墅已卖到两万元一平方米。还未开发的那些地方，政府都用围墙圈着，过一段时间，拍卖一块，再过一段时间，再拍卖一块。

当然，每次拍卖会他都去参加的，每次参加了都铩羽而归，因为价钱实在是太高了。但当又一次召开拍卖会，拍卖的是沙百村那一片土地，他竭力竞争，他的实力不可能拿下整个沙百村，却终于得到了那十八亩地的开发权。

他把这消息告诉了爹，爹雇了一辆三轮车把那一套锣鼓拉到了十八亩地里，和他公司的员工整整敲了三天三夜，叮叮咣，叮叮咣，这一回鼓敲得散了架，锣真的就烂了。

他说，这十八亩地他要得到，就是倾公司的所有力量，一定要得到，得不到他就得疯了。他确实有些孤注一掷，甚至是变态了。他在给他的员工讲道理，他说十八亩地，是他看到的也是经过的，收了，分了，又收了，又分了，这就是社会在变化。社会的每一次变化就是土地的每一次改革，这土地永远还是十八亩呀，它改革着，却演绎了几代人的命运啊！

××说完了他的故事，我让他带我去十八亩地看看。十八亩地果然还被围墙围着，地很平，没有庄稼，长着密密麻麻一人多高的蒿草。水渠已经没有了，那棵梧桐树还在。那真是少见的一棵树呀，树干粗得两个人才能抱住，树冠又大又圆。突然，地的南头嘎喇喇一声，飞起了一只鸟，这鸟的尾巴很长，也很好看，我们立即认出那是野鸡，就撵了过去。野鸡还在草上闪了几下，后来再寻就不见了。

怎么会有野鸡？野鸡是能飞的，但它飞不高也飞不远，围墙之外都是楼房，它是从哪儿来的？我们都疑惑了。

我说：是不是沙百村原来就有野鸡？

他说：这不可能，我从来没在村里见过野鸡。

我想，那就是这十八亩被围起来后，地上自生了蒿草也自生了野鸡。因为若一个水塘，水塘里从没放过鱼苗，过那么几年水塘里不就有鱼在游动吗？

××却突然地说：这是不是我太爷的魂？

他这话是把我吓了一跳，但我绝不会认为他的话是对的，我只是担心这十八亩地很快就要铲草掘土，建起高楼了，那野鸡还能生存多少日子呢？

又是一年过去了，我再没见到××也没有听到关于他的消息。有一天路过了那十八亩地，十八亩地的围院换了，换成了又高又厚的砖墙，全涂着红色。围墙里并不是建筑工地，梧桐树还在，蒿草还一人多高。而围墙西头紧锁着的两扇铁门，门口挂着了一个牌子，写着：一块土地。

观沙砾记

正是中午,我在岸边的柳荫下乘凉,一抬头,看见河滩的沙地里,腾腾的有着一层雾气,一丝一缕的,曲线儿的模样。看得久了,又似若有若无,灿灿的却在那雾气之中,有了什么在闪光,有的如火苗,那么一小朵,里圈是红的,外圈是白的,飘忽不可捉摸;有的如珍珠,跳跃着无数光环,目不能细辨,似乎其中有红、黄、绿、紫的色彩;有的如星星,三角形的,五角形的,光芒乍长乍短。我一时不知这是什么东西,叫小女儿去寻看,只是一片河滩,满地沙砾,漠漠视而不识,而升腾的雾气灼灼,使人不能久站。回到柳荫下又看,那光亮又在那里闪耀。女儿照着一点光走去,双手捡起,捂在掌内走过来,看时,乃是一块小小的沙石片儿。

石片极平凡,三角形状,边角已成光滑,上边隐隐有几道石纹,并不算美;放在手中,不见有彩,拿近眼前,黯然无光。女儿很是纳闷，问：它在沙滩灿烂，在这里失色，这是怎么回事？

是怎么回事，我也不得其解。反复揣摩石片，想起"橘生淮南则为橘，生于淮北则为枳"的古语，猜这是地方不同所致，这石片或是从山上来的，风吹雨打，裂成碎片，随水走川过峡，万里浪淘，停在这河滩里了；这水，这气，这日，才使其显了本色，互相辉映，有了灿灿之光。如今拿在手中，没了那些就得不到其天然色泽了。由此看来，天上的星星，也是这样：它在天上，便有光亮，成其为星，落在地上了，纯乎一块陨石，有人幻想上天摘星，以此炫耀，恐怕摘下来，也是一块冰冷顽石吧！再去推想，我们居住的地球，我们看来，是土、是石，可从别的星球看去，也一定会有光有色。那么，鱼在水里，游动有神，来来去去，可谓悠然，若捞上岸来，便会翅不如毛，尾亦无力了。鸟在云际，有容有声，高高低低，可谓自若，若坠入水去，便要有翅不能飞，有爪不能划了。世上什么东西生存，只有到了它生存的自然之中，才见其活力，见其本色，见其生命，见其价值。人往往有其好心，忽视自然规律，欲以己之意，加于他物，结果往往适得其反。

沙砾本是无情，也有如此属性，而万千世界，人为第一，百人百貌，百貌百性，不能定然，不可固一。应是让其在充分发挥自己的条件下，不拘一格，各逞其才。那么，人便更是活的，就有生气，就有创造，这个人世就有了最伟大的、最光辉的色彩。

女儿还在哀叹沙砾，说是死了，是不是还能再活？我让女儿把那石片儿抛到河滩去,站在柳荫下静观,便见又灿灿然、烁烁然了。女儿笑之,我亦笑之,沙砾似乎也在笑,一闪一闪的,绽闪着金色的微笑。

关于埙

　　我不是音乐家，哆来咪发唆拉西，总只认一二三四五六七。数年前为了研究文学语言的节奏，我选了许多乐谱，全是在一张工程绘图纸上标出起伏线来启悟的。我也不会唱歌，连说话能少说也尽量少说。但我喜欢埙，当我第一次听到埙乐时，我浑身战栗不能自已，以为遇见了鬼。听了埙乐而去看乐器，明白小时候在乡下常用泥巴捏了牛头模样的能吹响的东西也就是原始的埙吧？就觉得埙与我有缘分。现在，我的书房里摆着一架古琴、一支箫、一尊埙，我虽然并不能弹吹它们，但我一个人夜深静坐时抚着它们就有一种奇妙的感觉。古琴是很雅的乐器，我睡在床上常恍惚里听见它在自鸣，而埙却更有一种魅力，我只能简单地把它吹响，每一次吹响，楼下就有小孩儿吓得哭，我就觉得它招来了鬼，也明白了鬼原来也是可爱的。我喜欢埙，喜欢它是泥捏的，发出的是土声，是地气。现代文明产生的种种新式乐器，可以演奏华丽的东西，但绝没有埙这样的虚涵着一种魔与幻。有了古琴，有了箫，有了埙，又有了两三个懂乐谱会乐器的朋友，我们常常夜游西安古城墙头去作乐。我们作乐不是为了良宵美景，也不是要做什么寻根访古，我们觉得发这样的声响宜于身处的这个废都，宜于我们寄养在废都里的心身。中国的古乐十分简约，简约到几近于枯涩，而这样的乐器弹吹出这样的声响，完全是自己对着自己，为自己弹吹，而不是为了取悦别人。海明威讲冰山十分之七在水里，十分之三在水面，中国古乐正是如此。我常常反感杂噪浮躁，欣赏"口锐者，天钝之，目空者，鬼障之"的话，所以我一遇到琴、箫和埙，我就十分地亲近了。

丑石

我常常遗憾我家门前的那块丑石呢：它黑黝黝地卧在那里，牛似的模样；谁也不知道是什么时候留在这里的，谁也不去理会它。只是麦收时节，门前摊了麦子，奶奶总是要说：这块丑石，多碍地面哟，多时把它搬走吧。

于是，伯父家盖房，想以它垒山墙，但苦于它极不规则，没棱角儿，也没平面儿；用錾破开吧，又懒得花那么大气力，因为河滩并不甚远，随便去捐一块回来，哪一块也比它强。房盖起来，压铺台阶，伯父也没有看上它。有一年，来了一个石匠，为我家洗一台石磨，奶奶又说：用这块丑石吧，省得从远处搬动。石匠看了看，摇着头，嫌它石质太细，也不采用。

它不像汉白玉那样地细腻，可以凿下刻字雕花；也不像大青石那样地光滑，可以供来浣纱捶布。它静静地卧在那里，院边的槐荫没有庇覆它，花儿也不再在它身边生长。荒草便繁衍出来，枝蔓上下，慢慢地，竟锈上了绿苔、黑斑。我们这些做孩子的，也讨厌起它来，曾合伙要搬它走，但力气又不足；虽时时咒骂它、嫌弃它，也无可奈何，只好任它留在那里去了。

稍稍能安慰我们的，是在那石上有一个不大不小的坑凹儿，雨天就盛满了水。常常雨过三天了，地上已经干燥，那石凹里水儿还有，鸡儿便去那里喝饮。每每到了十五的夜晚，我们盼那满月出来，就爬到其上，翘望天边；奶奶总是要骂的，害怕我们摔下来。果然那一次就摔了下来，磕破了我的膝盖呢。

人都骂它是丑石，它真是丑得不能再丑的丑石了。

终有一日，村子里来了一个天文学家。他在我家门前路过，突然发现了这块石头，眼光立即就拉直了。他再没有走去，就住了下来；以后又来了好些人，说这是一块陨石，从天上落下来已有二三百年了，是一件了不起的东西。不久便来了车，小心翼翼地将它运走了。

这使我们都很惊奇！这又怪又丑的石头，原来是天上的呢！它补过天，在天上发过热、闪过光，我们的先祖或许仰望过它，它给了他们光明、向往、憧憬；而它落下来了，在污土里、荒草里，一躺就是几百年了！

奶奶说："真看不出！它那么不一般，却怎么连墙也垒不成，台阶也垒不成呢？"

"它是太丑了。"天文学家说。

"真的，是太丑了。"

"可这正是它的美！"天文学家说，"它是以丑为美的。"

"以丑为美?"

"是的,丑到极处,便是美到极处。正因为它不是一般的顽石,当然不能去做墙、做台阶,不能去雕刻、捶布。它不是做这些小玩意儿的,所以常常就遭到一般世俗的讥讽。"

奶奶脸红了,我也脸红了。

我感到自己的可耻,也感到了丑石的伟大;我甚至怨恨它这么多年竟会默默地忍受着这一切,而我又立即深沉地感到它那种不屈于误解、寂寞的生存的伟大。

酒

我在城里工作后,父亲便没有来过,他从学校退休在家,一直照管着我的小女儿。我从来的作品没有给他寄过,姨前年来,问我是不是写过一个中篇,说父亲听别人说过,曾去县上几个书店、邮局跑了半天去买,但没有买到。我听了很伤感,以后写了东西,就寄他一份,他每每又寄还给我,上边用笔批了密密麻麻的字。给我的信上说,他很想来一趟,因为小女儿已经满地跑了,害怕离我们太久,将来会生疏的。但是,一年过去了,他却未来,只是每一月寄一张小女儿的照片,叮咛好好写作,说:"你正是干事的时候,就努力干吧,农民扬场趁风也要多扬几锨呢!但听说你喝酒厉害,这毛病要不得,我知道这全是我没给你树个好样子,我现在也不喝酒了。"接到信,我十分羞愧,便发誓便再也不去喝酒,回信让他和小女儿一定来城里住,好好孝顺他老人家一些日子。

但是，没过多久，我惹出一些事来，我的作品在报刊上引起了争论。争论本是正常的事，复杂的社会上却有不正常的看法，随即发展到作品之外的一些闹哄哄的什么风声雨声都有。我很苦恼，也更胆怯，像乡下人担了鸡蛋进城，人窝里前防后挡，唯恐被撞翻了担子。茫然中，便觉得不该让父亲来，但是，还未等我再回信，在一个雨天他却抱孩子搭车来了。

老人显得很瘦，那双曾患过白内障的眼睛，越发比先前滞呆。一见面，我有点儿惶恐，他看了看我，就放下小女儿，指着我让叫爸爸。小女儿斜头看我，怯怯地刚走到我面前，突然转身又扑到父亲的怀里，父亲就笑了，说："你瞧瞧，她真生疏了，我能不来吗？"

父亲住下了，我们睡在西边房子，他睡在东边房子。小女儿慢慢和我们亲热起来，但夜里却还是要父亲搂着去睡。我叮咛爱人，什么也不要告诉父亲，一下班回来，就笑着和他说话，他也很高兴，总是说着小女儿的可爱，逗着小女儿做好多本事给我们看。一到晚上，家里来人很多，都来谈社会上的风言风语，谈报刊上连续发表批评我的文章，我就关了西边门，让他们小声点儿，父亲一进来，我们就住了口。可我心里毕竟是乱的，虽然总笑着脸和父亲说话，小女儿有些吵闹了，就忍不住斥责，又常常动手去打屁股。这时候，父亲就过来抱了孩子，说孩子太嫩，怎么能打，越打越会生分，哄着到东边房子去了。我独自坐一会儿，觉得自己不对，又不想给父亲解释，便过去看他们。一推门，父亲在那里悄悄流泪，赶忙装着眼花了，揉了揉，和我说话,我心里愈发难受了。

　　从此,我下班回来,父亲就让我和小女儿多玩一玩,说再过一些日子,他和孩子就该回去了。但是,夜里来的人很多,人一来,他就又抱了孩子到东边房子去了。这个星期天,一早起来,父亲就写了一个条子贴在门上——"今日人不在家",要一家人到郊外的田野里去逛逛。到了田野,他拉着小女儿跑,让叫我们爸爸、妈妈。后来,他说去给孩子买些糖果,就到远远的商店去了。好长的时候,他回来了,腰里鼓囊囊的,先掏出一包糖来,给了小女儿一把,剩下的交给我爱人,让她们到一边去玩。又让我坐下,在怀里掏着,是一瓶酒,还有一包酱羊肉。我很纳闷:父亲早已不喝酒了,又反对我喝酒,现在却怎么买了酒来?他使劲用牙起开了瓶盖,说:

　　"平儿,我们喝些酒吧,我有话要给你说呢。你一直在瞒着我,但我什么都知道了。我原来是不这么快来的,可我听人说你犯了错误了,不知道到底是什么情况,怕你没有经过事,才来看看你。报纸上的文章,我前天在街上在报栏里看到了,我觉得那没有多大的事。你太顺利了,不来几次挫折,你不会有大出息呢!当然,没事咱不寻事,出了事也不要怕事,别人怎么说,你心里要有个主见。人生是三劫四劫过的,哪能一直走平路?搞你们这行事,你才踏上步,你要安心当一生的事儿干了,就不要被一时的得所迷惑,也不要被一时的失所迷惘。这就是我给你说的,今日喝喝酒,把那些烦闷都解了去吧。来,你喝喝,我也要喝的。"

他先喝了一口,立即脸色通红,皮肉抽搐着,终于咽下了,嘴便张开往外哈着气。那不能喝酒却硬要喝的表情,使我手颤着接不住他递过来的酒瓶,眼泪唰唰地流下来了。

喝了半瓶酒,然后一家人在田野里尽情地玩着,一直到天黑才回去。父亲又住了几天,他带着小女儿便回乡下去了。但那半瓶酒,我再没有喝,放在书桌上,常常看着它,从此再没有了什么烦闷,也没有从此沉沦下去。

爱的踪迹

"文革"后,重新回到西安城西河沿,我久久地站在那里,感情惊异得不能自已。

这地方,是不咋大的,绕着青砖砌起的古城墙,便是那曲河水,缓缓坦坦的样子。初看并不怎见流动,浮萍厚厚地铺在上面,像一层绿色绒毯,似乎可以踩上去打个滚儿;有风掠过的时候,绿毯也不见开,只是微微地起伏,使人觉得温柔可爱。顺着河边儿,萋萋地长密了草;远十步许,上得岸来,就是坪地:草没有水边的肥壮,却多了几分嫩黄;每隔三步,有一株洋槐,整齐地排列过去,枝叶是交叉着的,分不清哪一枝是哪一棵树的。时正初夏,槐花开得雪白,一嘟噜的,一串串的,暗香淡淡浮动着;只有蜜蜂知道香的来去,激动地飞着,千百次鼓颤着翅翼。

这么个去处,在别的地方,或许并不见稀罕,但在西安这个闹市里,却有几分世外仙境的味道。此时此地,从异地归来的我，稍稍闭上眼睛，做个回想，十三年前的场面就再现在面前。

天已黄昏，正是夕阳无限好的时候，一对一对的少男少女，来到这里约会。远远看去，暮雾从河面起身，悄悄浮上坪地，朦朦胧胧的，掩去那槐呀草的。约会人的自行车，看不清头，也看不清尾，只见那一圈半圈的闪光。月亮出来了，照着绿毯般的河水，闪着深浅不一的绿光。这河边、树后、车下，必是有了一对人，人是多情多义，话是如糖如蜜；一对不妨碍一对；一直谈到月亮在城墙垛上坠了，露水从草叶爬上了裤管……

是这么个地方酝酿着爱呢，还是爱使这个地方有了魅力？任何的少男少女，都是为着爱的追求而来，怀着爱的充实而去。爱原来是在幽幽的静里产生，爱原来是属于脉脉的夜的啊。

我不禁有些惊颤了：十三年前，我不是就从这里走过的吗？哪一处是我获得爱的地方呢？十三年了，动乱中我走过多少地方，经过多少世事，如今拖着一副疲倦的身心站在这河沿上，拼着千呼万唤，我的爱能再一次走来吗？

河水还是昔日的模样，可它已不是昔日的河水。槐树是昔日的槐树，但分明粗多了，也密多了。一岁一枯荣的小草，根还是昔日的根吗？十三年了，从这里走去了多少男女，多少男女又向这里走来；这里该留下了多深多厚的爱呢？！

我低下头来，在河沿上徘徊，看那绿毯起伏，让柔和的风吹着面颊，我细细地搜索着河沿，想要找着那爱的踪迹。

那斜坡处，有了一个一个的小台儿，似乎是两把并排的座椅。噢，爱一定在这里停过：今天一对人在这里坐着，明天另一对人又来坐着，天长日久，这里便成了固定的位置，那无数的衣裤已经磨得小土台儿光光滑滑。那台儿下，差不多是有了小坑儿的，这是情人们坐在那里，让月光照着，让夜风吹着，满身的激动，满心的得意，已经不能不自觉地用脚一下两下地踢地，踢出的小坑。

开着两点三点小花的草丛，住着蛐蛐蚂蚱的树下，是一堆堆瓜子皮儿、糖果纸。那是谁留下的呢？想想吧，一封短信，一个电话，情人们约定了时间，他们在这里相见了：你掏出一包瓜子，她取出一手帕糖果；该说的都说了，该吃的都吃了，那吃进去的是甜的蜜的，那说出来的是蜜的甜的，他们在甜蜜之后走去了，却留下了爱的踪迹。

到处的草都是密密的，高高的，竟有这样的地方：草没了茎，没了叶，只留下草根。草呢？草呢？草被掐去了。他们坐在那里，一个热切切地盯着脸，一个羞答答地低了眼，一张薄亮亮的纸捅破了，两根心弦砰地一弹，却无声地静默了。鸟儿在树上也不曾叫，蛐蛐在草里也不曾动，一双颤抖的手，下意识地在掐身边的草，掐下一截，再掐下一截……

哟，这里，就在这里，看不见那台儿坑儿，没留下瓜子糖纸，而且压根儿没有长草，爱的踪迹在哪里呢？往下可以看见。就在这地方下去一丈远的斜坡上，长起了一丛青油油的瓜秧儿。是了，这毕竟是坐过一对人的，吃过炒得不全熟的瓜子，就在他们离去不久，该是落过一场小雨，将那遗留的未嚼的瓜子冲在斜坡，慢慢生长出苗儿了。试想，那爱的获得已经很久，或许，他们已经结婚了；或许，他们已经有了孩子。

啊，城西河沿，到处都是爱，到处都有着爱的踪迹！无怪过去十三年了，这河水的绿毯依然这般绿，这洋槐的白花依然这般香。城西河沿，充满了人生爱的圣地，经过一场"文革"竟还能这么保存下来，竟还这么使几代人永远恋慕向往，我该怎样来称呼你呢？

太阳慢慢地在天边西斜了，动人的余晖在河的绿毯上染上玫瑰般的艳红，接着就变成橘黄了，愈来愈嫩，愈嫩愈淡；槐的林子开始朦朦胧胧的了。我抬起头来，看见远远的地方，开始有人走到河沿这边来，影子是那样地轻盈、柔曼。我知道，夜色到来了，幽静到来了，爱该到来了。我慢慢地从河沿走开去，感觉一个中年，一个失去了往日的爱的人，在这里是不相宜的。但我脚步却几番沉重，几番流连，深深地眼红着走来的少男少女们：爱的获得难道只有他们吗？爱难道消失之后就再不能获得吗？

我又退了回去，在一棵槐树旁坐下，默默地说："我应该待在这里，我需要在这里待一会儿，让爱再回到我的心上吧。"

城西河沿啊，十三年后，重新站在你的身边，我的感情再也不能自已了啊！

"卧虎"说
—— 文外谈文之二

我说的"卧虎",其实是一块石头,被雕琢了,守在霍去病的墓侧。自汉而今,鸿雁南北迁徙,日月东西过往,它竟完好无缺,倒是天光地气,使它生出一层苔衣,驳驳点点的,如丽皮斑纹一般。黄昏里,万籁俱静了,走近墓地,拨荒草悠悠然进去,蓦地见了:风吹草低,夕阳腐蚀,分明那虎正骚动不安地冲动,在未跃欲跃的瞬间;立即要使人十二分地骇怕了!怯生生绕着看了半天,却如何不敢相信寓于这种强劲的动力感,竟不过是一个流动的线条和扭曲的团块结合的石头的虎,一个卧着的石虎,一个默默的稳定而厚重的卧虎的石头!

前年冬日,我看到这只卧虎时,喜爱极了。视有生以来所见的唯一艺术妙品,久久揣赏,感叹不已。想生我育我的商州地面,山川水土,拙厚、古朴、旷远,其味与卧虎同也。我知道,一个人的文风和性格统一了,才能写得得心应手;一个地方的文风和风尚统一了，才能写得入情入味；从而悟出要作我文，万不可类那种声色俱厉之道，亦不可沦那种轻靡浮艳之华。"卧虎"，重精神，重情感，重整体，重气韵，具体而单一，抽象而丰富，正是我求之而苦不能的啊！

我在那墓场待了三日，依依不肯离去。我总是想：一个混混沌沌的石头，是出自哪个荒寂的山沟呢？被雕刻家那么随便一凿，就活生生成了一只虎了？！而固定的独独一块石头，要凿成虎，又受了多大的限制？可正是有了这种限制，艺术才得到了最充分的自由吗？！貌似缺乏艺术，而真正的艺术则来得这么地单纯、朴素、自然、真切！

静观卧虎，便进入一种千钧一发的境界，卧虎是力的象征。我们的民族，是有辉煌的历史，但也有过一片黑暗和一片光明的年代，而一片光明和一片黑暗一样都是看不清任何东西的。现在，正需要五味子一类的草药，扶阳补气，填精益髓。文学应该是与世界相通的吧。我们的文学也一样是需要五味子了，如此而已。

但是，这竟不是一个仰天长啸的虎，竟不是一个扑、剪、掀、翻的虎，偏偏要使它欲动，却终未动地卧着？卧着，内向而不呆滞，寂静而有力量，平波水面，狂澜深藏，它卧了个恰好，是东方的味，是我们民族的味。

以中国传统的美的表现方法，真实地表达现代中国人的生活和情绪，这是我创作追求的东西。但是，实践却是那么艰难，每走一步，犹如乡下人挑了鸡蛋筐子进闹市，前虑后顾，唯恐有了

坐佛

马课

不慎，以至怀疑到了自己的脚步和力量。终有幸见到了"卧虎"，我明白了，且明白往后的创作生涯，将更进入一种孤独境地。喜从此有了"源于高度的自信"，进一步"精于其道的自觉"（这是袁运甫的画语），我想，艺术于我是亲近的。

　　我的"卧虎"啊……

猎手

从太白山的北麓往上，越上树木越密越高，上到山的中腰再往上，树木则越稀越矮。待到大稀大矮的境界繁衍着狼的族类，也居住了一户猎狼的人家。

这猎手粗脚大手，熟知狼的习性，能准确地把一颗在鞋底蹭亮的弹丸从枪膛射出，声响狼倒。但猎手并不用枪，特制一根铁棍，遇见狼故意对狼扮鬼脸，惹狼暴躁，扬手一棍扫狼腿。狼的腿是麻秆一般，着扫即折。然后拦腰直磕，狼腿软若豆腐，遂瘫卧不起。旋即弯两股树枝吊起狼腿，于狼的吼叫声中趁热剥皮，只要在铜疙瘩一样的狼头上划开口子，拳头伸出去于皮肉之间嘭嘭捶打，一张皮子十分完整。

几年里，矮林中的狼竟被猎杀尽了。

没有狼可猎，猎手突然感到空落。他常常在家坐喝闷酒，倏忽听见一声嚎叫，提棍奔出来，鸟叫风前，花迷野径，远近却无狼迹。这种现象折磨得他白日不能安然吃酒,夜里也似睡非睡,欲睡乍醒。猎手无聊得紧。

一日,懒懒地在林子中走,一抬头见前边三棵树旁卧有一狼做寐态,见他便遁。猎手立即扑过去,狼的逃路是没有了,就前爪搭地,后腿拱起,扫帚大尾竖起,尾毛拂动,如一面旗子。猎手步步向狼走近,眯眼以手招之,狼莫解其意,连吼三声,震得树上落下一层枯叶。猎手将落在肩上的一片叶子拿了,吹吹上边的灰气,突然棍击去,倏忽棍又在怀中,狼却卧在那里,一条前爪已经断了。猎手哈哈大笑,以迅雷不及掩耳之势将棍再要磕狼腰,狼狂风般跃起,抱住了猎手。猎手在一生中从未见过这样伤而发疯的恶狼,棍掉在地上,同时一手抓住了一只狼爪,一拳直塞进弯过来要咬手的狼口中直抵喉咙。人狼就在地上滚翻搏斗,狼口不能合,人手不敢松。眼看滚至崖边了,继而就从崖头滚落数百米深的崖下去。

猎手在跌落到三十米,看见崖壁的一块凸石上,惊而发现了一只狼。此狼皮毛焦黄,肚皮丰满,一脑壳桃花瓣。猎手看出这是狼的狼妻。有狼妻就有狼家,原来太白山的狼果然并未绝种啊。

猎手在跌落到六十米,崖壁窝进去有一小小石坪,一只幼狼在那里翻筋斗。这一定是狼的狼子。狼子有一岁吧,已经老长的尾巴,老长的白牙。这恶东西是长子还是老二老三?

猎手在跌落到一百米,看见崖壁上有一洞,古藤垂帘中卧一狼,瘦皮包骨,须眉灰白,一右眼瞎了,趴聚了一圈蚊虫。不用问这是狼的狼父了。狡猾的老家伙,就是你在传种吗?狼母呢?

猎手在跌落到二百米,看见狼母果然在又一个山洞口。

....

猎手和狼终于跌落到了崖根,先在斜出的一棵树上,树咔嚓断了,同他们一块儿坠在一块石上,复弹起来,再落在草地上。猎手感到剧痛,然后一片空白。

猎手醒来的时候,赶忙看那只狼。但没有见到狼,和他一块儿下来已经摔死的是一个四十余岁的男人。

挖参人

有人家出外挖药，均能收获到参，变卖高价，家境富裕竟为方圆数十里首户。但做人吝啬，唯恐露富，平日新衣着内破衫罩外，吃好饭好菜，必掩门窗，饭后令家人揩嘴剔牙方准出去，见人就长吁短叹，一味哭穷。

此一夏又挖得许多参，蒸晾干后，装一烂篓中往山下城中出售，临走却在院门框上安一镜。妇人不解，他说这是照贼镜，贼见镜则退，如狼怕鞭竹鬼怕明火。妇人奚落他疑神疑鬼，多此一举，他正色说咱无害人之意却要有防人之心，人是识不破的肉疙瘩，穷了笑你穷，富了恨你富，我这一走，肯定有人要生贼欲，这院子里的井是偷不去的，那茅房是没人偷的，除此之外样样留神，那些未晾干的参越发藏好，可全记住？妇人说记住了。他说那你说一遍。妇人说井是偷不去的，茅房没人偷，把未晾干的参藏好。他说除了参，家里一个柴棒也要留神，记住了我就去了。

妇人把他推出门，他走得一步一回头。

妇人在家里果然四门不出。太阳亮光光的，照在门框上的镜子，一圆片的白光射到门外很远的地方，直落场外的水池，水池再把圆片的白光反射到屋子来。妇人守着圆片光在屋中坐地，直待太阳坠落天黑，前后门关严睡去。睡去一夜无事，却担心门框上的镜子被贼偷了，没有照贼的东西，贼就会来吗？翌日开门第一宗事，就去瞧镜子，镜子还在。

镜子里却有了图影。图影正是自家的房子，一小偷就出现在檐下的凉席上偷参，丈夫与小偷搏斗。小偷个头小，身法却灵活，总是从丈夫的胯下溜脱。丈夫气得嗷嗷叫，抄一根磨棍照小偷头上打，小偷一闪，棍打在捶布石上，小偷夺门跑了。妇人先是瞧着，吓得出了一身汗，待小偷要跑，叫道我去追，拔脚跨步，一跤摔倒在门槛，看时四周并不见小偷。觉得奇怪，抬头看镜子，镜子里什么也没有了，一个圆白片子。

又一日开门看镜子，镜子里又有了图影。一人黑布蒙面在翻院墙，动作轻盈如猫。刚跌进院，一人却扑来，正是丈夫。蒙面人并不逃走，反倒一拳击倒丈夫，丈夫就满口鲜血倒在地上。蒙面人入室翻箱倒柜，将所有新衣新裤一绳捆了负在背上，再卸下屋柱上的一吊腊肉，又踢倒堂桌，用镢挖桌下的砖地，挖出一个铁匣，从匣中大把大把掏钱票塞在怀里。妇人看着镜子，心想丈夫几时把钱埋在地下她竟不知？再看时，蒙面人已走出堂屋，丈夫还躺在地上起不来，眼看蒙面人又要跃墙出去了，丈夫却倏忽冲去，双手在蒙面人的交裆里抓，抓住一嘟噜肉了，使劲捏，蒙面人跌倒地上，动弹不得。丈夫将衣物夺了，将腊肉夺了，将怀中的钱票掏了，再警告蒙面人还敢不敢再来偷？蒙面人磕头求饶，丈夫却要留一件东西，拿了剪刀一铰，铰下蒙面人的一只耳朵。遂扯着蒙面人的腿拉出来，把门关了，那只耳朵还在地上跳着动。妇人瞧得心花怒放，没想丈夫这般英武，待喊时，镜子里的一切图影倏忽消失。

以后的多日，妇人总见镜子里有自家的房子，并未有小偷出现，而丈夫却始终坐在房前，威严如一头狮子。妇人不明白这是一面什么镜子如此神奇？既然丈夫在门框上装了这宝物，家里是不会出现什么事故的，心就宽松起来，有好多天已不守坐，兀自出门砍柴，下河淘米。家里果真未有失盗。

一日，开门后又来看镜子，镜子里又有了图影。一人从院门里进来，见了丈夫拱拳恭问，笑脸嘻嘻，且从衣袋取一壶酒邀丈夫共饮。丈夫先狐疑，后笑容可掬，同来人坐院中吃酒。吃到酣处，忽听屋内有柜盖响动，回头看时，一人提了鼓囊囊包袱已立于台阶，一边将包袱中的参抖抖，一边给丈夫做鬼脸，遂一个正身冲出门走了。丈夫大惊，再看时屋后檐处一个窟窿，明白这两贼诡秘，一人从门前来以酒拖住自己，一人趁机从后屋檐入室行窃。急伸手抓那吃酒贼，贼反手将一碗酒泼在丈夫眼上，又一刀捅向丈夫的肚子，转身遁去。丈夫倒在那里，肠子白花花流出来，急拿酒碗装了肠子反扣伤处，用腰带系紧，追至门口，再一次栽倒地上。

妇人骇得面如土色。再要看丈夫是死是活，镜子里却复一片空白。

　　三日后,山下有人急急来向妇人报丧,说是挖参人卖了参,原本好端端的,却怀揣着一沓钱票死在城中的旅馆床上。

阿离

阿离在太白山上打猎，整个冬天一无所获，老听到山上有繁乱吵嚷之响，疑是人声，却四下里不见人影。一日，又甚嚣尘上，鼎沸如过千军万马的队伍，且有锐声喊："数树，数清山上的树！"树能数清！阿离觉得荒唐，不禁开笑，忽感后脑壳一处奇痒，有凉风泄漏。用手去摸，灵魂已经出窍，倏忽看见了坡下黑压压一片人正没入林中，一人抱定一棵树，彼此起伏着吆喝有没有遗漏，又复返坡下，一须眉皆白人物状若领袖，开始整队清点，一面坡的树数便确定了。阿离惊叹这真是个好办法，却蹊跷这是哪儿来人？前去询问，来人冷淡不理，甚至咒骂：避！你是哪儿来的？！阿离很窘，不再多言。后山上的人一日比一日多，长什么模样的都有，穿什么服装的都有，不但多如草木，几乎没有了空闲之处。原来阿离独自孤寂，现在常常被挤到某一隅，有时守坐，他觉得脚痒，抱起一只脚来抓，竟抱起的是别人的脚。

出去小解，鞋跟便磕了睡卧在地上的人的牙齿。阿离不停地要赔笑，说，对不起！对不起！

这么拥挤着，阿离终于与周围的人熟悉了，终于有了对话："你们是从哪儿来的？"

"风从哪儿来我们就从哪儿来。"

"还到哪儿去吗？"

"脚到哪儿去，我们就到哪儿去。"

"这儿真挤。"

"可不，市场上什么都贵了！"

阿离这时方知道了在山林后的洼地里，有一个好大的市场。

阿离去赶市，市场上更是人多如蚁，物价火苗似的蹿，一根蒜苗已经卖到一元，一只碟子也涨到五元。饭馆的门口，一人吃馍头，数十人涎着口水看，忽有乞丐猛地抢过一位食客手中的馍头，边吃边跑，食客去撵，眼瞅着要抓住了，乞丐却呸呸直往馍头上吐唾沫，食客便不撵了，娘骂得烟山雾罩。阿离正感叹万分，一人挨近身来说："先生，可要眼镜？"一只手在襟下一抖，亮出一副眼镜，又收缩回去。阿离说："不要。"那人附耳道："这是好石头镜哩，值一百八十元。不瞒先生，这是我偷来的，我只想急于出手，你给几个钱就是。"阿离说："你要啥价？"那人牵了他，走到避背处，四下观望后，拿出眼镜让他看，说："二十元，等于我送你了！"阿离说："十元。"那人说："这不行。"阿离起身就走，那人头勾了一会，闷闷地说："好了，先生，就给你吧！"阿离付钱拿货，回坐到一棵古木下，直唱一首歌子，突然一阵晕去，醒来自身横躺在一堆落叶上，苍茫山林，涛声正紧，面前峡谷寒溪色暗，鸟鸣凄清，远近并无人，恍惚如隔。

阿离寻思前事，明白了自己去了一趟幽灵世界；阳界的人有生有死，阳界总还平衡；灵魂不灭，难怪冥界那么拥挤了。急按口袋，口袋有硬硬的东西，掏出来果然是一副眼镜，便欣喜捡得冥界便宜，就无心再打猎，下山回家，要倒卖眼镜的好价钱了。阿离去了眼镜行，眼镜行的人却说，这根本不是石头镜，纯粹的有机玻璃片儿。阿离顿足捶胸，骂鬼也骗人，羞得数日不出门。又作想，我吃了鬼的亏，何不也去骗鬼？便也做了大批的有机玻璃镜重新上山，也就在先前的地方独坐，听到浮嚣之声，仰首开笑，果然后脑壳有了凉风泄漏之感，不觉置身到市场上。他大声叫嚣着出售石头镜，第一天便赚得许多钱币。第二天，生意正好，有二人前来闹事，说眼镜是假的。阿离矢口否认，那二人就拉了阿离的领口去见官，阿离被推搡着走，已经面如土色，但忽然想到鬼怕唾沫，唾沫唾之让变什么就可变什么。便一口浓痰唾在一人头上，说声："变棵核桃树！"那人立即不见，就地生一核桃树来。另一人则骇然痴呆，阿离说："你也认为这是假货吗？他变成了核桃树，结了果就砸着吃，我让你变成漆树，割漆时可要受千刀万刀！"那人伏地求饶。阿离说："那好，你帮我一块儿推销吧！"那人真的一直帮阿离，眼镜卖得十分快。后来，有知道阿离的货是假的，谁也不敢说；不知道的，都来买，阿离赚了一麻袋的票子。

阿离终于又恢复了真身，把钱袋背下了山。当夜同家人一起清点钱数，却发现钱币上都按有"冥国银行"的章印。家人生气，说："这就是你做的营生？！都送给阎王爷去吧！"一把火就烧了。

钱烧了，阿离就死在炕上了。

阿离见到了阎王爷，阎王爷告诉他说："这里灵魂已经够多了，但无功不受禄，得了你这么多贿赂，再有难处我还是要了你。"从此，阿离的灵魂再没有回到窍里，永远在已经拥挤的灵魂中拥挤了。

观斗

阿兑十八岁时上太白山捡菌子。太阳很好，坐地解衣逮虱子，腰带便挂在身后的矮树丛上。太阳西斜，红嫩似一枚蛋柿。忽然那矮树移动，将那腰带带去，看时竟是一头美角的鹿，急忙呼喊穷追。鹿跑得快，阿兑未能追上，拐过一个山嘴，却见草坪上有两只虎在搏斗。一条白额，一条赤额，皆庞然大物。草坪上乱花已碎，土末飞扬，两虎翻扑剪腾，正斗得难分难解。阿兑吓了一跳，反身逃躲，但虎仍在厮斗，却总是挡了去路，他向哪个方向跑，虎都在前边斗。阿兑急得双目流泪，说："难道是让我观虎斗吗？"两虎同时大吼，旁边树叶簌簌坠地。阿兑便不再逃走，坐在那儿观看。虎愈斗愈凶，身上绒毛片片脱落，飘散如絮，竟落了阿兑一头一身。一虎斗得发狂处，竟分不出阿兑是虎还是人，便扑向了阿兑。阿兑也看得心热，忘了骇怕，跳将起来迎之而斗，另一虎则坐地观看。那虎扑来之时，阿兑侧身一闪，顺之一脚踢中虎眼，虎咆哮纵起，举爪打过来，阿兑早已跳开，没想虎尾接连一扫,砰的一声如棍磕在阿兑面门,血顿时肆流,跌坐地上。那虎嗷嗷长啸,若得意状,阿兑急中单手撑地,双脚蹬去,恰在虎的前右腿,虎一个趔趄退卧在那里一时难起。另一虎呼地扑到,又与阿兑搏斗。阿兑想,我要死了,也不能便宜了你这么死去,强忍着疼痛跳起,拳脚并用,腾挪躲闪,使虎不能近身。此虎恼羞成怒,一直逼阿兑到山嘴根,已无法脱身,双爪搭上了阿兑双肩,血盆大口来吞头颅。阿兑说:"你吞吧!"竟猛地将头直塞虎口,顶到喉咙。虎无法合齿,气息难通,人虎便寂然相持,看得那一只虎也呆了。如此一个时辰,虎终支持不住,松口倒在地上。阿兑满头血糊,双耳已没有了,定神了片刻,嘿嘿大笑,说:"我怕虎吗?我也是虎了!"两虎却同时又扑起共斗阿兑,阿兑又迎斗,前打后挡,左拦右防,终气力渐渐不支。绝望之际,见旁有一株大树,疾速攀上。两虎上望树端苦不能上,遂在树下又相互搏斗。阿兑居高临下,反复看虎的斗法,明白了自己失利的原因,且看出许多从未见过的技巧,一时也忘了后怕和疼痛,渐渐进入了观赏艺术之境。不知过了多久,肚子饥饿,摘树上野果来吃,一边吃一边下观,却见两虎渐渐缩小,已经形不是虎,是相斗的两犬。后,犬又在缩小,形若斗鸡,最后竟是两只蟋蟀了,跳跃敏捷,却声鸣细碎。阿兑遂觉得没了意思,说:"我是不是看得太久了?"从树上下来回村。村人皆不识他,屋舍全已更新,唯村口那口井还在,井口石盘上磨出了四指深的绳痕。

壁画

陕西的黄土原，有的是大唐的陵墓，仅挖掘的永泰公主的，章怀太子的，懿德太子的，房陵公主的，李寿、李震、李爽、韦炯、章浩的，除了一大批稀世珍宝，三百平方米的壁画就展在博物馆的地下室。这些壁画不同于敦煌，墓主人都是皇戚贵族，生前过什么日子，死后还要过什么日子，壁画多是宫女和骏马。有美女和骏马，想想，这是人生多得意事！去看这些壁画的那天，馆外极热，进地下室却凉，门一启开，我却怯怯地不敢进去。看古装戏曲，历史人物在台上演动，感觉里古是古，我是我，中间总隔了一层，在地下室从门口往里探望，我却如乡下的小儿，真的偷窥了宫里的事。"美女如云"，这是现今描写街上的词，但街上的美女有云一样地多，却没云那样地轻盈和简淡。我们也常说"唐女肥婆"，甚至怀疑杨玉环是不是真美。壁画中的宫女个个头高大，耸鼻长目，丰乳肥臀，长裙曳地，仪表万方，再看那匹匹骏马，屁股滚圆，四腿瘦长刚劲，便得知人与马是统一的。唐的精神是热烈、外向、放恣而大胆的，它的经济繁荣，文化开放，人种混杂，正是现今西欧的情形。我们常常惊羡西欧女人的健美，称之为"大洋马"，殊不知唐人早已如此。女人和马原来是一回事，便可叹唐以后国力衰败，愈是被侵略，愈是向南逃，愈是要封闭，人种退化，体格羸弱。有人讲我国东南一隅以及南洋的华侨是纯粹的汉人，如果真是如此，那里的人却并不美的。说唐人以胖为美，实则呢，唐人崇尚的是力量。马的时代与我们越来越远了，我们的诗里在赞美着瘦小的毛驴，倦态的老牛，平原上虽然还有着骡，骡仅是马的附庸。

我爱唐美人。

我走进了地下室，一直往里走，从一九九七年走到五百九十三年，敦煌的佛画曾令我觉得神秘莫测，这些宫女，古与今的区别仅在于服饰，但那丰腴圆润的脸盘，那毛根出肉的鬓发，那修长婀娜的体态，使我感受到真正的人的气息。看着这些女子，我总觉得她们在生动着，是活的，以至看完这一个去看那一个，侧身移步就小心翼翼，害怕走动碰着了她们。她们是矜持的，又是匆忙的，有序地在做她们的工作，或执盘，或掌灯，或挥袖戏鹅，或观鸟捕蝉，对于陌生的我，不媚不凶，脸面平静。这些来自民间的女子，有些深深的愁怨和寂寞，毕竟已是宫中人，不屑于我这乡下男人，而我却视她们是仙人，万般企羡，又自惭形秽了。《红楼梦》中贾宝玉那个痴呆呆的形状，我是理解他了，也禁不住说句"女儿是水做的，男人是泥做的"了。看呀，看那《九宫女》呀，为首的梳高髻，手挽披巾，相随八位，分执盘、盒、烛台、团扇、高足杯、拂尘、包裹、如意，顾盼呼应，步履轻盈。天哪，那第六位简直是千古第一美人呀，她头梳螺髻，肩披纱巾，长裙曳地，高足杯托得多好，不高不低，恰与宛转的身姿配合，长目略低，似笑非笑，风姿卓绝，我该轻呼一声"六妹"了！这样纯真高雅的女子，我坚信当年的画师不是凭空虚构的，一定是照生前真人摹绘，她深锁宫中，连唐时也不可见的，但她终于让我看到了，我看到了已经千年的美人。

"美人千年已经老了！"同我去看壁画的友人说。

友人的话，令我陡然悲伤，但友人对于美人却感到快意。我没有怨恨友人，对于美人老的态度从来都是有悲有喜的两种情怀，而这种秉性可能也正是皇戚贵族的复杂心理，他们生前占有她，死后还要带到阴间去，留给后世只是老了的美人。这些皇戚贵族化为泥土，他们是什么狗模人样毫无痕迹，而这美女人却留在壁画里，她们的灵魂一定还附在画上。灵魂当然已是鬼魂，又在墓穴里埋了上千年，但我怎么不感到一丝恐怖，只是亲切，似乎相识，似乎不久前在某一宾馆或大街上有过匆匆一面？我对友人说：你明白了吗，《聊斋志异》中为什么秀才在静夜里盼着女鬼从窗而入吗？！

参观完了壁画，我购了博物馆唐昌东先生摹古壁的画作印刷品，我不顾"六妹"千余年在深宫和深墓，现在又在博物馆，她原本是民间身子，我要带她到我家。我将画页悬挂室中，日日看着，盼她能破壁而出。我说，六妹，我不做皇戚贵族宫锁你，我也没金屋藏匿你,但我给你自在,给你快乐,还可以让你牧羊,我就学王洛宾变成一只小羊,让你拿皮鞭不断轻轻打在我的身上。

天马

四月二十一日,谭宗林从安康带来魏晋画像砖拓片数幅,和一色新茶。因茶思友,分出一半去寻马海舟。

马海舟是陕西画坛的怪杰,特立独行,平素不与人往来。他作画极认真,画成后却并不自珍,凭一时高兴,任人拿去。我曾为他的画作说过几句话,或许他认为搔到了痒处,或许都是矮人,反正我们是熟了。"你几时来家呀,我有许多好玩的东西!"他这么邀请着我,但他交代得太复杂,我不是狗,也不是司机,深如大海的都市里,我寻不着去他家的路。谭宗林领我过大街穿小巷,扑来扑去了半天,把一家门敲开了。

马海舟正在作画哩。大画家用小画案,我第一次见到。那么窄而短的桌子上,一半又层层叠叠堆放着古瓷和奇石异木,空出的一片毡布上,画的是一匹马,天马。马斜侧而立,四蹄有蹬踏状,但枯瘦如细狗,似有一纵即逝之架势。天上之马是不是这般模样,我不知道,马海舟是知道的,他使马鬃马尾,及四条腿上,都画成一团团丝麻,若云之浮动。我鼓掌说:好!谭宗林能煽情惑人,立即说:你叫好,何不题款几句?!我便提笔写了:

天上有龙马,
孤独难合群。
何不去世间?
我岂驮官人!

那日马海舟脸色红润,粗而极短的十指搓着,说:你总知我。

谭宗林顿生掠夺之意,从怀里掏出一张拓片来要送马海舟。拓片是一幅有着"飞天"的魏晋画像砖图案,明显看出马海舟是激动了,惊奇敦煌壁画里有"飞天",而魏晋时竟也有"飞天",中国美术史是要改写了。谭宗林自然就提出了交换的话来。我立即反对:此画不能送人的;拓片毕竟是拓片;既然宗林对马先生一向敬重,送一幅拓片还舍不得吗?谭宗林百般骂我,马海舟笑道:"你看了我的'飞马',我看了你的'飞天',过过眼福就是,但你的'飞天'世人难见,我看过了,送你一个更古老的东西作补偿吧。"遂拿出一幅鹰图给了谭宗林。一张大纸,赫然站有一鹰,身如峻崖,头生双角,口微微张开似有嗷嗷之声发出,题为"八万年前有此君"。谭宗林大喜。我戏谑道:宗林带他那个拓片在城里待三天,数十张画就从画家手里赚过来了!宗林只是笑,马海舟却不理会，还在讲鹰与恐龙是同代之物，我便扭头去观赏古董架上那些秦砖汉瓦唐俑宋瓷了。他的收藏大多是民间工艺，但精妙绝伦，那奇奇怪怪的形状，以及古董上绘制的多种色彩图案，使我突然悟到了马海舟作品之所以古拙怪诞，他受古时的民间工艺影响太大了。

"这四幅画你俩多挑两幅吧！"马海舟送我了三件古玩后，突然说。

他从柜子里又取出四幅画来，一一摊在床上。一幅梅，一幅兰，一幅菊，一幅竹。都是马海舟风格，笔法高古，简洁至极。如此厚意，令我和谭宗林大受感动，要哪一幅，哪一幅都好。谭宗林说：贾先生职称高，贾先生先挑。我说：茶是谭先生带来的，谭先生先挑。我看中菊与竹，而梅与家人姓名有关，又怕拿不到手，但我不说。

"抓纸阄儿吧，"马海舟说，"天意让拿什么就拿什么。"

他裁纸，写春夏秋冬四字，各揉成团儿。我抓一个，谭抓一个，我再抓一个，谭再抓一个。展开，我是梅与菊。梅与菊归我了，我就大加显摆，说我的梅如何身孕春色，我的菊又如何淡在秋风。正热闹着，门被敲响，我们立即将画叠起藏在怀中。

进来的是一位高个，拉马海舟到一旁叽叽咕咕说什么，马海舟开始还解释着，后来全然就生气了，嚷道："不去，绝对不去！"那人苦笑着，终于说："那你就在家画一幅吧。"马海舟垂下头去，直闷了一会儿，说："现在画是不可能的，你瞧我有朋友在这儿。我让你给他带一幅去吧。"从柜子里取出一幅画来，小得只有一面报纸那么大。"就这么大？给你说了一年了，就这么大一张，怎么拿得出手呢？"那人叫苦着，似乎不接。"那我只有这么大个画桌呀！"马海舟又要把画装进柜子，那人忙把画拿过去了。

来人一走，马海舟嚷道喝茶喝茶，端起茶杯自己先一口喝干。谭宗林问怎么回事，原来是那人来说他已给一位大的官人讲好让马海舟去家里作画的，官人家已做好了准备。"他给当官的说好了，可他事先不给我说，我是随叫随到的吗？"谭宗林说："你够傲的！"马海舟说："我哪里傲了？我不是送了画吗？对待大人物，谄是可耻的，傲也非分，还是远距离些好。"他给我笑笑，我也给他笑笑。

告辞该走了，谭宗林把魏晋画像砖拓片要给马海舟，马海舟不收，却说："下次来，你把你的那块铜镜送我就是了，那镜上镌有四匹马，你知道，我姓马，也属马。"

饮者

古汉语中对"者"字运用很雅：奉使命办事的叫使者，未剃度的出家人叫行者，有节奏地扭动身体的叫舞者。饮者，为喝酒的人，可能是古时除了一般的喝喝，还有专门陪别人喝酒的，成一种职业。风是元明一路遗下来，悠悠，现在有在家宴请某某人了，要请几个伴席劝酒的，有什么领导去出席宴会，秘书要一旁保护，出来代酒的。在乡下，农民喝酒通宵达旦，媳妇们常要来照顾自己的丈夫，但不能入席，只坐在门首聊天，待到屋里的喊一声××！××就进去把丈夫已不能喝下的酒喝下，然后又坐回门首。饮者多不富有，两袖清风，一肚酒精，鼻子和耳垂子总是红红的。他们在街巷走，微风里立即能闻出前边有了一家酒馆，开坛的是清香型呢还是酱香型。

喝酒的理由很多，来贵客了要喝，没有贵客来一帮赖朋友也要喝，心情高兴了要喝，心情不高兴了也要喝，天气好了要喝，天气不好也要喝。喝酒也就没有了理由。——没有理由也是个理由嘛，喝！于是买一壶来，有菜就下菜，没菜干喝。北方人没见过大海，凡是大一点的都称海，这是一场海喝。令拳当然要划的，赢了的不饮输了的饮，真正的饮者，其实都是想办法少喝的人。在四川我见过一对逃犯，或许他们是饮者，正饮着酒，公安干警来抓了，他们沿着江边的小路一边跑，一边还挥着手划拳——输赢是要见分晓的。

人体的各个器官，都需要一种刺激，酒是水，性却是火，这水火的煎熬，使酒成了口舌的体育运动。球迷的最狂热分子到球场，他并不在乎球怎么踢，九十分钟里竟一直在看台上跑动、呐喊，或面对着观众指挥叫号。饮者又都善于吹嘘——吹嘘是不犯法的——李白的诗与其说浪漫，不如说是将喝酒的吹嘘毛病引进了写诗里，他的诗有了名，他却说"唯有饮者留其名"，这就又是吹嘘。

饮者一般都彬彬有礼，酒席上差不多经历三个境界，先轻声细语，再高声粗语，最后无声无语。酒毕竟是浊物，即使高人逸士，饮酒享受的都不是清福。现实中饮者会给人许多难堪，如酒后失态，如呕吐狼藉，如啰唆不已，但古今所有的文学作品中饮者都是些可敬可叹可爱之人。这或许是文人差不多都能喝酒的缘故。西安城里有一个饮者，文是高手，酒是海量，人称瘦马快刀型。他每日都喝酒，喝酒的时候屋梁上的老鼠就聚在那里闻酒香，久而久之，老鼠也有了酒瘾。一次出差七天，老鼠酒瘾发作，在屋梁上乱跑乱叫，一个个从梁上跌下来死了。

如果让饮者论说酒的好处,那是能写一本书的。姑且认同酒和英雄是分不开的,那么英雄和美女又是分不开的,典型的如项羽。人的灵魂是存寄于身子之中的——伟大的灵魂存寄的身子或许很丑陋,伟岸的身子或许存寄着很卑微的灵魂——平时是两者难以分离。风中的竹,竹在动着,你看不见风,但有风了竹才有动态,竹的动态也就是风之形。酒和美女的作用是人的灵魂受醉,所以饮和性与身子无关。大街上我们看见饮者打着饱嗝儿醺醺而过,饮者在与分离开的灵魂飘然自在,那身子只是一个"走酒"。十年前我喝酒的时候,一次是醉了,走出巷口遇见一只狗来咬,我明明白白地感受到我的灵魂在身子之前三米远的地方,瞧见了狗用嘴咬住了我身子的左腿,还觉得好玩,说:"疼不?疼不?"

酒有时为他人而喝,酒更多的是为自己喝。阳光和空气是大家共同的,酒是用不着培养和维系的朋友,可以当歌。除了自饮,对饮却要双方酒量相当,与酒量太小的人喝着无趣,与酒量大但不醉的人喝也无趣,有的女人酒到喉咙就变成水了,那也对饮不得,她糟蹋了酒。

人醉酒,也醉茶醉饭,醉他人,也醉自己。社会总是新的,饮者依然古老。

在玫瑰园里

《玫瑰色回忆》是邢庆仁的一幅画，这幅画获得全国七届美展金奖后，他将他的画室起名"玫瑰园"。两年后我成了玫瑰园的常客，那里为我固定了一张椅子、一只水杯和一个用笔洗代用的烟灰缸。

有一次再去玫瑰园，我给妻子的传呼机上留言：我去玫瑰园见庆仁。妻子的传呼机上却显示了：我去玫瑰园见情人。结果发生误会，妻子连续打我手机并赶了来，见到的玫瑰园主是个丑陋的男人，比我更粗更矮，大脑袋剃了，突凸滚圆如是个地雷。她便笑了：这是个和尚吗，起这样花的斋号？！从此我们叫庆仁是花和尚。

说庆仁是和尚也确实有几分对，他是个居士，而且正式拜过师父，他在画室里供佛焚香，每每作画都放有佛乐。画室里没栽一朵花，满墙的新作全都有女人，又多是裸体。我每次去总要摸摸石狮的头，汉代的一尊石狮永远在门口，眉眼笑呵呵的，像一个老头。我认定这石狮是大观园的焦大，它清楚玫瑰园主人是如何地内心好色。但现实生活里，一有女性在，庆仁就局促不安，或者只咧了大嘴笑，暴露无遗了黄牙。大家便戏谑他画那么多有女人的画，是性压抑的结果。他后来有些改变了，每每朋友聚会，来一个女的，他就让女的和别人"握手握手""拥抱拥抱"，但他不握也不抱，说：我给你画肖像吧。一画又画成个裸体。问他怎么能看透人家的衣服，又是哪儿获得到这么多的人体知识，他说他在梦里见过。

庆仁不会说谎，他确实梦多，又离奇古怪，他每天清早一爬起来就画夜里的梦境，自《玫瑰色回忆》之后的很长时间里，他都在画他的梦。这批作品不再刻意主题，也销蚀了笔画，但形象鲜活，想象力极其丰富，弥漫着一种精神的虚幻，却充满了激情。因此，他被人称为"表现主义画家"。

称"表现主义画家"准确不准确，我说不清，因为我不是画坛人。我问过庆仁，他说他也搞不清，反正他是画家，他活在这个时代，他只画他能画的画。他是个多梦的人，好幻想的人，他更是个在现实生活里欢乐着和痛苦的人，他肯定是不满意那一类题材决定的观点，又反感那种为笔墨而笔墨的画法，他力主着国画革命，却又身处在传统文化积淀极其深厚的陕西，他得有中西绘画杂交后的自己的面目。表现主义原产生于德国，后蔓延各国，可见其面对的是整个人类。中国的现代艺术中，表现主义是很重要的一个方面，它的背景是中国人同样面临了一种生活困境，所以强调表现主义或新表现主义，从某个角度讲也正是强调了时代的一种精神。中国绘画传统为线性的、素描的、水墨的，它的哲学基础和生长的环境是中庸，天人合一，虚与道，而如今中国绘画语境业已改变，艺术家以什么样的精神和姿态进入生活和创作已经是非常重要的问题了。庆仁的画可能有这样那样的不足，但这一批画我们看到了极强烈的主观色彩，充满了批判与关怀，的确与众不同。

因为我认识了庆仁，我也就将我在文学圈里的狐朋狗友也招引到玫瑰园去，那里成了一个艺术活动点。我们原本能影响他多写写文章，加入作协，没想他竟腐蚀了我们，都热乎了书法和绘画。当我们在玫瑰园的一面墙上画满了壁画，又张狂去办个展，庆仁却在相当一段时间里不画了，说：让我静一静，我恐怕不能老这样画吧？其实他是一直在变着，包括题材、构图、色彩，甚至绘画的材料，他怕自己滑入定式，画得熟而丧失激情。他的样子又有几分像日本人，曾经在大街被一群日本游客错认为是同胞，所以大家又叫过他是"朝三暮四"郎。现在，朝三暮四郎只鼓动和指导我们绘画，他不画，想必在某一日他会打电话让我们去喝茶，到时又会拿出一沓作品让我们惊骇的。

辑三

我

在这个美好又遗憾的世界里,你我皆是自远方而来的独行者,不断行走,不顾一切,哭着,笑着,留恋人间,只为不虚此行。

辞宴书

老兄：

今晚粤菜馆的饭局我就不去了。在座的有那么多领导和大款，我虽也是局级，但文联主席是穷官、闲官，别人不装在眼里，我也不把我瞧得上，哪里敢称作同僚？他们知道我而没见过我，我没有见过人家也不知道人家具体职务。若去了，他们西装革履我一身休闲，他们坐小车我骑自行车，他们提手机我背个挎包，于我觉得寒酸，于人家又觉得我不合群，这饭就吃得不自在了。

要吃饭和熟人吃得香，爱吃的多吃，不爱吃的少吃，可以打嗝儿，可以放屁，可以说趣话骂娘，和生人能这样吗？和领导能这样吗？知道的能原谅我是懒散惯了，不知道的还以为我对人家不恭，为吃一顿饭惹出许多事情来，这就犯不着了。

酒席上谁是上座，谁是次座，那是不能乱了秩序的，且常常上座的领导到得最迟，菜端上来得他到来方能开席，我是半年未吃海鲜之类，见那龙虾海蟹就急不可耐，若不自觉筷先伸了过去如何是好？即便开席，你知道我向来吃速快，吃相难看，只顾闷头吃下去，若顺我意，让满座难堪，也丢了文人的斯文，若强制自己，为吃一顿饭强制自己，这又是为什么来着？

席间敬酒，先敬谁，顺序不能乱，谁也不得漏，我又怎么记得住？而且又要说敬酒词，我生来口讷，说得得体我不会，说得不得体又落个傲慢。敬领导要起立，一人敬全席起立，我腿有疾，几十次起来坐下又起来我难以支持。

我又不善笑，你知道，从来照相都不笑的，在席上当然要笑，那笑就易于皮笑肉不笑，就要冷落席上的气氛。更为难的是我自患病后已戒了酒，若领导让我喝，我不喝拂他的兴，喝了又得伤我身子，即使是你事先在我杯中盛白水，一旦发现，那就全没了意思。

官场的事我不懂，写文章又常惹领导不满，席间人家若指导起文学上的事，我该不该掏了笔来记录？该不该和他辩论？说是不是，说不是也不是，我这般年纪了，在外随便惯了，在家也充大惯了，让我一副奴相去逢迎，百般殷勤做媚态，一时半会儿难以学会。

而你设一局饭，花销几千，忙活数日，图的是皆大欢喜，若让我去尴尬了人家，这饭局就白设了，我怎么对得住朋友？而让我难堪，这你于心不忍，所以，还是放我过去，免了吧。几时我来做东，回报你的心意，咱坐小饭馆，一壶酒，两个人，三碗

教授

采莲归

饭,四盘菜,五六十分钟吃一顿!如果领导知道了要请我而我未去,你就说我突然病了,病得很重。这虽然对我不吉利,但我宁愿重病,也免得我去坏了你的饭局而让我长久心中愧疚啊。

孤独地走向未来

好多人在说自己孤独，说自己孤独的人其实并不孤独。孤独不是受到了冷落和遗弃，而是无知己，不被理解。真正的孤独不言孤独，偶尔做些长啸，如我们看到的兽。

弱者都是群居着，所以有芸芸众生。弱者奋斗的目的是转化为强者，像蛹向蛾的转化，但一旦转化成功了，就失去了原本满足和享受欲望的要求。国王是这样，名人是这样，巨富们的挣钱成了一种职业，种猪们的配种更不是为了爱情。

我见过相当多的郁郁寡欢者，也见过一些把皮肤和毛发弄得怪异的人，似乎要做孤独，这不是孤独，是孤僻，他们想成为六月的麦子，却在仅长出一尺余高就出穗孕粒，结的只是蝇子头般大的实。

每个行当里都有着孤独人，在文学界我遇到了一位。他的声名流布全国，对他的诽谤也铺天盖地，他总是默默，宠辱不惊，过着日子和进行着写作,但我知道他是孤独的。

"先生,"我有一天走近了他,说,"你想想,当一碗肉大家都在眼睛盯着并努力地去要吃到,你却首先将肉端跑了,能避免不群起而攻之吗?"

他听了我的话,没有说是或者说不是,也没有停下来握一下我的手,突然间泪流满脸。

"先生,先生……"我撵着他还要说。

"我并不孤独。"他说,匆匆地走掉了。

我以为我要成为他的知己,但我失败了,那他为什么要流泪呢?"我并不孤独"又是什么意思呢?

一年后这位作家又出版了新作,在书中的某一页上我读到了"圣贤庸行,大人小心"八个字,我终于明白了。尘世上并不会轻易让一个人孤独的,群居需要一种平衡,嫉妒而引发的诽谤、扼杀、羞辱、打击和迫害,你若不再脱颖,你将平凡,你继续走,走,终于使众生无法赶超了,众生就会向你欢呼和崇拜,尊你是神圣。神圣是真正的孤独。

走向孤独的人难以接受怜悯和同情。

静虚村记

如今，找热闹的地方容易，寻清静的地方难；找繁华的地方容易，寻拙朴的地方难，尤其在大城市的附近，就更其为难的了。

前年初，租赁了农家民房借以栖身。

村子南九里是城北门楼，西五里是火车西站，东七里是火车东站，北去二十里地，又是一片工厂，素称城外之郭。奇怪台风中心反倒平静一样，现代建筑之间，偏就空出这块乡里农舍来。

常有友人来家吃茶，一来就要住下，一住下就要发一通议论，或者说这里是一首古老的民歌，或者说这里是一口出了鲜水的枯井，或者说这里是一件出土的文物，如宋代的青瓷，质朴、浑拙、典雅。

村子并不大，屋舍仄仄斜斜，也不规矩，像一个公园，又比公园来得自然，只是没花，被高高低低绿树、庄稼包围。在城里，高楼大厦看得多了，也便腻了，陡然到了这里，便活泼泼地觉得新鲜。先是那树，差不多没了独立形象，枝叶交错，像一层浓重的绿云，被无数的树桩撑着。走近去，绿里才见村子，又尽被一道土墙围了，土有立身，并不苫瓦，却完好无缺，生了一层厚厚的绿苔，像是庄稼人剃头以后新生的青发。

拢共两条巷道，其实连在一起，是个"U"形。屋舍相对，门对着门，窗对着窗；一家鸡叫，家家鸡都叫，单声儿持续半个时辰；巷头家养一条狗，巷尾家养一条狗，贼便不能进来。几乎都是茅屋。并不是人家寒酸，茅屋是他们的讲究：冬天暖，夏天凉，又不怕被地震震了去。从东往西，从西往东，茅屋撑得最高的，人字形搭得最起的，要算是我的家了。

村人十分厚诚，几乎近于傻昧，过路行人，问起事来，有问必答，比比画画了一通，还要领到村口指点一番。接人待客，吃饭总要吃得剩下，喝酒总要喝得昏醉，才觉得惬意。衣着朴素，都是农民打扮，眉眼却极清楚。当然改变了吃浆水酸菜，顿顿油锅煎炒，但没有坐在桌前用餐的习惯，一律集在巷中，就地而蹲。端了碗出来，却蹲不下，站着吃的，只有我一家，其实也只有我一人。

我家里不栽花，村里也很少有花。曾经栽过多次，总是枯死，或是萎缩。一老汉笑着说：村里女儿们多啊，瞧你也带来两个！这话说得有理。是花忌妒她们的颜色，还是她们羞得它们无容？但女儿们果然多，个个有桃花水色。巷道里，总见她们三五成群，一溜儿排开，横着往前走，一句什么没盐没醋的话，也会

167

惹得她们笑上半天。我家来后，又都到我家来，这个帮妻剪个窗花，那个为小女染染指甲。什么花都不长，偏偏就长这种染指甲的花。

啥树都有，最多的，要数槐树。从巷东到巷西，三搂粗的十七棵，盆口粗的家家都有，皮已发皱，有的如绳索匝缠，有的如渠沟排列，有的扭了几扭，根却委屈得隆出地面。槐花开时，一片嫩白，家家都做槐花蒸饭。没有一棵树是属于我家的，但我要吃槐花，可以到每一棵树上去采。虽然不敢说我的槐树上有三个喜鹊窠、四个喜鹊窠，但我的茅屋梁上燕子窝却出奇地有了三个。春天一暖和燕子就来，初冬逼近才去，从不撒下粪来，也不见在屋里落一根羽毛，从此倒少了蚊子。

最妙的是巷中一眼井，水是甜的，生喝比熟喝味长。水抽上来，聚成一个池，一抖一抖地，随巷流向村外，凉气就沁了全村。村人最爱干净，见天儿有人洗衣。巷道的上空，即茅屋顶与顶间，拉起一道一道铁丝，挂满了花衣彩布。最艳的，最小的，要数我家：艳者是妻子衣，小者是女儿裙。吃水也是在那井里的，须天天去担。但宁可天天去担这水，不愿去拧那自来水。吃了半年，妻子小女头发愈是发黑，肤色愈是白皙，我也自觉心脾清爽，看书作文有了精神、灵性了。

当年眼羡城里楼房，如今想来，大可不必了。那么高的楼，人住进去，如鸟悬窠，上不着天，下不踏地，可怜怜掬得一抔黄土，插几株花草，自以为风光宜人了。殊不知农夫有农夫得天独厚之处。我不是农夫，却也有一庭土院，闲时开垦耕耘，种些白菜青葱。菜收获了,鲜者自吃,败者喂鸡,鸡有来杭、花豹、翻毛、疙瘩,每日里收蛋三个五个。夜里看书,常常有蝴蝶从窗缝钻入,大如小女手掌,五彩斑斓。一家人喜爱不已,又都不愿伤生,捉出去放了。那蛐蛐就在台阶之下,彻夜鸣叫,脚一跺,噤声了,隔一会儿,声又起。心想若是有个儿子,儿子玩蛐蛐就不用跑蛐蛐市掏高价购买了。

门前的那棵槐树,唯独向横里发展,树冠半圆,如裁剪过一般。整日看不见鸟飞,却鸟鸣声不绝,尤其黎明,犹如仙乐,从天上飘了下来似的。槐下有横躺竖蹲的十几个碌碡,早年碾场用的,如今有了脱粒机,便集在这里,让人骑了,坐了。每天这里人群不散,谈北京城里的政策,也谈家里婆娘的针线,谈笑风生,乐而忘归。直到夜里十二点,家家喊人回去。回去者,扳倒头便睡的,是村人;回来捻灯正坐,记下一段文字的,是我呢。

来求我的人越来越多了,先是代写书信,我知道了每一家的状况,鸡多鸭少,连老小的小名也都清楚。后来,更多的是携儿来拜老师,一到高考前夕,人来得最多,提了点心,拿了水酒。我收了学生,退了礼品,孩子多起来,就组成一个组,在院子里辅导作文。村人见得喜欢,越发器重起我。每次辅导,门外必有家长坐听,若有孩子不安生了,就进来张口就骂,举手便打。果然两年之间,村里就考中了大学生五名,中专生十名。

天旱了,村人焦虑,我也焦虑,抬头看一朵黑云飘来了,又飘去了,就咒天骂地一通,什么粗话野话也骂了出来。下雨了,村人在雨地里跑,我也在雨地跑,疯了一般,有两次滑倒在地,磕掉了一颗门牙。收了庄稼，满巷竖了玉米架，柴火更是塞满了过道，我骑车回来，常是扭转不及，车子跌倒在柴堆里，吓一大跳，却并不疼。最香的是鲜玉米棒子，煮能吃，烤能吃，剥下颗粒熬稀饭，粒粒如栗，其汤有油汁。在城里只道粗粮难吃，但鲜玉米面做成的漏鱼儿、搅团儿，却入味开胃，再吃不厌。

小女来时刚会翻身，如今行走如飞，咿呀学语，行动可爱，成了村人一大玩物，常在人掌上旋转，吃过百家饭菜。妻也最好人缘，一应大小应酬，人人称赞，以至村里红白喜事，必邀她去，成了人面前走动的人物。而我，是世上最呆的人，喜欢静静地坐地，静静地思想，静静地作文。村人知我脾性，有了新鲜事，跑来对我叙说，说毕了，就退出让我写，写出了，嚷着要我念。我念得忘我，村人听得忘归；看着村人忘归，我一时忘乎所以，邀听者到月下树影，盘腿而坐，取清茶淡酒，饮而醉之。一醉半天不醒，村人已沉睡入梦，风止月冥，露珠闪闪，一片蛐蛐鸣叫。我称我们村是静虚村。

鸡年八月，我在此村为此村记下此文，复写两份，一份加进我正在修订的村史前边，作为序，一份则附在我的文集之后，却算是跋了。

凉台记

最难得的是我家的那块凉台，方是零点七米，长是三米四五，长长方方二点四个平方，并不包括在住房面积之中，而且又有了后门，空气流通。再出来登台眺望，目光可以俯瞰整个城区。妻乐得手舞足蹈，说切切不能堆放杂物，要好好利用起来，遂将那只产蛋的母鸡拦在凉台左角，其余的都瓮土置盆，植了花草。从此，凉台就成了天地自然之缩影，花有开的，又有败的，我们便意会着四时交替，草出芽的出芽，枝枯衰的枯衰，我们又体验着生死消息。城市里十分烦嚣，工作是十分繁忙，家庭是我们的温柔乡，凉台又是我们家庭的怡然世界。它一边依楼，三面无托，我们称之是悬空阁；一早一晚又是多雾，只见花草，不辨台栏，我们又谓之云海蜃市。天晴日暖，夫妻就蹲在那里，看蚁虫在花草丛中穿行，笑作是城市人一早一晚上班下班为生机而奔波。偏故意泼水扇风，又以此作狂风暴雨之想，看草叶战栗，花瓣明暗反复，观蚁虫惊恐，四下逃散，又悲想人生旦夕祸福而无可奈何。总之，大千世界就在眼下，再不就事论事，将一切妙事全看得清清楚楚的了。妻越发有兴致，越发不惜工本，购奇花异草，又置各色盆盘，又置假山鱼缸，凉台日见欣荣。只是遗憾没有鸟儿来歇，妻曾以米作饵，引得几只鸟来，但都吃了谷米，展翅而又去了。

今夏我出外采访，疲疲倦倦回到家，忙去凉台观赏，忽见有一精致竹笼挂在那里，里边是一小鸟，红嘴绿尾，鸣叫不已。妻说是她十元钱买的；挑逗中，却发觉不见了那只鸡，探身望去，原来鸡囚在一只小小木棚里，于凉台外悬挂其空。我问之，妻说："这花草世界，它没有颜色，又不能鸣叫，放在这里太逊眼了。"我不觉喟然良久，怨妻竟这么糊涂！生蛋之鸡囚之木棚悬空凉台之外，却将小鸟珍藏在花草中，外表好叫声好可以享这红花绿草之福，默默产蛋为业的鸡反遭冷落，难道这凉台愈是雅好，便愈隐藏丑恶？！遂将花草撤去，小鸟放归，空出凉台堆煤、放柴、存杂物，归其原本作用罢了。特写《凉台记》存之。

红狐

　　×，你是不曾知道的，当我借居在这间屋子的时候，我是多么地荒芜。书在地上摆着，锅碗也在地上摆着。窗子临南，我不喜欢阳光进来，日光总是要分割空间，那显示出的活的东西如小毛虫一样让人不自在。我愿意在一个窑洞里，或者最好是地下室里喘气。墙上没有挂任何字画，白得生硬，一只蜘蛛在那里结网，结到一半蜘蛛就不见了。我原本希望网成一个好看的顶棚，而灰尘却又把网罩住，网线就很粗了，沉沉地要坠下来。现在，我仰躺在床上，只觉得这荒芜得好，我的四肢越长越长，到了末梢就分叉，是生出的根须，全身的毛和头发拔节似的疯长，长成荒草。

　　宽哥说，这屋子真是一座荒园。

　　我说，那就要生出狐狸精的。

　　十多年来，我读《聊斋》，夜半三更的时候，总祈盼举头一看，其实是已经感觉到了，窗的玻璃上有一张很俏的脸，仅仅是一张脸，在向我妩媚。我看她，她也看我，我招之，她便含笑，倏忽就树叶般地飘进来。——这样祈盼着，并没有狐狸进来，我猜想那时我的火气太重，屋子里太整洁，太有规矩。于是清早起来，恹恹地发困，便生疑心窗外的那一株垂柳是一个灵魂在站着。她站着成了一株柳的。

如今的冬夜，从月下归来，闻见了谁家的梅。入我的荒园里，并没有随我而入的另一双鞋，影子也没有了。我坐在炉子边烧茶，听着水响和空间里别的什么声音，独自喝了一杯又一杯。忽地想起李太白的诗：

　　两人对酌山花开，
　　一杯一杯复一杯。
　　我醉欲眠卿且去，
　　明朝有意抱琴来。

冬夜里没有山花开，新窗外有三棵槐，叶子都落了，枝丫在颤起铜的韵。我也没喝酒，亦不想睡，想着真有狐狸的吧。

狐狸并没有。

但也就在明日，却有人抱了琴来。抱琴人是个矮个儿男人，就是宽哥，说，我知道你寂寞。这是一架古琴，钟子期与俞伯牙相识的那一种古琴，弹"高山""流水"的那一种古琴。

宽哥也是寂寞的人——其实谁都寂寞，狼虎寂寞，猪也寂寞。——因为精神寂寞，他学了五年琴。他把琴送与我，我却不懂得琴谱，他明明知道我不懂得琴谱，他竟要送琴的。

琴就安置在我唯一的桌子上，琴成了荒园里最豪华的物件，我觉得一下子富有。那个捡来的啤酒木箱盖做成的茶几，如果上边放着烂碟破碗，就是贫穷的表现，而放着的是数百元的茶具，这便成一种风格，现在又有了古琴，静坐在茶几边的我静得如一块石头，斜睨了那古琴，一切都高雅了。

三日过去，五日过去，《聊斋》的书已不再读，茶是越来越讲究了档次，含品中记起一位才女叫眉的曾与我论过茶，说民间流行一种以对茶之态度如对性的态度的算卦辞，而世上最能品茶的是山中的和尚，和尚对性已经戒了，但那一种欲转化了对茶的体味。我那一日还笑她胡诌，而这日记起，很觉有趣。可我虽有五台山买来的木鱼，却怎么能把自己敲出个和尚来呢？仄了头瞧桌上的琴默默一笑，这一笑就凝固了一段历史，因为那一瞬间我发觉琴在桌上是一个平平坦坦地睡着的美人。

山里的人夏日送礼，送一个竹皮编的有曲线的圆筒，太热的人夜里可以搂着睡眠取凉，称作是凉美人的。这琴在那里体态悠闲，像个美人，我终于明白宽哥的意思了。×，那时我真有一份冲动，竟敢放肆，轻轻地走近去，分明感觉到她已经睡着了，鼾声幽微，态势美妙，但我又不敢惊动，想她要醒过来，或者起身而站，一定是十分地苗条的。那琴头处下垂的一绺棉絮，真是她的头发，不自觉地竟伸手去梳理，编出一条长长的辫子，这么好身材的，应该是有一条长辫的。

这一个夜里,夜很凉,梦里全是琴的影子,半醒半寐之际,倏忽听得有妙音,如风过竹,如云飞渡,似诉似说。我蓦地翻床坐起,竟不知身在何处。没月光的夜消失了房子的墙,以为坐在了临水的沙岸,或者就完全在水里。好长的时间清醒过来,拉开灯绳,四堵墙显出白的空间,琴还在桌上躺着。但我立即认定妙音是来自琴的,这瞒不过我的,是琴在自鸣了!

×啊,有琴自鸣,这你听说过吗?三年前咱们去植竹,你说过的,竹的魂是地之灵声,植下竹就是植下了音乐,那么,这琴竟能自鸣,又该是怎样一个有灵的魂呢?

从此每日进屋,就要先坐于琴旁。人在屋外,想有琴在家,坐于琴身了,似守亲爱的人安睡,默默地等待着醒来,由是又捧了《聊斋》来读,终信了这是一份天意。有闲书上讲,女人是一架琴,就看男人怎么调拨,好的男人弹出的是美乐,孬的男人弹出的是噪音。这样的琴,不知道造于哪块灵土上的灵木,制于何年何月的韶光月下,谁曾经拥有过她,又辗转了多少春秋和人序,可她,终于等待到了来我的屋中,要为我蓄满清音,为我解消寂寞,要与我共同创造人间的一段传奇!这样的尤物今生今世既然与我有缘,我该给她起个好名儿来的。

我真的耗费了许多心思,叫它"等待"似乎太硬,叫"欲语",又觉无力,"半生缘"又偏俗了,"一段不了",还嫌玄虚。住到这屋子里,我是因了兼职一个教授职名赚的,门框上我曾写了"半闲半忙做文章,似通不通上课堂",我这样的人过这样的日子,起怎样的名字给她呢?我坐在她的身旁,目注了她对她说话，我说我的童年，说我的青年和中年，说我的丑陋我的苦难，说我感谢她的话。我是看过报上的报道，说有一人种了一棵南瓜，他每日对南瓜说话如说话于他的孩子，这南瓜就长成背篓般大。还有一人患了心脏病，整日对心脏说感谢的话，委托的话，心脏病竟也无药而治了。我也这般对待我的琴，我感觉琴是听见了，也听懂了。一次不自觉地去触动了几下弦索，她竟应发出极美的音乐来。我当时是惊呆了，因为我从来不识琴谱，连简谱也不识的，怎么就能有如此一段美乐呢？我疑问过宽哥，宽哥说，你再弹触时不妨打开录音机，我过后听听。我这么做了，宽哥就用简谱记下来，说果然好，你是个天才的作曲家。

我不是作曲家，我没有天才，天才是琴自身的。宽哥将数次的录音整理了，成一首乐曲在许多场合演奏，甚至还拿去发表，要署我的名。我声明这不是我作的曲，应该署琴的名。这次我得讨问琴，求她自报姓名。琴没有告诉我，却在灯光下，使我终于看见乌黑的琴身暗处，透出三处一绺的红来，黑与红相配得那么和谐和高贵，竟是我以前未注意到的。连着三日，都是在灯光下，发觉了红越来越多，几乎从整个黑里都能看出那下边的一层红来。

这一夜，我梦里觉得我在我的头发里发现了一颗痣，在手心里发现了一条纹，觉得桌上伏着一只艳红的狐。

于是，翌日的清晨，我叫我的琴为"红狐"。

"红狐"虽然依旧在桌上平伏着，但我仍要买了家具到这屋里。我买的是一张特大的床，一个极软的沙发，红狐如果从桌上站起，她的天性里该是爱静卧的。狐之友猜测应是鹤与鹿的。我又搜寻了鹤鹿的画贴在琴后的墙上。

　　我是这么想，×，狐是世上最灵性最美丽最有感应的尤物，原来是我的荒园里她早已来了！有诗讲好雨知时节，随风潜入夜，那她是从远的山里林里，或者从蒲氏的《聊斋》里，在那一个雨夜里来的。想宽哥送琴的那个夜，也正好有雨，当时我并不知，天明瞧见屋外的一蓬紫薇湿淋淋的。

　　×，这就是我要告诉你的事，一件大事，真的一件了不得的大事。也就是我有了红狐琴，我的荒园里再不荒了，我开始过得极平静而又富有，这你应该为我祝福和羡慕吧。

残佛

　　去泾河里捡玩石，原本是懒散行为，却捡着了一尊佛，一下子庄严得不得了。那时看天，天上是有一朵祥云，方圆数里唯有的那棵树上，安静地歇栖着一只鹰，然后起飞，不知去处。佛是灰颜色的沙质石头所刻，底座两层，中间镂空，上有莲花台。雕刻的精致依稀可见，只是已经没了棱角。这是佛要痛哭的，但佛不痛哭，佛没有了头，也没有了腹，莲台仅存盘起来的一只左脚和一只搭在脚上的右手。那一刻，陈旧的机器在轰隆隆作响，石料场上的传送带将石头传送到粉碎机前，突然这佛石就出现了。佛石并不是金光四射，它被泥沙裹着，依样丑陋，这如同任何伟人独身于闹市里立即就被淹没一样，但这一块石头样子毕竟特别，忍不住抢救下来，佛就如此这般地降临了。我不敢说是我救佛，佛是需要我救的吗？我把佛石清洗干净，抱回来放在家中供奉，着实在一整天里哀叹它的苦难，但第二天就觉悟了，是佛故意经过了传送带，站在了粉碎机的进口，考验我的感觉。我庆幸我的感觉没有迟钝，自信良善未泯，勇气还在。此后日日为它焚香，敬它，也敬了自己。

或说，佛是完美的，此佛残成这样，还算佛吗？人如果没头身，残骸是可恶的，佛残缺了却依然美丽。我看着它的时候，香火袅袅，那头和身似乎在烟雾中幻化而去，而端庄和善的面容就在空中，那低垂的微微含笑的目光在注视着我。"佛，"我说，"佛的手也是佛，佛的脚也是佛。"光明的玻璃粉碎了还是光明的。瞧这一手一脚呀，放在那里是多么安详！

或说，佛毕竟是人心造的佛，更何况这尊佛仅是一块石头。是石头，并不坚硬的沙质石头，但心想事便可成，刻佛的人在刻佛的那一刻就注入了虔诚，而被供奉在庙堂里度众生又赋予了意念，这石头就成了佛。钞票不也仅仅是一张纸吗？但钞票在流通中却威力无穷，可以买来整庄的土地，买来一座城，买来人的尊严和生命。

或说，那么，既然是佛，佛法无边，为什么会在泾河里冲撞滚磨？对了，是在那一个夏天，山洪暴发，冲毁了佛庙，石佛同庙宇的砖瓦、石条、木柱一齐落入河中，砖瓦、石条、木柱都在滚磨中碎为细沙了而石佛却留了下来，正因为它是佛！请注意，泾河的"泾"字，应该是经，佛并不是难以逃过大难，佛是要经河来寻找它应到的地位，这就是它要寻到我这里来。古老的泾河有过柳毅传书的传说，佛却亲自经河，洛河上的甄氏成神，缥缈一去成云成烟，这佛虽残却又实实在在来我的书屋，我该呼它是泾佛了。我敬奉着这一手一脚的泾佛。

许多人得知我得了一尊泾佛,瞧着皆说古,一定有灵验,便纷纷焚香磕头,祈祷泾佛保佑他发财,赐他以高官,赐他以儿孙,他们生活中缺什么就祈祷什么,甚至那个姓王的邻居在打麻将前也来祈祷自己的手气。我终于明白,泾佛之所以没有了头没有了身,全是被那些虔诚的芸芸众生乞了去的,芸芸众生的最虔诚其实是最自私。佛难道不明白这些人的自私吗?佛一定是知道的,但佛就这么对待着人的自私,他只能牺牲自己而面对着自私的人,这个世界就是如此啊。

我把泾佛供奉在书屋,每日烧香,我厌烦人的可怜和可耻,我并不许愿。

"不,"昨夜里我在梦中,佛却在说,"那我就不是佛了!"

今早起来,我终于插上香后,下跪作拜,我说,佛,那我就许愿吧,既然佛作为佛拥有佛的美丽和牺牲,就保佑我灵魂安妥和身躯安宁,作为人活在世上就好好享受人生的一切欢乐和一切痛苦烦恼吧。

人都是忙的,我比别人会更忙,有佛亲近,我想以后我不会怯弱,也不再逃避,美丽地做我的工作。

狐石

我想,这世上的相得相失都是有着缘分的,所以赵源在显示它的时候,我开了口,他只得送与了我。赵源说:我保存了它七年,不曾一日离过身的。或许是这样,我说,可我等了它七年。

七年不是个小的时间。

那是在乡下,冬天里的一场雪,崖根下出现了一溜梅花印,房东阿哥说夜里走过狐了。从那一刻起,我极力想认识狐,欲望是那么强烈。曾追了梅花去寻,只寻到梦里。梦里的狐是一团火红,因此它的蹄印才是梅花。以后是朝朝暮暮读《聊斋》,要做那赶考前闭门读书的白面书生。结果是年过四十,误了仕途,废了经济,一身愁病,老婆也离我而去了。一切求适应一切都未能适应,原本到了不惑却事事怎能不惑,我不知道了这是什么命运。好是孤寂一人的时候,又是下雪的冬天,赵源送了它来,我才醒悟我为什么鬼催般地离了婚,又不顾一切地摆脱名誉利禄,原来是它要到来。

多么感念赵源！他从远远的地方来，在这个城市里打问了数天，昔日的同学，今日却做了一回使者了。

我捧在手心，站在窗前的阳光下，一遍一遍地看它。它确实太小了，只有指头蛋大，整个形状为长方形，是灰泥石的那种，光滑洁净，而在一面的右下角，跪卧了那只狐的。狐仍是红狐，瘦而修长，有小小的头，有耳，有尖嘴，有侧面可见的一只略显黄的眼睛，表情在倾听什么，又似乎同时警惕了某一处的动静，或者是长跑后的莫名其妙的沉思。细而结实的两条前肢，一条撑地，使身子坐而不坠，弹跃欲起，一条提在胸前，腰身直竖了是个倒三角，在三角尖际几乎细到若离若断了，却优美地伏出一个丰腴的臀来，臀下有屈跪的两条后肢，一条蓬蓬勃勃的毛尾软软地从后向前卷出一个弧形。整个狐，鸡血般地红，几乎要跳石而出。我去宝石店里托人在石的左上角凿一小眼儿，用细绳系在脖颈上。这狐就日夜与我同在了。

惊奇的是，这狐的模样与我七年前想象的狐十分相似。这狐肯定是要来迷惑我的。但它知道，它是兽，我是人，人兽是不能相见的，相见必是残杀，世间那么多狐皮的制品，该是枉杀了多少钟情的尤物。但它一定是为了见到我，七年里苦苦修炼，终于成精，就寄身在这小小的石头里来相会了。

这样的觉悟使我心花怒放，愈是整日面对了狐石想入非非，一次次呼它而出，盼望它有《聊斋》的故事，长存天地间的一段传奇。我差不多要神经了，四十多岁的人，从不会相思，学会了相思，就害相思，终日想它，不去想它，岂不想它？！身子于是瘦下来，越发多病多愁，疑心是中了狐精之邪了。我不管的，既是这狐吮我的精气而幻生，在那一个美丽的生命里有我的成分，我也是美丽的；既是我被狐吞噬，以它的腹部作为我的坟墓又何尝不是好的归宿呢？我这般企图着，但我究竟还是我，狐石依旧是石头，石头不是鸡蛋，不能暖熟的，倒恍惚了这石上恐怕是没有红狐的，它的显示全因了我的幻想，如达摩石壁的影石吧。

也就在这个冬天的那场雪里，一日，我往园子赏一株梅的，正吟着"梅似雪，雪如人，都无一点尘"，梅的那边有五个女子在叫着"狐！狐！"就一片浪笑。原来其中一个，长腿蜂腰，一手往上拥着颧骨，一手抓了鼻子往下拉扯，脸庞窄削变形，眉与眼两头尖尖地斜竖起来，宛若狐相。我几乎被这场面看呆了，失态出声，浪笑戛然而止，该窘的原本属五个女子，我却拽梅逃避，撞得梅瓣落了一身。

这一回败露了村相，夜梦里却与那女子熟起来，她实在是通体灵性的人，艳而不妖，丽而不媚，足风标，多态度，能观音，能听看，轻骨柔姿，清约独韵。虽然有点儿野，野生动力，激发了我无穷的想象力和创造力。

终有一天，我想，我会将狐石系在她的脖颈上，说：这个人儿，你已经幻化了与我同形，就做我的新妻吧。

静

去年秋季，我去兴庆宫公园划了一次船。去的那天，天阴，没有太阳，但也没有下雨，游人少极少极的。我却觉得这时节最好了，少了那人的吵闹，也少了那风声雨声；天灰灰的，路见些明朗，好像一位端庄的少妇，褪了少女的欢悦，也没上了年纪的人的烦躁，恰是到了显着本色的好处。

同游的是我的妻，她最是懂得我；新近学着作画，是东山魁夷的崇拜者。我们租得一只小船，她坐船首，我坐船尾；这船就是我们的，盛满了脉脉的情味。桨在岸上一点，船便无声地去了。我们蓦地一惊，平日脚踏实地的一颗心，顿时提了起来，一时觉得像飞出了地球的吸引层，失去了重量，也失去了控制，一任飘飘然去了。

船箭一般地飞去了四五米，突然一个后退，一瞬间地停止了，像一个迷离离的梦，突然醒了，觉得凭一只木船，身已在了水上。心倒妥妥地落下来，默默看着对方，都脸色苍白，脖颈上的筋努力地用劲，便无声地笑了。妻说：古人讲羽化而登仙，其实大致如此，并不会轻松的。这话倒也极是。

倏忽间，船就打旋儿起来，像一片落下的柳叶，便见光滑的水面有了波纹，像放射了电波，一个弧圈连着一个弧圈，密密的，细细的，传到湖心。以前只认为水是无生命的，现在却是有了神经；神经碰在了岸上，又折回来，波纹就不再是光洁的弧线，成了跳跃的曲线，像书写的外文，同时有一股麻酥酥的滋味袭上心头了。桨继续划动着，起落没有声息，无数的漩涡悠悠地向四边溜去，柔得可爱，腻得可爱，妻用手去捉拿，但一次也没有成功。

我们调正了方向，向湖心划去，妻终是力小，船老向一边弯，末了就兜着圈儿。她坐到船尾来，我们紧挨着，一起落桨，一起用力，船首翘起来，船尾似乎就要沉了，但水终没有涌进后舱。我们身子深深往下落，正好可以平视那湖面。水和天并没有相接，隔着的是一痕长堤，堤边密密地长了灌木，叫不上名儿，什么藤蔓缠得黏黏糊糊。堤上是枫树和垂柳，枫叶呈三角模样，把天变成像撒开的小纸片儿，垂柳却一直垂到树下，像是齐齐站了美人，转过身去，披了秀发，使你万般思绪，去猜想她的眉眼。湖面上，远处的水纹迅速地过来了，过来了，看了好久，那水纹依然离得我们很远，像美人的眨着的脉脉的眼，又像是嘴边的绽着的羞涩涩的笑。我们终于明白那柳之所以背过去，原来将眉眼留在了水里。

船到湖心,我们便不再划,将桨双双收在舱里,任船儿自在。妻便作起画来,我仰躺在船里,头枕在船帮,兀自看着天。天也是少妇的脸,我突然觉得天和这水,端庄者对端庄者,默默地相视;它们是友好的,又是距离着,因为它们不像月亮绕太阳太紧,出现月圆月缺,它们永远的天是天,水是水,千年万年。我还要再想下去,突然一时万念俱灭,空白得如这天,如这水一般的了。

划了两个钟头,湖面上依然没有第二只船,一切都是水,灰灰的,白白的。我一时想做些诗,来形容这水的境界,却无论如何想不出来。我去过革命公园的湖,那水里有了茸茸的绿藻,绿得有些艳了,也去过莲湖公园的湖,那里生了锈红的浮萍,红得有些俗了,全没有兴庆宫公园的湖来得单纯,来得朴素。我只好说,兴庆宫公园湖里的水,单纯得像水一样,朴素得像水一样。

诗没有作成,我起身去看妻的画,她却画了一痕土岸,岸上一株垂柳,一动不动的一株垂柳,柳条自上而下,像一条条拉直的线。柳的下方,是一只船,孤零零的一只船。除此都空白了。我说,我看懂了这画,我不必要再作诗了,她真是东山魁夷的弟子,是最深知这兴庆宫公园的湖水了。

月鉴

近些月来，我的脾气越发坏了，回到家里，常常阴沉着脸，要不就对妻无名状地发火。妻先是忍耐，未了终觉委屈，便和我闹起来，骂我有了异心。这般吵闹一场，我就不免一番后悔，但却总又不能改掉。今天夜里，我们又闹开了，结果妻照样歪在一旁抹泪，我只有大声喘着粗气，吸那卷烟，慢慢便觉得无地可容；拉开门，悄悄往村前的草坝子里去了。

"你就不是个人！"妻撑在门口，恨恨地还在骂我。

我没有还口，只是独独地走去，觉得妻骂的是对的：我怎么总要在她面前发脾气呢？她性情极温顺，我是太不知轻重的了。结婚三年来，我的蜜月期的温存哪儿去了？明明知道是自己无理，却还这样行为，弄到如此模样，活该我不是一个人了呢！

巷道是窄窄的，有几声狗咬，顺石板一块一块走去，又弯弯曲曲挪过田间小埂，草坝子就在眼前了。草很高，全是野苇蘼子，冬天的寒冷，使它们已经失去了生命，却并没有倒伏，坚硬得有灌木般的性质了。月亮正要出来，就在草坝的那边，一个偌大的半圆。那是半团均匀的嫩黄，嫩得似乎能掐出水来，洁净净的，没一点儿晕辉；草坝子上却浮起了一层黄亮，竟使人疑心，这月亮从黄草里生出来，才染得这般颜色了。

我定定地看着月亮，竭力想把那烦恼忘却，月亮却倏忽间是玫瑰色的粉红了。似乎要努力从草丛中跃起，却是那么地艰难，草丛在牵制着，已经拉成一个锥圆形状；终在我眨眼的工夫，一下子跳出一尺高来。草坝子上现在是一层淡淡的使人伤感的橘红，而且那淡还在继续，最后淡得没了色彩，月亮全然一个透明的镜片，莽草也像柔水一样地平和温柔了。

海上的日出，我是见过的，大河的落日，我也是见过的，但是，那场面全没有这草坝上的月升优美。我竟有了惊异：漠漠的天空有了这月亮，天空这般充实，草坝有了这月的光辉，草坝显得十分丰满；我后悔今日才深深懂得了这夜，这夜里的月亮了哩。

我闭上眼睛，慢慢地闭上了，感受那月光爬过我的头发，爬过我的睫毛，月脚儿轻盈，使我气儿也不敢出的，身骨儿一时酥酥地痒……睁开眼来，我便全然迷迷离离了：在我的身上，有什么斑斑驳驳地动，在我的脚下，也有了袅袅娜娜的东西了。回过头来，身后原来是柳、草，阴影匝匝铺了一地，层次那样分明，浓淡那样清楚……不知什么时候，有了风，草面在大幅度地波动，满世界价潮起泠泠声，音韵长极了，也远极了，夜色愈加神秘，我差不多要化鹏而登仙去了呢。

脚步儿牵着我往草坝中走去了，像喝醉了酒，醺醺的，终于支持不住，软坐在那草丛里。月亮照着我，波动的草一会儿埋住我的头，一会儿又露出我的脸。那蒿草原来并不是水似的平和，茫茫的却是无数的弧形的线条呢。线条先是一条一条的，愈远愈深密，当那波动到来的时候，那是一道道细微的银坎儿，极快地从远处推来，眨眼间埋没了我的头顶。蓦地，一只夜鸟在响亮地叫着，从天边斜着翅膀飞来，一个黑影儿掠过我的脸面，它还在叫着、飞着，似乎在欣赏和追逐自己那草波上的倩影呢，接着就对着月亮又是一叫，飞得无踪无迹了。

　　这鸟儿一定在感谢月亮，使它看见了自己的影子吗？

　　我侧起头来，突然想道：在这夜里，有了月亮，世界上的万物便显出了存在，如果没有了这轮月亮，那会是多么可怕的黑暗啊！

　　月亮该是天地间的一面镜子了呢。

　　一个人影突然在我前边不远处出现，样子斜斜的，那么单薄，也正仰头看着月亮，而且有了一声长长的喟叹。这是谁呢？世上难道还有和我一样烦恼的人到这里来吗？那纤小身腰的线条，那高高隆起的发髻，我立即惊慌不已了：她不就是我妻子吗？

　　可怜的妻，她竟也到这里来了！天呀，如今看来，我真不配做人了，我害得她夜里不得安宁！唉，一切苦闷应该归我，为什么要牵连她呢？她应该是幸福的，应该是快乐的，可她却也来了呢！

　　我向她走去。我们在草坝深处相遇了。

"你怎么也来了?"我说。

"我来清静。"她淡淡地说。

"……都是我不好,惹你生气了。"

"你好!我生你什么气了?"

"我向你求饶,以后再不这样了……"

"这话你讲过多少次了?"

"你还不饶恕我吗?"

妻却呜呜地哭了。

"你在外边,又说又笑,回到家来,就没个笑脸儿……"

"我哪有那么多笑脸?"

"你总是发脾气,拿着我出气……"

妻委屈得说不下去,捂了脸,从草丛里斜斜地走了。她走了,把我留给夜里,把我的影子留给了我。风已经住了,潜伏在蒿草根下去了,消失在坝子外的沙滩上去了。月亮还在照着,照得霜潮起来,在草叶上,茎秆上,先是一点一点地闪亮,再就凝结成一层,冷冷的,泛着灰白的光。

无穷无尽的悲凉陡然袭上我的心头了。唉,我该怎样恨我的脾气呢,恨我的阴险呢,我担心我会永远这样下去,总有一天,妻会离弃了我,我在不可自拔的境况下堕落下去,死亡下去了呢。

我检点起我自己了:是我对妻有了二心了吗?没有的,一丝一毫也不曾有的。我对妻是忠忠的,是爱爱的,世上没有第二个像我这样的专诚的了。

我不觉又该怨起妻了呢,她是不理解我的啊:我在外,老是有看不惯的事，但我不能去正义，只是憋着，还得笑笑的，回到家里，在亲人面前，我还再这么憋着气吗？还再这么笑吗？

我记起一位哲人的话了：夫妻是互相的镜子。是的，妻确实是我的镜子了。在这面镜子里，我虽然近乎残忍，但我的人的本性才表现了出来；离开了妻，我才不是人了，是弯曲的人，是人的躯壳啊！

月亮还在草坝上照着，霜越潮越重了，那草的茎上、叶上沉重得垂下去了，光亮却异样地晶莹，幽幽的，荡起一股凉森。我觉得衣衫有些单薄，踽踽地要往回走了。

走出了草丛，又站在了那株柳下，看斑斑驳驳的树影印在地上，不用晃动，每一条枝，每一片叶，都看得清晰。我想，画家画树，枝条交错，叶片翻动，那么生动，那么气韵，一定是照着这影子画就的了；亏得月的镜子，把一切纷纷乱乱都理得多么明白！

啊，妻就是我的镜子吗？妻就是我的月亮吗？

我大口地呼吸着，将草坝的气息蓄满了心胸，张开了双臂，似乎要拥抱这轮中天月了。我深深地祝福这天地之间有了这明白的月亮，我祝福在我的生活里有了这亲爱的妻子！

我很快地向家里走去了，我要立即见到我的妻，检讨我的粗鲁，但我要向她大声地说：

"我还是人呢，我发现我还是人呢，我要做人，我要永远做人，在妻前，在月下，在任何地方，都要作为一个人而活下去！"

茶话

今天来喝茶,我喜欢沿用古语:吃茶。一个"吃"字,加重了茶在生命中的重要性。

吃茶是大有名堂的。和尚吃茶是一种禅,道士吃茶是一种道,知识分子吃茶是一种文化,共产党员吃茶是一种清廉。所以,吃茶是品格的表现,是情操的表现,是在混浊世事中的清醒的表现。

尤其对在座许多人来说,吃茶是我们没有太多金钱的人的一种最好的享受。

我欢呼西安有这么个茶楼。

今天是五月十五日,五和十五的谐音为"吾邀吾",即我不是被茶楼主人邀来的,是我邀请我自己来的。我想以后我会邀我再来,当然不准备再免费。

古人有言:雪澡精神。我说:茶涤灵魂。

故拟作对联二。

之一：

　　雪澡冷梅开花暖，
　　茶涤忙人偷清闲。

之二（修改古书上两句戏言）：

　　坐，请坐，请上坐；
　　吃，吃茶，吃好茶。

一块灵石

秋季日

玩物铭

序

我不是一个收藏家,也反感那些收者藏者:或迷醉得变态异化;或营营逐利,以聚钱财;或装饰门面,以显高雅。我的那些东西,纯系玩儿的。值钱的不一定就陈列在文博柜里,不值钱的也不一定胡掷乱扔。它们作用于我,完全是玩赏的。古人曰:玩物丧志。我也是常在检点我的堕落的,但我确实没有。且慢慢倒悟到一些道理:玩风筝的是得不到身心自由的一种宣泄吧,玩猫的是寂寞孤独的一种慰藉吧,玩花的是年老力衰而对性的一种崇拜补充吧。我在我的书房里塞满这些玩物,便旨在创造一个心绪愉快的环境,而让我少一点儿俗气,多一点儿艺术灵感。为什么不去写些重大题材的"严肃"的作品而为玩物志铭呢?这或许是害怕来客翻动这些东西而表示反对的声明,也或许是为家人所写，因为家人总以房间杂乱而几次将这些东西扔进过垃圾箱，也或许是弄文的人的无聊了。

一、汉罐

这确实是个汉罐。陶质的，高二十七厘米，长颈胖肚。肚的上部有一圈图案，似麒麟又非麒麟，据说是龙的子孙的一种，但名字我还未查出。

七八年前的时候，一位女子与我关系尚好，她去关中乾县下乡，回来与我谈乡间生活，说，那里修"大寨田"挖了许多墓，墓里有无数的罐，农民将完整的带回做了尿盆，破坏的大片苫了院墙头，小片的就堆在茅房角供拉屎后揩屁眼儿（揩过屁眼儿的肮脏罐片，经雨淋后又复干净，可再揩用，以致长此以往，这罐片就老堆在茅房角）。当时，城里还没有重视地下文物风气，乡下更不知这瓦罐的好处，且关中黄土之下埋有十三个帝王墓陵，王公贵戚的坟丘更不计其数，随时老牛拉犁就会翻出一些古时的东西来。这种不稀也便不罕的现象，如同在海南一带，谁还觉得橘子香蕉是老年病人和幼儿才能享受的仙品吗？我那时也不知它的价值，只想象其本质本色的一定好玩，就说："你再去，拣一个完整的给我抱回来。"她果然就抱回一个了。

罐子从此就一直放在我的书架上。

一位识货的人到我这里，要我给他写一幅字。我说我的字不好，只要肯要就写吧。他很高兴，说一定要裱的，要珍藏的，末了要走时,却叮咛我:"你得好好写文章啊,将来一定要当个大作家!"我说:"我是卖文换烟抽的,或许明日就搁笔了。"他严肃地说:"那怎么行?那我收藏你的字分文也不值了!"我好生气。就在他出门的时候,突然往我书房一望,看见了这瓦罐,他眼光就直了,叫道:"哈,你有汉罐!哪儿弄到的?这可是值钱东西啊!要是地震,你什么家具也不要抢,抢这个罐子什么都有了。有机会到香港去,你瞧着吧,房子、财产、靓女……"我把他推出门,心里说:我刚才给你写的那幅字权当上大街让小偷窃去了五角钱!

也从那次起,我知道了我的瓦罐是个汉货。汉代距今是古远的了,它确确实实是件文物啊。在夜深人静,一个人伏案写作,很熬煎了,就常常看着这罐。不知怎么,它就给我一种力的感悟,当有人送过我一个景泰蓝也放在那儿,这种感悟就十分强烈。它简拙而大度,景泰蓝于它太小气,三彩马于它太华贵,以致后来到霍去病的墓前看了石雕,我是认识了什么是汉代,也认识到民族文学艺术的精华是汉而不是唐,也多少怀疑起今人强调"时代精神",而时代精神并不是强调所致,恰是一种自然而然的文化现象啊。也应该说,我的文章也是以这瓦罐而由阴柔纤巧渐变为古拙旷达了。

但遗憾的是,那位曾经与我关系友好的女子,因为别人的一篇特写的文章而与我反目起来。那特写里曾涉及过这个瓦罐,她断然否认了,且说了许多难听的话,干了许多伤情的事,甚至要控告我到法庭。我一直在缄默,忍受这种人心变异的痛苦,也准备到了法庭上示出这瓦罐的证据。这却使我十分作难,人去物在,这瓦罐已与我有深厚感情啊,万一在法庭以它示证,那女子竟要物归原主该如何是好?故我打消了示证的念头,宁愿承受一切法律制裁了。

二、绥州拓片

"山环水匝古绥州,一片晴空碧树秋。□□□□□落,寒烟淡月两悠悠。彳亍西塞拄筇龙,半帧明霞横远峰……五百年前乘鹤到,文屏依旧白云封。"

这是一面石刻,我看到的时候,是在绥德古城文化馆的展室里。前几年,碑子就已经破裂成三块,还一直在一座倒塌的庙宇泥土中埋着,偶尔农民拉土挖了出来,才发现是一面失落已久而多年搜寻的珍品。

碑文字迹了了,为明朝大书法家张三丰所写。张氏,世称仙人,一生放荡不羁,多留题咏于名山胜迹,曾漫游至绥州,路经天宁寺山门楼壁,一时书兴大发,便题此二截句于楼墙之西。据说当时无笔无墨,仙人随地拾起一片西瓜皮,信手写来。故笔锋没有毫墨圆润,但字态生动,意境深远,每字刚强洒脱,全句布局得当,今观之情随字出,笔笔令人赞绝。多少后人学者临摹,要不笔画滞涩,要不布局失例,虽有相似者,其势其韵相去甚远矣。

鸡年七月三十日,我去绥德,一见此碑,愈看愈醉,不可移步，便拓片而成，带回置于书房。然而深为遗憾的是第三句字迹失落，不曾拓出，哀叹长年失落没人修复，使这珍品不能复还原状了。

后，于书房揣玩，发觉碑文下方，有一片幽幽字迹，因极小又模糊不清，一直未能细辨，经多日考究，方知是立碑论文。原来此碑竟还有一段来历。立碑记上写道："天宁寺门楼建于乾隆十三年，于今不过二十余年，且寺近城郭，游人累累，不闻有见之者。癸未仲夏予尝登斯楼而观剧，亦未听之或睹也。丙戌北上后即客游吴楚六七载，其间尝一归省，犹无谈及者，辛卯春复自南而北与乡人同集燕台，酒阑夜话，始闻其略，余心奇之而来，未能目击为憾。昨岁潦倒归里，几急急忘之。今春友人招饮寺中，乃共登楼而快睹之，其诗词字法真仙笔也。但首章第三语已为漏痕侵蚀数字没……"

读完碑记，方知此碑奇而又奇，许多思绪，久之想之，多少不解，又多少意会，又多少不能言出。感激这断句精美，实为绥州写照，亏得张仙人以瓜皮留下，又感激立碑人将这诗词字法摹勒，而永留于世，却也惆怅这诗词若不被张仙人字书，何以得之？这字书若无立碑人摹勒，何以得之？这石碑若无文化馆人发掘，何以得之？

又后，绥德文化馆一友到我书房，他学识渊博，对考古颇有研究，我们又谈起这石碑拓片。我提疑问道："张三丰是明人，立碑记上讲，此天宁寺楼建于乾隆，那字怎么会写在西墙？"

友人说："要不怎么是仙迹呢？它得仙于在天，寄身于尘世，所以谁也不知此字写于何年何月。而立碑人所以购砾石勒于其上，是恐神物通灵，寻当破楼壁飞去，才摹而存之，以为山水之一助也。"

我说："竟会破楼壁飞去？"

友人说："可不就飞去了第三语！大凡杰人圣事，世上不可多得，稍不留意，或许就埋没，或许就糟蹋了，这如同你们作文的灵感一闪即逝啊！"

我说："既要摹而存之，那第三语已为漏痕，何不拟而补之，岂不更好吗？"

友人说："不然，西北东南天地且有缺陷，仙迹所遗得毋类是也。"

我觉得说得极是，深深感到自己浅薄了。遂在这拓片背面贴一纸条，上面书写了这一段对话，末了又写道：世上万物，既然能存在，必有赖以存在之价值。河中石片，有的可雕香炉，置于案头香火缭绕；有的则做茅房垫石，供肮脏臭气熏蒸。各有用处，用处不同，但不分高下，其本质都是一样呢。虽璞中有玉不纯，但无璞则玉无所依。满月为月，缺月亦为月。如果因玉在璞中而弃则便不可得玉，缺月而否定是月，则每月只有一夜明朗。如此推论，人为万物之首，为何不是如此呢？

三、铜镜

乙丑岁末，我回了三天老家。第一夜同村人拥火炉闲谈，问起本家的一个远房侄子状况,旁边人说:"那小子发了,该他正走运的!"我说:"走什么运就发了?"回答说:"盖了三间房,够可以了吧!可偏偏挖房基时挖出一个银镜来,听说有三两半呢,这就值钱了。"我当时也很惊奇,说:"什么样,好玩吗?"那人说:"他不让外人看的,好多的银货贩子缠他呢。"

第二天一早,我就去侄子的新屋找他。新屋是造在小河桥的西头,坐北朝南,其时太阳才出,屋前的土场上一片光亮。这地方原是我家的饲料地,我在家的时候在上边耕种过七年。从未记忆过那里有什么坟茔,也曾翻过好深的土层,怎么他就会挖出银镜呢?我站在那里,瞧见他们的门还关着,正待叫喊,隔壁的一位嫂子说:"你要找××吗?昨日夜里,小两口吵到鸡叫,怕是乏了,要睡到中午才开门吧!"我只好耸耸肩走开,想下午再去看镜。

下午去,这侄子却出门了。他媳妇倒热情,但说起银镜一事,却全然推说不知。我明白她是怕我索去银镜,而又是本家人不好要钱。我声明说:"我来看一看,若觉得好玩,我掏钱买,你要多少钱我给多少钱!"那媳妇就笑了,说:"是有这个东西,可××自个儿保存着。几个银匠和贩银货的来买,一两出三十三元的,我是不愿意卖的,得给孩子留个传家宝啊!"我笑了笑,也说:"那好吧,××回来了,就说我来过,让他到我家来一趟。"就走了。

直到晚上,××没有来。

第二天清早,我耐不住又去找他,他刚刚起来,正端了尿盆往门前的一丛葱根上浇,老远就说:"昨儿半夜我才回来,我才说要去看你的!"我说:"你怕是不愿意让我看那银镜吧?"他说:"哪里,今儿原本带银镜去镇上的,说是你要看的,我就不去了。"他告诉我,他准备去镇上,是和一个银匠约好的。"你回来得真及时,要不就脱手了!"接着就朝屋里喊:"把那东西拿出来,让大大看看!"媳妇过会儿出来,手里拿着一个红布包。我打趣说:"昨儿你不是说××自个儿保存着吗?"媳妇很窘,但立即笑着说:"大大要作践我了!"红布包打开,里边果然是一块银镜,茶碗口大的,面上微微突凸,背后有一系绳的小疙瘩,围着小疙瘩有一图案,八角形,有四角为蝙蝠状,有四角一为"兰",一为"主",一为"宗",一为"王",不知所云。而正反两面除了绿锈外,银光闪闪,抚之腻而如肤脂。我在古书上曾读过银镜一说,也知道古代战袍上的护心镜,遂大感兴趣,说:"卖给我吧,要什么价?"侄子很为难,先是不肯出售,后就说:"你真想要,你说呢?"我说银匠和贩银货的给多少,我比他们多十元怎样?侄子就同意了。

一手交钱,一手拿货,这银镜就装在我口袋里了。我问起是怎么发现的,他说他挖房基,一镢头下去,咣的一声,以为碰上石头了,再一挖,却挖出个罐子来。"罐子里有十五枚铜钱,还有这个银镜。别的什么都没有。"我忙问:"那个罐子呢?"他说:"乡政府一人说他养花没有盆,拿去养花了。""铜钱呢?""县文化馆一人买了去,一枚给了二角钱。"我连声叫苦,也暗暗庆幸这次回家回得是时候。

这银镜便挂在我书屋的东墙上。

一般来人,都喜欢观赏我的玩物的,初见这银镜都极感兴趣。很快外边说我得了一件宝贝,如何光可鉴人,如何价值连城。于是,我的张狂也就来了,一来客就指着夸显,又只能看不能动,然后大讲获得它的结果,竟说:这件文物若说是我买来的,不如说是它一直等待着我的。又以搞创作的虚构性描述这镜如何避邪,挂在墙上,犹如老家人的门框上嵌块玻璃一样,有半年未得病疾,夜里未做噩梦,文章也写得清丽了。

三个月后,一个文物鉴赏家突然到我家,说是欣赏欣赏那银镜的。正当我眉飞色舞讲述时,他大声说:"这是民国初年的铜镜!"我大惊,问何以见得,他说:"镜面生绿锈,这便是铜,只是镀以银色罢了。镜背面有螺旋纹,是机械加工痕迹。"我便用锥子狠戳银面,果然下面尽是黄色。

这镜当然还挂在书房墙上,但来了客我再不嚣张了。

四、古琵琶

我叫它是古琵琶,其实是一块朽榆木根。我这么称号着,已经使许多人信以为真。因为它太像一柄琵琶,即使还未能装上丝弦,便叩之它的任何一个部位皆声响清脆,悠悠长韵。

丙寅年初,我去周游至仙游寺,其山曲水曲之地,曲到极致,便形成了一块四分之三临水的孤岛,岛上就是仙游寺。寺院已废,唯有一塔上大下小,岌岌可危。据史载,唐白居易写《长恨歌》就在此处。我去后，临风抚塔，万端感慨，就踽踽踏沙滩而行，遥想当年悲歌一曲的情景，不想就碰着这朽榆木根了，遂大叫：琵琶！后就在村子里将所买的一袋红薯扔掉，把这琵琶带回来了。

琵琶在我的书房里，一直是平放在桌子上的。我曾设计过为它装三道丝弦，是六颗钉子拉三条铁丝，但后来又否定了，什么也不装，我叫它是无弦琴。这一年，我有许多困扰的烦恼，活得实在累了，星期天就邀一些文友来以茶代酒，听琴赏乐。酒不醉乐醉，乐不醉人醉，一直默坐半响，皆说：好酒，好乐。妻进来笑骂：皇帝新衣，自欺欺人！遂将无弦琴扔在地上。不想裂出一道缝来，竟从缝里掉下一块赭石，酷似心形。原是这琴把里嵌着一河石，我以前却未发现。自此这琴再也听不出什么韶乐来了，而石头则放在书架上，我起名为心石。

五、砚台

我有四个砚台，一是洮砚，两个"活眼"；一是五台砚，牛形的；一个是蓝田砚；一个是大理砚。来人皆把玩不已，稍识书法的，不免磨墨试用。这个时候，我是默默示出一块砖砚的。这砖砚十分粗糙，无雕刻，亦无匣盒，砚池也是用刀子随意挖凿的。可来人都不肯用它，以为丑陋。我将墨在每一个砚台里磨了，待到饭后大家再作书时，别的砚台墨汁凝固，唯砖砚依然如故，才刮目相看这砖砚了。我说："以形取物，这便是人的错误。

也正是如此,这砚台才久经辗转到我手里啊!"

十年前,一个朋友见我爱字,便送给我这个砚台。说是其姨家的。姨父在世时用过,姨父死后,家人就弃在屋角的杂货筐里了。又二年,我同这位朋友去他的姨家,扯起砚台,姨母说,那砖砚是姨父到李家村下乡,瞧见是用着垫菜罐底的就拿回来了。李家村住有我一位亲戚,少儿时常在那村里玩,也大致知道早年村中出了一个私塾先生。在我的记忆中,依稀想起他的模样,个头很高,很瘦,有一撮淡黄的胡子。每一个春节,村人要拿上香烟托他写对联,写中堂,家有老人临终时,就背了二斗苞谷的褡裢去请他写铭旌。由此揣测,这砖砚一定是他家的了。果然前三年夏天,这亲戚到我处来,我问起那私塾先生,亲戚说,人早在"文化大革命"中死了,当时红卫兵抄家,抄走了好多砚台和书本,在他家门口当众砸毁和焚烧了。私塾先生无后人,死后房屋做了生产队公房,一些不值钱的小么零碎也尽被村人拿光。想来,这砖砚肯定也是私塾先生的用物了,可能粗糙丑陋,未被红卫兵看中,故在砸砚焚书中免遭了大难。

今将砖砚细细察看,可见背面是一种布纹状,石下方有一深槽,其中刻有"官近张"的字样,"张"字只有一半,下边还有什么字,不可得知。查询了一些人,认为这可能是一页什么人的墓砖,而砖发现时已破裂,是用锯取开来的。这推断是否正确,事实是不是如此,我不敢妄下结论。既然这样,这砚是别人从墓中挖出制成送给私塾先生的呢,还是私塾先生自己挖掘所制?

无论如何,这砖砚现在是我极珍贵的玩物了,我以刀子在上面刻了"不眠斋"。

六、酒壶

得到这把酒壶时,同时还得了一个水烟袋,一个葫芦。水烟袋是白铜的,工艺极其精致,在我所见过的水烟袋里,属叹为观止之物。大前年父亲六十寿辰,我送给他老人家了。据父亲讲,那烟袋在村里甚为轰动,家里每日都有人吸用的。为了让村中老人都能享受一番"饭后一锅烟,活似做神仙",每月家中要多买五斤兰州板烟丝的。葫芦是小到极点的一个玩意儿,上凸下凸,中间瘦细,上有一硬把儿,弯曲到了恰好。看上去,色黄中透白,如骨质,敲之叮叮作响。我从未将它启开,它始终给我的是一个神秘的成语:"不知葫芦里卖的什么药?"这酒壶呢,几乎和葫芦一般大小,属宜兴壶一类。放它在案几上,有时瞧着,极像一个风度翩翩的电影大导演,因为它那弯把儿的壶盖,确像一顶导演帽。有时瞧着,像是一位肥乎乎的小媳妇,一手叉了腰,一手指点着什么,因为很肥胖,本来一种很讨人嫌的恶媳妇的形象却使人产生一种十分滑稽的效果而可爱了。

我是一个嗜酒好厉害的人,家里有几套酒具。平日来人,我们是用大酒壶的,而独自一人时,我就在这小酒壶里盛了酒,一边写文章,一边端起酒壶抿一口,一个中午四个小时过去,一篇文章草成,那酒壶里的酒就喝四个小时。因为心思迷醉于文章上,也从未注意过这小小酒壶怎么能喝够四小时。后有一位久年不见的朋友来，我们用起这小酒壶，喝过半晌，朋友就疑惑地看起这酒壶来，说："壶里怎么还有？"我当时也吃惊了。遂想起古戏上有美人盅，一喝酒就能见盅里美人舞蹈，有蝴蝶杯，一对饮四季有蝴蝶飞来，就笑着说："喝吧，这是'海壶'！"

于是，我家有"海壶"之说就传开来，但凡朋友来喝酒，一定嚷着用"海壶"盛酒，果然都喝得十分尽兴。但一旦说："完了！"那酒真个也就没有了。这怕是天机不可泄露吧？

一日，大人都上班了，小女儿从幼儿园回来，冰柜里放有酸梅汤，她怕不够喝，就将酸梅汤倒在小酒壶里独饮。没想手未捉紧，酒壶倒在桌上，壶盖在面上旋了几下，掉在地上就一碎两块了。这酸梅汤，小女儿不但没有多喝，反倒少喝也没有喝上，而我以后盛酒，再也没有奇迹出现了。

这酒壶如今在几案，于我也是一个瓮的闷葫芦了。

七、壁画

我小学的六年，是在老家的一座古庙里度过的，我常常想到那里的一切。那时，教室里一切十分简朴，甚至可以说是有些荒凉了。寺院的窗子原本是雕刻得十分讲究的木格窗，但窗格全断了，用芦苇秆儿扎着，糊着一层毛糙糙的麻纸。桌子是没有，每一排用土坯砌四个墩，上面架一个极宽极长的木板。寺房很高，没有天花板，我们做学生的上山挖了白土，涂刷了下面的一半，上面的一半刷不到，便全是画着奇奇怪怪的画，十分可怕。冬天里，学校的铃响得早，我们就在村里招喊每一家的同学，一边吹着一个小火盆，一边相厮着往学校去。除了一个书包，一个火盆，每人还要提一个小凳，因为学校里的凳子是自备的。我家那时人多，共有七个不同年级的学生，我就没有凳子可带，腋下便夹一个大劈柴，去了要在前后的土坯墩上横搭了坐的。推开教室门，没有灯，我们也不点灯，我们也不点火，就开始闭了眼睛背唱课文。不睁眼睛是我们害怕那屋墙上端露出的那些画；一哇声地背唱下去，是想在一种歌咏旋律中迷醉而忘却冬天的寒冷，也忘却那一份对墙上端画的恐惧。

这样的生活度过了六年，我的语文和算术的成绩非常好，但墙上端的画却使我的神经从此受到了刺激，后来一直十多年里，到任何寺庙里去，一见壁画就觉得头皮麻酥酥的。

小学毕业以后，我二十年里再没有去过那个学校，更没有去过那个教室。因为搞创作的缘故，我回老家搜集当地的民间传说，才知道小学所在的寺院古名为法性寺，是早年从村子前的丹江南岸搬移来的。丹江南岸的寺原名叫寄花寺，据说是王母娘娘经过这里，将头上的一枝插花寄存在这里而形成的。后来，丹江南移，危及寺院，方迁到北岸的高地。但为什么在南岸是寄花寺，迁北岸则成法性寺，县志上也对此莫能其解。这寺院搬迁于何时？据说和村中的老爷庙、二郎庙几乎同时。老爷庙、二郎庙属陕西省重点文物而保护的，查县志知是金人入侵时，朝廷割让大片土地，以此庙作为分界线建筑的。由此推论，这寺院也该是极远古的建筑了。

乙丑年八月,我再一次回到老家,路过小学校时,令我大吃一惊的是小学校一切都拆除了,偌大的一片高地上,新房已经一院一院建起,唯独我当年上课的那个教室还立在那儿。我急忙跑进去,教室门窗已被挖掉,里边塞满了稻草,一进去,腿上就沾上十几个跳蚤,顿时肌起疙瘩,奇痒难受。我问旁边人:学校怎么能拆除?回答是:这学校太破烂了,已经在塬上新盖了一所,这地方就卖给了村民,差不多都拆旧建新了。再问:这个教室怎么还在?再回答:已经卖给一家人了,很快就要拆掉的。我立在那里,喟然良久,一边为家乡终于有了一所新学校而高兴,一边也为竟将寺院全然拆除而惋惜。不觉以留恋的心情细细看起这给我启蒙的教室。突然,我目光触到了墙上端的画,那三面墙皮已掉,唯在西墙最上边的一角竟还存有一幅画。看着那画,我不觉笑了,那曾经使我毛骨悚然的画并不是非人非鬼非兽的东西,而是一幅小儿领路于老人的素描画。我立即到近傍人家借了一个长梯,爬上去小心翼翼将这幅画揭下来了。

这画装在一个相框里,就悬挂在我的书房了。

细观此画笔墨颜色,可以说,并不像是宋时所作。那老头十分富态,小儿十分活泼,小儿遥指什么,眉眼斜竖,老头凝目而视,眉眼不分,整幅画十分简括,笔画了了,意境高古。有一画家来看了,说可能是民国初年的作品,我是不服气的,但又不懂鉴别,无力论争。故专此又于丙寅三月回老家一趟,去找证据。回去时,那房已经全然拆除,幸好有一截木料还未搬走,正是中梁,上边用墨写着"乾隆十二年复修"的字样。这收获使我颇为激动,这壁画虽不是宋时作品,清代作品也是够有意思了。

这幅壁画挂在书房,它使我常常回忆起童年,我更珍惜起今日我读书习文的环境,更奋发起今后著书立说的自强精神。达摩面壁十年修成正果,我也企望面对这幅画使我的事业成功。

八、老子讲经石

这是一块石头,但确实是老子在讲经,或许是他坐得太久了,才化作这一尊缩小了几十倍的石头。

丙寅年五月,我在镇安县米粮乡的一条小河滩上走,走着走着,一低头就看见他了。我站在他的身边,凝视了极久,然后在河水里洗净了手,将他捧起来,虔诚地带回我的书房。

说他缩小了几十倍,这我不敢亵渎他,他高七指,宽五指,呈三角形。这三角形实在太好,三角点正是他坐在那里微微翘起的石膝,他是盘脚在坐着讲经,左膝安妥在下,长衫臃肿,似有褶皱。他坐得这么生动,传神的更是上边的那个三角点了。那是他的头部,头顶圆而饱满,面部稍凹,有无数皱纹,出奇的皆是白色,这白色沿着三角的两边线而下是两绺白胡须,头部正下则白色愈浓,蔓延下去,于胸部吧,胸部略高些,又款款再下,竟分散成六撮七撮直垂底部。石头的别的部位便全是蓝色。这不是老子是谁呢?说是齐白石也可,但齐白石没有这般高古,说是泰戈尔也可,但泰戈尔没有这般飘逸,且我一看见他就心神虔诚庄重,这就只是老子!

这尊老子讲经石，已经使所有到我这里的文友惊奇不已，皆要拿最珍贵的东西交换。我是不肯的。也常想，现在文坛，大家都热起老子了，而别人不可得我得，是我发现了老子呢还是老子发现了我？三四年前，文坛上有一股"清除精神污染"风，因我读过几本老庄的书，便沸沸扬扬论我的不是。现在老庄红火，当年论我不是的先生也言之谈老庄了。这种怪人怪事怪风，人类有时是糊涂的，而老子既已做仙做神，神仙心中自会清楚。但是，老子使我得了老子讲经石，我也但愿我不至于是好龙式的叶公吧。

我遂将楼观台老子讲经处的一副对联记下，来做长久的解释：

𤣱䎐桓炗㤎𥅾𥺲　靖傅偡䤴済倐㐱

（意为"玉炉烧炼延年药，正道行修益寿丹"）

好读书

好读书就得受穷。心用在书上，便不投机将广东的服装贩到本市来赚个大价，也不取巧在市东买下肉鸡针注了盐水卖到市西；车架后不会带单位几根铁条几块木板回来做做沙发，饭盒里也不捎工地上的水泥来家修个浴池。钱就是那几张没奖金的工资，还得抠着买涨了价的新书，那就只好穿不悦人目的衣衫，吸让别人发呛的劣烟，吃大路菜，骑没铃的车。但小屋里有四架五架书，色彩之斑斓远胜过所有电器，读书读得了一点儿新知，几日不吃肉满口中仍是余香。手上何必戴那么重的金银，金银是矿，手铐也是矿嘛！老婆的脸上何必让涂那么厚的脂粉，狐狸正是太爱惜它的皮毛，世间才有了打猎的职业！都说当今贼多，贼却不偷书，贼便是好贼。他若要来，钥匙在门框上放着，要喝水喝水，要看书看书。抽屉的作家证中是夹有两张国库券，但贼不拿，说不定能送一条字条："你比我还穷？！"三百年后这字条还真成了高价文物。其实，说穷也不是穷到要饭，出门还是要带十元钱的，大丈夫嘛，视钱如粪土，它就只能装在鞋壳里头。

好读书就别当官。心谋着书，上厕所都尿不净，裤裆老是湿的，哪里还有时间串上级领导的家去联络感情？也没有钱，拿什么去走通关关卡卡？即使当官，有没有整日开会的坐功？签发的文件上能像在新书上写读后感一样随便？或许知道在顶头上司面前要如谦谦后生，但懒散惯了，能在拜会时屁股只搭个沙发沿儿？也懂得猪没架子都不长，却怎么戏要成性突然就严肃了脸面？谁个要整，要防谁整，能做到喜怒不露于色？何事得方，何事得圆，能控制感情用事？读书人不反对官，但读书人当不了好官，让猫拉车，车就会拉到床下。那么，住楼就住顶层吧，居高却能望远，看戏就坐后排吧，坐后排看不清戏却看得清看戏的人。不要指望有人来送东西，也不烦有人寻麻烦，出门没人见面笑，也免了有朝一日墙倒众人推。

好读书必然没个好身体。一是没钱买蜂王浆，用脑过度头发稀落，吃咸菜牙齿好肠胃虚寒；二是没权住大房间，和孩子争一张书桌，心绪浮躁易患肝炎；三是没时间，白日上班，晚上熬夜，免不了神经衰弱。但读书人上厕所时间长，那不是干肠，是在蹲坑读书；读书人最能忍受老婆的唠叨，也不是脾性好，是读书入了迷两耳如塞。吃饭读书，筷子常会把烟灰缸的烟头送到口里，但不易得脚气病，因为读书时最习惯抠脚丫子，可怜都是蜘蛛般的体形，都是金鱼似的肿眼，没个倾国倾城貌，只有多愁多病身。读书人的病有读书病的药，药不在《本草》而直接是书，一是得本性酷好之书，二是得急需之书，三是得未见之书。但这药医生常不用，有了病就让住院，住院也好，总算有了囫囵时间读书了。所以，约伙打架，不必寻读书人，那鸡爪似的手没四两力，要欺负也不必对读书人，老虎吃鸡不是山中王。读书人性缓，要急急不了他，心又大，要气气不着，要让读书人死，其实很简单，给他些樟脑丸，因为他们是书虫。

　　说了许多好读书的坏处，当然坏处还多，譬如好读书不是好丈夫，好读书没有好人缘，好读书性古钻。但是，能好读书必有读书的好，譬如能识天地之大，能晓人生之难，有自知之明，有预料之先，不为苦而悲，不受宠而欢，寂寞时不寂寞，孤单时不孤单；所以绝权欲，弃浮华，潇洒达观，于嚣烦尘世而自尊自重自强自立不卑不畏不俗不谄。说到这儿，有人在骂：瞧，这就是读书人的酸劲了，为什么不说"万般皆下品，唯有读书高"呢？真是阿Q精神喽！这骂得好，能骂出个阿Q来，便证明你在读书了，不读书怎么会知道鲁迅先生曾写过个阿Q呢？！因此还是好读书着好。

生活的一种
——答友人书

院再小也要栽柳,柳必垂。晓起推窗,如见仙人曳裙侍立;月升中天,又似仙人临镜梳发。蓬屋常伴仙人,不以门前未留小车辙印而憾。能明灭萤火,能观风行。三月生绒花,数朵过墙头,好静收过路女儿争捉之笑。

吃酒只备小盅,小盅浅醉,能推开人事、生计、狗咬、索账之恼。能行乐,吟东坡"吾上可陪玉皇大帝,下可陪卑田院乞儿",以残墙补远山,以水盆盛太阳,敲之熟铜声。能嘿嘿笑,笑到无声时已袒胸睡卧柳下。小儿知趣,待半小时后以唾液蘸其双乳,凉透心臆即醒,自不误了上班。

出游踏无名山水,省却门票,不看人亦不被人看。脚往哪儿,路往哪儿,喜瞧巉岩钩心斗角,倾听风前鸟叫声硬。云在山头登上山头云却更远了,遂吸清新空气,意尽而归。归来自有文章做,不会与他人同,既可再次意游,又可赚几个稿费,补回那一双龙须草鞋钱。

读闲杂书，不必规矩，坐也可，站也可，卧也可。偶向墙根，水蚀斑驳，瞥一点而逮形象，即与书中人、物合，愈看愈肖。或听室外黄鹂，莺莺恰恰能辨鸟语。

与人交，淡，淡至无味，而观知极味人。可邀来者游华山"朽朽桥头"，敢亡命过之将"××到此一游"书于桥那边崖上，不可近交。不爱惜自己性命焉能爱人？可暗示一女子寄求爱信，立即复函意欲去偷鸡摸狗者不交。接信不复冷若冰霜者亦不交，心没同情岂有真心？门前冷落，恰好，能植竹看风行，能养菊赏瘦，能识雀爪文。七月长夏睡翻身觉，醒来能知"知了"声了之时。

养生不养猫，猫狐媚。不养蛐蛐儿，蛐蛐儿斗殴残忍。可养蜘蛛，清晨见一丝斜挂檐前不必挑，明日便有纵横交错，复明日则网精美如妇人发罩。出门望天，天有经纬而自检行为，潮露落雨后出日，银珠满缀，齐放光芒，一个太阳生无数太阳。墙角有旧网亦不必扫，让灰尘蒙落，日久绳粗，如老树盘根，可作立体壁画，读传统，读现代，常读常新。

要日记，就记梦。梦醒夜半，不可睁目，慢慢坐起回忆静伏入睡，梦复续之。梦如前世生活，或行善，或凶杀，或作乐，或受苦，记其迹体验心境以察现实，以我观我而我自知，自知乃于嚣烦尘世则自立。

出门挂锁，锁宜旧，旧锁能避蟊贼破损门，屋中箱柜可在锁孔插上钥匙，贼来能保全箱柜完好。

自在篇
—— 文外谈文之一

一

我多么羡慕大海,想那挂一片云帆,直济万顷波涛,是何等地雄壮!而我,却实在可怜了,竟没有渡过海,甚至见也未见过一次;想象不来到了大海,我将会如何举动?娘生我在山地,她去田里劳作的时候,我就从门槛里爬山去了,自然在召唤着我:去水溪边看见我一张很脏的脸,在草丛里吹一朵有着无数把小伞的蒲公英。虽然不像海边孩子的身上有一层发白的水锈,但却是满头的草叶。常常是娘回来,我已睡卧在了菊花架下。所以我说,我爱大海,大海却不是我的母亲。她没有给我五趾分开的脚,那弄潮的船上我站得稳吗?但我却是山地的儿子。我爱那花间草间的一块石头,它见光有彩,临风响动,顽愚的形状里包含着金、银、铜、铁的灵性,空空寂寂地吊在野外,却是多么富有天地自然之乐啊!

我曾经想,世界上只有大海,那将会出现一种什么可恼的情景呢?当然,世界上也绝对不能尽是山石。到大海观潮,进深山赏林,世界才是和谐的一统,人的兴趣才是多变的丰富。宇宙之中,万事万物,既能生存,便有赖以生存的价值。一棵树木,千万片叶子,都是叶子,却一片不同一片,能说出哪一片重要吗?纵然是苍鹰,可揽天下雄风,是凤凰,可集天下色彩,但要是歇栖下来,也不过只是占一根树枝呢。

二

陕南的地方,常常有这样的事:一条河流,总是曲曲折折地在峡谷里奔流,一会儿宽了,一会儿窄了,从这个山嘴折过,从那个岩下绕走,河是在寻着她的出路,河也只有这么流着才是她的出路。于是,就到了大批游客。当今游客,都是进山要观奇石,入林要赏异花,他们欣赏那岩头瀑布的喧哗,赞美那河面水浪的滚雪,总是不屑一顾那河流转变的地方。是的,那太平常了,在山嘴的下边,是潭绿水,绿得成了黑青,水面上不起一个水泡,不绽半圈涟漪。但是,渔夫们却往那里去了。他们知道,那瀑布的喧哗,虽然热闹,毕竟太哗众取宠了,那翻动的雪浪,虽然迷离,但下边定有一块石头,毕竟太虚华轻薄了;只有这潭水,投一块石子下去,"嘭咚"响得深沉。近岸看看,日光下彻,彩石历历在目，水藻浮出，一丝一缕如烟如气。探身而进，水竟深不可测，随便撒一网去，便有白花花烂银一般的鱼儿上来。

小时候，我常在这样的湾水边钓鱼，我深深地知道她的脾性：表面上不动声色，内心里蛟腾鱼跃；谁能说她不是山中河流的真景呢？湾水并不因被冷落而不复存在，因为她有她的深沉和力量。她默默地加深着自己的颜色，默默蓄积着趋来的鱼虾，只是一年一年，用自己的脚步在崖壁上走出自己一道不断升高的痕迹。终有一天，她被人们知道了好处，便要来赤身游泳，潜水摸鱼，夜里看月落水底的神秘，雨后观彩虹飞起的美妙，湾水临屈而不悲，赏识而不狂，大智若愚，平平静静，用什么也不可能来形容她的单纯和朴素了。

这些年里，我走了不少地方，可谓"八千里路云和月"，但我却常常低头便思起了故乡。故乡，虽然贫穷，但却有真山真水的自然元气。那草木见过吗？密密的不能全叫出它的名目；那虫鸟见过吗？那奇形怪状不能描绘出它的模样。信步到山林去，洼地去，常常就看见那石隙里渗出一泓泉的，或漫竹根而去，或在乱石中隐伏。做孩子的去采蘑菇，渴了，拣着一片猪耳朵草的地方用手挖挖，一有个小坑儿，水便很快满了，喝下去，两腋下津津生凉风，却从不曾坏了肚子；如若夜里做游戏，在地上挖个坑儿，立即便出现一个月亮；遍地挖坑，月亮就蓄起一地哩。这地方，撒一颗花籽长一棵鲜花，插一根柳棍生一株垂柳。城里有吗？城里的报时大钟虽然比老家门前榆树上的鸟窠文明，但有几多味呢？那龙头一拧水流哗哗的装置当然比山泉舀水来得方便，但那一拧龙头先喷出一股漂白粉的白沫的水能煮出茶叶的甘醇吗？我最看不上眼的，是那么高高的薄壳大楼凉台上，一个两个小瓦盆里植点花草，便自鸣热爱生活；又偏偏将花草截了直杆，剪了繁叶，让其曲扭弯斜，而大讲其美！我真不明白，就这么小个地方，要拥上这么多的人？！千堆蚯蚓仅仅拥挤在一个盆的土里，你吐过它吃，它吐过你吃，那到了最后，还有什么可吃可吐的呢？

我深深地怀念着我那真山真水的故乡！夜里又读了《红楼梦》，我觉那块石头真好，它既没本事去补天，就让它留在草莽吧！它有矿质，冶金人会找着它；它含石灰，烧窑者会寻到它；即是纯乎一块顽石，苔藓布满，也能显示春天。就是被河流冲去，裂成碎片，研为沙砾，日光、水汽、雾霭、烟霭，也会使它闪出灿灿的天然色光。

三

大凡世上，做愚人易，做聪明人难，做小聪明易，做聪明到愚人更难。鸿雁在天上飞，麻雀也在天上飞，同样是飞，这高度是不能相比的。雨点从云中落下，冰雹也从云中落下，同样是落，这重量是不能相比的。昙花开放，月季花也开放，同是开放，这时间的长短是不能相比的。我能知道我生前是何物所托吗？我能知道我死后会变为何物吗？对着初生婴儿，你能说他将来要做伟人还是贼人吗?大河岸上,白鹭飞起,你能预料它去浪中击水呢,还是去岩头伫立?你更可以说浪中击水的才是白鹭,而伫立于岩头的不是白鹭吗?

四

去年初春,我又回到老家去。家却搬了地方,再不是那多泉的川沟,而住在了大坡塬上;吃水要挑了桶去远远的林子里。我便提议打口井了。我没有请风水先生,我自觉山有山脉,水有水向,在学校是学过这地理知识的。我看了地势,便在前院里打起井来。打呀,打呀,先还使得上劲,愈打愈是困难,一笼笼土吊上来,但是,就有了一个大石层,无论如何也挖不出个缝儿来。我泄气了。邻家人劝我到他们院里去打,说那里风水先生看了的,肯定有水;但我怎能把井打在他家院里,而我吃水不便呢?我又在后院开始另打井。蹴在那井坑里,打了五天,又打了十天,已经是十丈深了,还是没水,村里人尽在耻笑起来,我只是打我的。那是黑黑的世界里的苦作,那是孤孤的寂寞的生活。终有一天,毕竟那水是出现了,虽然不大,但我是多么高兴呢!我站在井底,看着井口,如圆片明镜一般,太阳的光芒在那里激射。突然似乎有了响动,愕然大惊;我声小,那声也小,我声大,那声也大,我明白那是地心的回音。笑起来,满井里都是哈哈哈的大笑不止。

这井打成了，这是属于我家的。天旱，那水不涸；天涝，那水不溢。狂风刮不走它，大雪埋不住它。冬天里，在井中吊着桶子而不冻坏；夏天里，吊着肉块而不腐烂。我知道地下有一个很大很大的海，我虽然只能得到这一井之水，但却从此得到了永恒之源。有泉吃泉水，没泉吃井水，井水更比泉水好。泉水太露了，容易污染；井水暗隐，永远甘甜。我庆幸在我家的院子打了这口井，但我知道这井还浅，还小，水还不大，还要慢慢地淘呢。

五

乡村的夏夜，实在热得难熬。人们都在场畔上乘凉闲话，你一句，他一句，天一句，地一句，一直可以到深夜。谁都听了，谁却也说不上说了些什么，但都满足了，最满足的却是本人。

辑四

看这里的人间

"你在看什么?"

"我在看这里的人间。"

天气

有一日，陈传席先生从北京来，正是西安下过一场雨，两人就说到天气，突然地醒悟了：天气就是天意。

我们常说天地，天是什么呀，天不就是天气吗？地是什么呀，地不就是土壤吗？想想，人类的产生，种族的形成，以及文化、政治、经济、军事的区别，没有不是天气和土壤决定了的。又想想，天不再成就明朝，就大旱三年，遍地赤土，民不聊生，李自成就造反了。天还要成就孔明，东风刮来，草船借箭，火烧连环，曹军就灰飞烟灭了。

过去年代里有过一些神人，之所以神，就是知道什么时候下雨什么时候有雾，那仅仅了解了些天气。现在神人几乎没有了，因为有了气象部门。中央电视台最好的栏目已经是天气预报，天气预报成了人们每天最大的关注。

天气可以预报了，但也只是预报，不能掌控。掌控这个世界的永远是天气，天气就是上帝，是神，我们在天气下或生或死，或富或穷，或幸福或苦难，过程着我们的命运。

　　这么说来，天之骄子怎么是皇帝呢，应该是探测和预告天气的人，可能也包括了我和陈传席吧，知道了天气是天意。

　　跪下来给天气祷告啊，我们顺从着天气，让天气赐给我们好的命运！

孤独之夜

气充图

地平线

小的时候,我才从秦岭来到渭北大平原,最喜欢骑上自行车在路上无拘无束地奔驰。庄稼收割了,又没有多少行人,空旷的原野上散落着一些树丛和矮矮的屋。差不多一抬头,就看见远远的地方,天和地相接了。

天和地已经不再平行,形成个三角形,在交叉处是一道很亮的灰白色的线,有树丛在那里伏着。

"啊,天到尽头了!"

我拼命儿向那树丛奔去。骑了好长时间,赶到树下,但天地依然平行;在远远的地方,又有一片矮屋,天地相接了,又出现那道很亮的灰白色的线。

一个老头迎面走来,胡子飘在胸前,悠悠然如仙翁。

"老爷子,你是天边来的吗?"我问。

"天边?"

"就是那一道很亮的灰白线的地方。去那儿还远吗？"

"孩子，那是永远走不到的地平线呢。"

"地平线是什么？"

"是个谜吧。"

我有些不大懂了，以为他是骗我，就又对准那一道很亮的灰白色线上的矮屋奔去。然而我失败了：矮屋那里天地平行，又在远远的地方出现了那一道地平线。

我坐在地上，咀嚼着老头的话，想这地平线，真是个谜了。正因为是个谜，我才要去解，跑了这么一程。它为了永远吸引着我和与我有一样兴趣的人去解，才永远是个谜吗？

从那以后，我一天天大起来，踏上社会，生命之舟驶进了生活的大海。但我却记住了这个地平线，没有在生活中沉沦下去，虽然时有艰辛、苦楚、寂寞。命运和理想是天和地的平行，但又总有交叉的时候。那个高度融合统一的很亮的灰白色的线，总是在前边吸引着你。永远去追求地平线，去解这个谜，人生就充满了新鲜、乐趣和奋斗的无穷无尽的精力。

十字街菜市

如今的西安城里,菜市很多,大凡背街僻巷,有一处开阔地面的,一家在那里放起菜担,便有七家、八家的菜担也就放起来;不久,越放越多:一个菜市就巩固了。菜市有大的,也有小的;不大不小的,处于城市中间地域的,便是十字街口的菜市。城南的农民来市,带着韭菜、香菜、菠菜、莲菜。城东城西是工厂区,空气不好,农民来市的,带着白菜、萝卜、土豆。城北的地势高,常年缺水,青鲜菜蔬是没有的,却养鸡育猪;农民且耐得苦力,将豆子磨成豆腐,将红薯吊成粉丝。因地制宜,八仙过海,十字街菜市上就各显神通了。市场开张,卖的,买的,一手交钱,一手拿货,城乡泾渭,工农分明;这是菜市兴起时的样子。到后来,阵线就全然乱了,以市易市,买主也便是卖主,卖主也便是买主;菜市也便不是买卖蔬菜,大到木材竹器,小至针头线脑,吃、喝、穿、戴之物,行、立、坐、卧之具,鸡猪狗猫，鱼虫花鸟，无所不有！沿十字街东西南北四口，有门面的开门面，没门面的搭凉棚，凉棚之外是架，架前是摊，摊旁有笼：没有了一点儿空隙；于此，也便自行车不能骑坐，汽车更不得来往了。

假若是一个生人，第一次来到十字街心站定，往东西南北一看，真是"举棋不定"该去哪里。但立即会使你的人生观得到改变：嘿，这个世界真够丰富！人生于世也真够留恋！什么不可吃得？什么不可买得？什么又可以能吃得了，买得了？常在城市的大街上，人如潮涌，少不得感慨：哪儿来的人这么多，这么匆匆忙忙的又都是去干什么？至此，这十字街菜市的人的旋涡，却明显地表现一个主题：为生计而来，每天要卖的真多，要买的也真多，东西从四面八方云集而来，又四面八方分散而去。

货来得多，人来得多，这十字街口一天显得比一天窄小。常常天上落雨，水排泄不净，四边高楼遮日，阳光少照，泥泞便长久不干。即使天晴，卖菜的又不停以水浇菜，一是防腐保鲜，二又可见得分量，水便顺菜筐往外浸淋；卖肉的有当场屠宰，污水里又会有了红的颜色。人人都是去的，甘愿在那旋涡里挤得一头汗、一身土、一脚泥。即使那些时髦男女，看平日打扮，梳唐式发髻，穿西装皮履，想象那腹中不可能果食五谷的，但却偏爱吃那烤红薯，煮玉米棒，于人窝之内，风尘之中，大啃大嚼。最盛的时光是上班前半个小时，或者是下班后半个小时，自行车队便在这里错综复杂，一片的铁的闪光，一声的铃的丁零。城里的车子不许带人，后座却全被菜物坐了，车前轱辘上又都加了铁丝方兜，盐包也装进去，醋瓶也装进去。

当然，赶市最早的是那些富态的老太太，她们保养得很好，老爷子或许是有过很高的职务，如今退休在家；家里有的是钱，缺的是青春。于是上早市，一是为了锻炼身体，二是为的买个新鲜。"宁肯少吃，尽量吃好"，这是她们的学说。她们总不能理解：为什么有职有位过的人和没职没位的人食量相差这么大！她们买一斤韭菜就对了，那些人总是大青菜买七斤、八斤？

赶市最迟的，永远数着有些机关小干部了。这些人，一年四季穿着四个兜的中山服，留着向后倒的背头；似乎什么都不大缺，只是缺钱；什么又都不大有，只是常有病。对于菜市行情，却了如指掌，萝卜昨天是几分一斤，今日是涨了，还是降了；什么菜很快就要下市，什么菜可能要到洪期。又特别懂得生意心理：清早是买的求卖的，下午是卖的乞买的。所以他们最喜欢市末去买那些莲菜，有伤口的，带细把的，二角钱便可以买得一堆，洗洗，削削，够上老少吃一天三顿，经济而实惠。

最不爱上市的是有些知识分子。他们腰里的钱少，书架子上书多，没时间便是他们普遍的苦处，呆头呆脑又是他们统一的模样。妻子给了钱让去上市，总是不会讨价还价，总是不会挑来拣去，又总是容易上当受骗，又总是容易突然忘却。于是，大都是妻子夺了权，也取消了他们上市的资格。但是，卖主最怕的是这些离知识最近的女人，她们个个巧舌俐齿，又是一堆新名词的啰唆。买萝卜嫌没洗泥，买葱爱剥皮，买一斤豆芽，可以连续跑十家二十家豆芽摊，反复比较，不能主见，末了下决心买时，还说这豆芽老了,皮儿多了,怎么个吃呀!过秤时,又要看秤星,危言一句:"这秤准不准?"又只能秤杆翘高,不能低垂,称好后用手多余加一撮半把。最后掏钱,却一角一角检数,到了二分三分,口袋里有,硬说没有了,边走边还要责骂:"你这卖水菜的,真小气!"

还有一种人,是属于"葡萄吃不上就说葡萄酸"的性格,男人者有之,女人者有之,而女人比男人有之更甚罢了。他们是一些想发财而还没有发财的人,或者是想成事而还没有成事的人。他们也嫉恨那些有钱有地位的人,但眼红要大于嫉恨。他们基本上和那些小干部、知识分子是一个水平线上的人,但极看不起小干部和知识分子的死呆。他们穿的一定是高过吃的,衣着质料一般一定要颜色鲜艳,式样时兴。注重仪表但究没有高雅的风度,这原因使他们也百思不得一解。平日里买了白菜,见了熟人,总夸奖这白菜好吃,指责鱼不是鲜鱼,一股腥臭。别人问:怎么不买些鸡蛋?回答一定是:那是什么鸡蛋,全放陈了。他们视钱如命,常常谋划在银行里存上多少钱了,方可得到实惠的利息。银行三月一次的有奖蓄存,他们总是一次十元存上十处,可惜中彩的事几乎无缘。请客,却出奇地数他们最多,也数他们最热情,最大方。四荤四素,六凉六热,鸡鸭鱼兔,水陆杂陈,那是极有讲究的。因为他们的世界观是"关系学"三个字,所以总在一定时期,他们上市得最活跃,采买最丰盛;忙过几天,被请的人吃得汗头油口,他们还要反复道歉:没好菜,不成敬意!这种请吃,自然有了好的结果,但也有无济于事的,他们常后悔不已。

但过一个时期，却又抱一种幻想，又要请吃某某之人。

菜市上的菜的买卖既然仅仅成了其中一项生意，既然买主与卖主又不完全固定，今日买别人的，明日自己又卖出去，边买边卖，卖后又买，真可谓翻手为云，覆手为雨，谁个没有阴阳二脸，谁个没有两栖手脚?!十字街口的人的旋涡里，浮的浮，沉的沉，有的发了横财，有的折了老本。随之，生意越做越精，脑袋越使越灵，有的人已适合当代人的口味，专出售稀奇高档之品，有的人调查到"有闲阶级"的人增多，就发展耳目声色之娱的物件。如城里人容易苦闷，喜欢远走高飞而不能，就专做风筝，使其寂寞之心随风筝顺风而上，有所满足。又如城里人与人淡漠相处，老死不相往来，容易孤独，就哺养鸟儿出售，使其寄情玩物，有所消遣。一时间，花要奇花，草要异草，病木怪石。甚至有些老太太、小孩子也揣透人有"出人头地"和"富贵发福"之心理，也做出量身尺杆和过量台秤，每日亦可赚得几元的分币呢。

这里的市价，永远不能统一，行情也变化多端。稍一留神，便得出一切变故有二。一是以天气为变：天旱了，乡下歉收，这里骤然一切皆贵；往往旱天若有一场雨落，雨未停价便顿跌。二是以政策为变：国家的一部分日用物品一提价，这里的东西就下价，国家的一部分日用物品一减价，这里的东西就升价；貌似矛盾，实则统一。所以，人人都是平民百姓，来这里又都为吃喝衣行，但极关心世界形势，国家大事，没有一个不祝福民族振兴太平，九州风调雨顺。

使人觉得有趣的是，从前城里人到乡下去，城里人是赚乡下人；如今是乡下人到城里来，乡下人赚城里人；以前城里人抠钱精明，如今乡下人账口清楚。总之，现在谁也说不清谁是有钱，谁是有物。钱在世上是一定的；到你手，到我手；这菜市就像是一个调节器。

我是菜市上的常客，有时去买，有时也去卖，但更多的不买不卖，为着享受耳目。常在早晨六点开市之时，或在晚上十点收市之间，街这边卖羊肉的喊羊肉，街那边卖豆腐的喊豆腐，喊的次数多了，大家熟悉，就觉得无聊，不免要喊些逗趣的话，满足别人，也满足自己，这边起个头，那边应个尾：

"十字街哟——人心醉！"

"最忙的哟——清洁队！"

"最闲的哟——'纠察会'！"

"最乐的哟——肠和胃！"

"最愁的哟——人民币！"

"最嫩的哟——卖馄饨！"

卖馄饨的小媳妇挑着担子走过来，噘嘴儿唾一口，骂声"贫嘴"！叫喊人脸面尴尬，一时无话可说，少不得买她一碗尝尝。

五味巷

长安城内有一条巷：北边为头，南边为尾，千百米长短；五丈一棵小柳，十丈一棵大柳。那柳都长得老高，一直突出两层木楼，巷面就全阴了，如进了深谷峡底；天只剩下一带，又尽被柳条割成一道儿的，一溜儿的。路灯就藏在树中，远看隐隐约约，羞涩像云中半露的明月，近看光芒成束，乍长乍短在绿缝里激射。在巷头一抬脚起步，巷尾就有了响动，背着灯往巷里走，身影比人长，越走越长，人还在半巷，身影已到巷尾去了。巷中并无别的建筑，一堵侧墙下，孤零零站一杆铁管，安有龙头，那便是水站了；水站常常断水，家家少不了备有水瓮、水桶、水盆儿，水站来了水，一个才会说话的孩子喊一声"水来了"！全巷便被调动起来。缺水时节，地震时期，巷里是一个神经，每一个人都可以当将军。买高档商品，是要去西大街、南大街，但生活日用，却极方便：巷北口就有了四间门面，一间卖醋，一间卖椒，一间卖盐，一间卖碱；巷南口又有一大铺，专售甘蔗，最受孩子喜爱，每天门口拥集很多，来了就赶，赶了又来。巷本无名，借得巷头巷尾酸辣苦咸甜，便"五味，五味"，从此命名叫开了。

这巷子，离大街是最远的了，车从未从这里路过，或许就最保守着古老，也因保守的成分最多，便一直未被人注意过，改造过。但居民却看重这地方，住户越来越多，门窗越安越稠。东边木楼，从北向南，一百二十户，西边木楼，从南向北，一百零三户。门上窗上，挂竹帘的，吊门帘的，搭凉棚的，遮雨布的，一入巷口，各人一眼就可以看见自己门窗的标志。楼下的房子，没有一间不阴暗，楼上的房子，没有一间不裂缝；白天人人在巷里忙活，夜里就到每一个门窗去，门窗杂乱无章，却谁也不曾走错过。房间里，布幔拉开三道，三代界线划开；一张木床，妻子，儿子，香甜了一个家庭，屋外再吵再闹，也彻夜酣眠不醒了。

城内大街是少栽柳的，这巷里柳就觉得稀奇。冬天过去，春天几时到来，城里没有山河草林，唯有这巷子最知道。忽有一日，从远远的地方向巷中一望，一巷迷迷的黄绿，忍不住叫一声"春来了"！巷里人倒觉得来得突然，近看那柳枝，却不见一片绿叶，以为是迷了眼儿。再从远处看，那黄黄的，绿绿的，又弥漫在巷中。这奇观曾惹得好多人来，看了就叹，叹了就折，巷中人就有了制度：君子动眼不动手。只有远道的客人难得来了，才折一枝二枝送去瓶插。瓶要瓷瓶，水要净水，在茶桌几案上置了，一夜便皮儿全绿，一天便嫩芽暴绽，三天吐出几片绿叶，一直可以长出五指长短，不肯脱落，秀娟如美人的长眉。

到了夏日，柳树全挂了叶子，枝条柔软修长如长发，数十缕一撮，数十撮一道，在空中吊了绿帘，巷面上看不见楼上窗，楼窗里却看清巷道人。只是天愈来愈热，家家门窗对门窗，火炉对火炉，巷里热气散不出去，人就全到了巷道。天一擦黑，男的一律裤头，女的一律裙子，老人孩子无顾忌，便赤着上身，将那竹床、竹椅、竹席、竹凳，巷道两边摆严，用水哗地泼了，仄身躺着卧着上去，茶一碗一碗喝，扇一时一刻摇，旁边还放盆凉水，一刻钟去擦一次。有月，白花花一片；无月，烟火头点点。一直到了夜阑，打鼾的，低谈的，坐的，躺的，横七竖八，如到了青岛的海滩。

若是秋天，这里便最潮湿，砖块铺成的路面上，人脚踏出坑凹，每一个砖缝都长出野草，又长不出砖面，就嵌满了砖缝，自然分出一块一块的绿的方格儿。房基都很潮，外面的砖墙上印着返潮后一片一片的白渍，内屋脚地，湿湿虫繁生，半夜小解一拉灯，满地湿湿虫乱跑，使人毛骨悚然，正待要捉，却霎时无影。难得的却有了鸣叫的蛐蛐儿，水泥大楼上、柏油街道上都有着蛐蛐儿，这砖缝、木隙里却是它们的家园。孩子们喜爱，大人也不去扑杀，夜里懒散地坐在家中，倒听出一种生命之歌，欢乐之歌。三天五天，秋雨就落一场，风一起，一巷乒乒乓乓，门窗皆响，索索瑟瑟，枯叶乱飞，雨丝接着斜斜下来，和柳丝一同飘落，一会儿拂到东边窗下，一会儿拂到西边窗下。末了，雨戛然而止，太阳又出来，复照玻璃窗上，这儿一闪，那儿一亮，两边人家的动静，各自又对映在玻璃上，如演电影，自有了天然之趣。

孩子们是最盼着冬天的了。天上下了雪，在楼上窗口伸手一抓，便抓回几朵雪花，五角形的，七角形的，十分好看，凑近鼻子闻闻有没有香气，却倏忽就没了。等雪在柳树下积得厚厚的了，看见有相识的打下边过，动手一扯那柳枝，雪块就哗地砸下，并不生疼，却吃一大惊，楼上楼下就乐得大呼小叫。逢着一个好日头，家家就忙着打水洗衣，木盆都放在门口，女的揉，男的投，花花彩彩的衣服全在楼窗前用竹竿挑起，层层叠叠，如办展销。风翻动处，常露出姑娘俊俏俏白脸，立即又不见了，唱几句细声细气的电影插曲，逗起过路人好多遐想。偶尔就又有顽童恶作剧，手握一小圆镜，对巷下人一照，看时，头儿早缩了，在木楼里哧哧痴笑。

这里每一个家里，都在体现着矛盾的统一：人都肥胖，而楼梯皆瘦，两个人不能并排，提水桶必须双手在前；房间都小，而立柜皆大，向高空发展，乱七八糟东西一股脑全塞进去；工资都少，而开销皆多，上养老，下育小，两个钱顶一个钱花，自由市场的鲜菜吃不起，只好跑远道去国营菜场排队；地位都低，而心性皆高，家家看重孩子学习，巷内有一位老教师，人人器重。当然没有高干、中干住在这里，小车不会来的，也就从不见交通警察，也不见一次戒严。他们在外从不管教别人，在家也不受人教管：夫妻平等，男回来早男做饭，女回来早女做饭。他们也谈论别人住水泥楼上的单元，但末了就数说那单元房住了憋气：一进房，门砰地关了，一座楼分成几十个世界。也谈论那些后有后院，前有篱笆花园的人家，但末了就又数说那平房住不惯：邻人相见，而不能相逾。他们害怕那种隔离，就越发维护着亲近，有生人找一家，家家都说得清楚：走哪个门，上哪个梯，拐哪个角，穿哪个廊。谁家娶媳妇，鞭炮一响，两边楼上楼下伸头去看，乐事的剪一把彩纸屑，撒下新郎新娘一头喜，夜里去看闹新房，吃一颗喜糖，说十句吉祥。谁说不出谁家大人的小名，谁家小孩儿的脾性呢？

他们没有两家是乡党的，汉、回、满，各种风俗。也没有说一种方言的，北京、上海、河南、陕西，南腔北调。人最杂，语言丰富，孩子从小就会说几种话，各家都会炒几种风味菜，除了外国人，哪儿的来人都能交谈，哪儿来的剧团，都要去看。坐在巷中，眼不能看四方，耳却能听八面，城内哪个商场办展销，哪个工厂办技术夜校，哪个书店卖高考复习资料，只要一家知道，家家便知道。北京开了什么会，他们要议论；某个球队出国得了冠军，他们要欢呼；哪个干部搞走私，他们要咒骂。议完了，笑完了，骂完了，就各自回家去安排各家的事情。因为房小钱少，夫妻也有吵的，孩子也有哭的。但一阵雷鸣电闪，立即便风平浪静，妻子依旧是乳，丈夫依旧是水，水乳交融，谁都是谁的俘虏；一个不笑，一个不走，两个笑了，孩子就乐，出来给人说：爸叫妈是冤家，妈叫爸是对头。

早上，是这个巷子最忙的时候。男的去买菜，排了豆腐队，又排萝卜队；女的给孩子穿衣喂奶，去炉子上烧水做饭。一家人匆匆吃了，但收拾打扮却费老长时间：女的头发要油光松软，裤子要线棱不倒，男子要领齐帽端，鞋光袜净。夫妻各自是对方的镜子，一切满意了，一溜一行自行车扛下楼，一声丁零，千声呼应，头尾相接，出巷去了。中午巷中人少，孩子可以隔巷道打羽毛球。黄昏来了，巷中就一派悠闲：老头去喂鸟儿，小伙去养鱼，女人最喜育花。鸟笼就挂满楼窗和柳丫上，鱼缸是放在走廊、台阶上，花盆却苦于没处放，就用铁丝木板在窗外凌空吊一个凉台。这里的姑娘和月季，突然被发现，立即成了长安城内之最，五年之中，姑娘被各剧团吸收了十人，月季被植物园专家参观了五次。

就是这么个巷子，开始有了声名，参观者愈来愈多了。一九八一年冬，我由郊外移居城内，天天上下班，都要路过这巷子，总是带了油盐酱醋瓶，去那巷头四间门面捎带，吃醋椒是酸辣，尝盐碱是咸苦。进了巷口，一直往南走，短短小巷，却用去我好多时间，走一步，看一步，想一步，千缕思绪，万般感想。出了南巷口，见孩子们又拥集在甘蔗铺前啃甘蔗，吃得有滋有味，小孩儿吃，大人也吃。我便不禁两耳下陷坑，满口生津，走去也买一根，果然水分最多，糖分最浓，且甜味最长。

宜君记

宜君划为县以后，城便建在山上，屋舍极少，唯几所单位，几座商店，沿山梁公路的两旁排列而已。整个山梁峭而精光，凌众山之上，像是连接关中和陕北的一道天桥。这里春夏秋冬，四季分明，风花雪月，变化丰富。这几年里，此地好处传开，远近人都去游了。

一九七九年七月，天热的时候，我去了一趟。车一拐进山梁上的岔垭，也便进了城口；风呼地吹来，顿时清凉到了心上。遂往西看，梁垭之外，是几百里深远的峡谷，似乎都装了风，在那里憋得很久很久了，一出这梁垭，就都要喷出来。那风却十分清净，无沙无尘。因为没有树，也看不见它的踪影；人却感觉到了，如在淋浴着泉水澡。房子就静静卧在那梁背上，疑想一定如山溪中的鱼一样有着吸盘了，才在这里趴下来的吧。街上游人踵踵，其人数之众多，服装之鲜艳，和这个地方极不相配。有的捡起石子逆风而掷，三米五米，掷出又滚回，顺风去掷，石子像鸟儿一样飞去，人好像也要一起掷出去了，前跑十多步才能收住。岔垭处拥了好多人，故意任风将身子旋转取乐，再竭力扎住脚跟，身子向西倾斜，好像使弹簧牵制着，已经斜成六十度了，却不会倒下。我一进去，众人就睨着我嘻嘻窃笑；觉得纳闷，问时，才笑我穿着短衫短裤。果然走遍全城，人皆长衣长裤，每个商店从无出卖扇子、裙子、蚊帐，更无叫卖的冰棍。到了夜晚，旅社少，游客多，我们就睡在外边。月光也清凉，大家聊起来，立即熟了，一个说：难得一个夏天这么凉的月光！一个说：何不去打些酒喝？便去一家夜店灌了酒，席地而喝。夏天的燥热和燥热引起的昏沉一时退尽，什么也不去想了，只是贪杯。享受不在酒上而在这夜的清凉，夜的清凉享受在心上又寄托于酒上；不觉大醉了。醒来天已大白，却见满身一层白皮，原是夏天里出的痱子，全都尽愈而脱褪了。

　　从此以后，每年夏天，我到宜君城一次，最热的时期就度过了。今年冬天，冷得特别出奇。我到陕北出差回来，坐在车上，眉毛胡子都结了一层冰花，十几个小时里也不知我腿是谁腿。到了宜君，心想这个季节，再也不可能有外地人待在这里了吧？一下车，漫山遍野一片银白，脚踩下去便没了腿肚。但一进城，两边屋檐却滴着水，街上倒没见几个人，家家窗口里都往外涌着笑。随便到一家私人客店，挑棉布帘进去，忽地一股热气就喷过来，立时身上就腾腾冒气，双腿恢复了知觉，十个指头却钻心地疼痛了。房子的人都围过来，一听口音，都不是本地人，才知是外地的游客，或是从陕北下关中、从关中上陕北的旅客过往中特意留下来的。惊问：冬天里还到这里来？答曰：别的地方，或许比这里气温高一点，但室外室内一个样，这里却是室外越冷，室内越热，最暖和不过呢。主人便指点着让我看：窗下便是火口，火道却是通过屋内地下，又连着夹墙，直到土炕；整个冬天，火便烧个不停。果然见那桌上一盆月季，花开得十分鲜嫩，那以麦糠和泥涂的墙皮上，竟绿绿地出现一些麦苗了呢。夜里和旅客睡在一个大炕上，舒服得脚手大字摆开，如躺在热水盆里。夜已深，却互不能入睡，直道这地方的出奇，遂喊主人起来，切了牛肉，烫了壶酒，又喝又聊。一直到了鸡叫，渐渐听得了外檐水大起来，方知道雪下得更紧了。

离开这个地方已经好些日子了，脑海里还总是恍恍惚惚记得那一夜。想这个山梁小县城，夏天知凉，冬天知热；难得这一块宝地，一年四季里，远地人喜欢来旅游，过路的人喜欢来歇住。再想，这地方比不得北京、上海繁华，比不得青岛、桂林幽美，但繁华为了饱眼，七天八天也就烦了，幽美为了软腿，十天半月也就腻了。这个小地方，却给人以实惠，给人以慰藉。便琢磨县名：宜君。真是宜于君来啊。君是何人？天下不耐热冷人也。

西安这座城

我住在西安城里已经是二十年了，我不敢说这个城就是我的，或我给了这个城什么，但二十年前我还在陕南的乡下，确实是做过了一个梦的，梦见了一棵不高大的却很老的树，树上有一个洞。在现实的生活里，老家是有满山的林子，但我没有觅寻到这样的树，而在初做城里人的那年，于街头却发现了，真的，和梦境中的树丝毫不差。这棵树现在还长着，年年我总是看它一次，死去的枝柯变得僵硬，新生的梢条软和如柳，我就常常盯着还趴在树干上的裂着背已去了实质的蝉壳，发许久的迷瞪，不知道这蝉是蜕了几多回壳，生命在如此转换，真的是无生无灭，可那飞来的蝉又始于何时，又该终于何地呢？于是在近晚的夕阳中驻脚南城楼下，听岁月腐蚀得并不完整的砖块缝里，一群蟋蟀在唱着一部繁乐，恍惚里就觉得哪一块砖是我吧，或者，我是蟋蟀的一只，夜夜在望着万里的长空，迎接着每一次新来的明月而欢歌了。

我庆幸这座城在中国的西部，在苍茫的关中平原上，其实只能在中国西部的关中平原上才会有这样的城。我忍不住就唱关于这个地方的一段民谣：

> 八百里秦川黄土飞扬，
> 三千万人民吼叫秦腔，
> 调一碗黏面喜气洋洋，
> 没有辣子嘟嘟囔囔。

这样的民谣，描绘的或许缺乏现代气息，但落后并不等于愚昧，它所透发的一种气势，没有矫情和虚浮，是冷的幽默，是对旧的生态状态的自审。我唱着它的时候，唱不出声的却常常是想到了夸父逐日渴死在去海的路上的悲壮。正是这样，数年前南方的几个城市来人，以优越异常的生活待遇招募我去，我谢绝了，我不去，我爱陕西，我爱西安这个城。我生不在此，死却必定在此，当百年之后躯体焚烧于火葬场，我的灵魂随同黑烟爬出了高高的烟囱，我也会变成一朵云游荡在这座城的上空的。

当世界上的新型城市愈来愈变成了一堆水泥，我该怎样来叙说西安这座城呢？是的，没必要夸耀曾经是十三个王朝国都的历史，也不自得八水环绕的地理风水，承认中国的政治、经济、文化的中心已不在了这里，对于显赫的汉唐，它只能称为"废都"。但可爱的是，时至今日，气派不倒的，风范依存的，在全世界的范围内最具古城魅力的，也只有西安了。它的城墙赫然完整，独身站定在护城河上的吊板桥上，仰观那城楼、角楼、女墙垛口，再怯弱的人也要豪情长啸了。大街小巷方正对称，排列有序的四合院和四合院砖雕门楼下已经油黑如铁的花石门墩，让你可以立即坠入了古昔里高头大马驾驶了木制的大车喤喤喤开过来的境界里去。如果有机会收集一下全城的数千个街巷名称，贡院门、书院门、竹笆市、琉璃市、教场门、端履门、炭市街、麦苋街、车巷、油巷……你突然感到历史并不遥远，似至眼前飞过一只并不卫生的苍蝇，也忍不住怀疑这苍蝇的身上有着汉时的模样还是有唐时标记？现代的艺术在大型的豪华的剧院、影院、歌舞厅日夜上演着，但爬满的青苔如古钱一样的城墙根下，总是有人在观赏着中国最古老的属于这个地方的秦腔，或者皮影木偶。这不是正规的演艺人，他们是工余后的娱乐，有人演，就有人看，演和看宣泄的是一种自豪，生命里涌动的是一种历史的追忆，所以你也便明白了街头饭馆里的餐具，瓷是那么粗的瓷，大得称之为海碗。逢年过节，你见过哪里的城市的街巷表演着社戏，踩起了高跷，扛着杏黄色的幡旗放火铳，敲纯粹的鼓乐？最是那土得掉渣的土话里，如果依音笔写出来，竟然是文言文中的极典雅的词语，抱孩子不说抱，说"携"，口中没味不说没味，说"寡"，即使骂人滚开也不说滚，说"避"。你随便走进一条巷的一户人家中吧，是艺术家或者是工作人、小职员、个体的商贩，他们的客厅必是悬挂了装裱考究的字画，桌柜上必是摆设了几件古陶旧瓷。对于书法绘画的理解，对于文物古董的珍存，成为他们生活的基本要求。男人们崇尚的是黑与白的色调,女人们则喜欢穿大红大绿的衣裳,质朴大方,悲喜分明。他们少以言辞,多以行动;喜欢沉默,善于思考;崇拜的是智慧,鄙夷的是油滑;有整体雄浑,无琐碎甜腻。西安的科技人才云集为国内前茅,产生了众多的全球也著名的数学家、物理学家,但民间却大量涌现着《易经》的研究家,观天象,识地理,搞预测,做遥控。你不敢轻视了静坐于酒馆一角独饮的老翁或巷头鸡皮鹤首的老妪,他们说不定就是身怀绝技的奇才异人。清晨的菜市场上,你会见到手托着豆腐,三个两个地立在那里谈论着国内的新闻,去公共厕所蹲坑,你也会听到最及时的关于联合国的一次会议的内容。关心国事,放眼全球,似乎对于他们是一种多余,但他们就是有这种古都赋予的秉性。"杞人忧天"从来不是他们讥笑的名词,甚至有人庄严提议,在城中造一尊巨大的杞人雕塑,与那巍然竖立的丝绸之路的开创人张骞塑像相映成辉,成为一种城标。整个西安城,充溢着中国历史的古意,表现的是一种东方的神秘,囫囵囵是一个旧的文物,又鲜活活是一个新的象征。

所以,当我数次搬家,总乐意在靠近城墙的地方住。现在我居住在叫甜水井的方位,井已经覆盖了,但数个四合院内还保留着古老的井台。千百年来,全城的食用水靠这一带甜水供应,老一代的邻居还说得清最后一届水局的模样,抱出匣子来让我瞧那手摸汗浸而光滑如铜的骨片水牌,耳畔里就隐约响起了驮着水筲的驴子叩击青石板街的节奏。星期日,去那嚣声腾浮的鸟市、虫市和狗市,或是赶那黎明开张、日出消散的露水集场,去城河沿上看那练习导引吐纳之术的汉子，去古旧书店书摊购买几本线装的古籍，去寺院里拜访参禅的老僧和古高的道长，去楼房的建筑工地的土坑里捡一堆称之为垃圾文物的碎瓷残片，分辨其字画属于汉的海风之格或属于唐的山骨之度，一切都在与历史对话，调整我的时空存在，圆满我的生命状态。所以，在我的居室里接待了全中国各地来的客人乃至海外的朋友，我送他们的常常是汉瓦当的一个拓片，秦砖自刻的一方砚台，或是陪他们听一段已无弦索的古琴的无声的韶音。我说，你信步在城里走走吧，钟楼已没钟，晨时你能听见的是天音，鼓楼已没鼓，暮时你能听见的是地声，再倘若你是搞政治的，你往城东去看秦兵马俑，你是搞艺术的，你往城西去看霍去病墓前石雕。我不知疲劳地，一定要带领了客人朋友爬上城墙，指点那城南的大雁塔和曲江池，说，看见那大雁塔吗？那就是一枚印石；看见那曲江池吗？那就是一盒印泥。记住，历史当然翻开了新的一页，现代的西安当然不仅仅是个保留着过去的城，它有着其他城市所具有的最现代的东西。但是，它区别于别的城市的，是无言的上帝把中国文化的大印放置在西安，西安永远是中国文化魂魄的所在地了。

读山

在城里待得一久，身子疲倦，心也疲倦了。回一次老家，什么也不去做，什么也不去想，懒懒散散地乐得清静几天。家里人都忙着他们的营生，我便往河上钓几尾鱼了，往田畔里拔几棵菜了，然后空着无事，就坐在窗前看起山来。

山于我是有缘的。但我十分遗憾，从小长在山里，竟为什么没对山有过多少留意？如今半辈子行将而去了，才突然觉得山是这般活泼泼地新鲜。每天都看着，每天都会看出点内容；久而久之，好像面对着一本大书，读得十分地有滋有味了。

其实这山来得平常，出门百步，便可蹚着那道崖缝夹出的细水，直嗓子喊出一声，又可以叩得石壁上一片嗡嗡回音。太黑乱、太粗笨了，混混沌沌的；无非是崛起的一堆石头：石上有土，土上长树。树一岁一枯荣，它却不显出再高，也不觉得缩小；早晚一推窗子，黑兀兀地就在面前，午后四点，它便将日光逼走，阴影铺了整个村子。但我却不觉得压抑，我说它是憨小子，憨得可恼，更憨得可爱。这么再看看，果然就看出了动人处，那阳面、阴面，一沟、一梁，缓缓陡陡，起起伏伏，似乎是一条偌大的虫，蠕蠕地从远方运动而来了，蓦然就在那里停下，骤然一个节奏的凝固。这个发现，使我大惊，才明白：混混沌沌，原来是在表现着大智：强劲的骚动正寓于屑屑的静寂里啊！

于是，我常常琢磨这种内在的力，寻找着其中贯通流动的气势。但我失望了，终未看出什么规律。一个山峁，一个山峁，见得十分平凡，但怎么就足以动目，抑且历久？一个崖头，一个崖头，连连绵绵地起伏，却分明有种精神在团聚着。我这么想了：一切东西都有规律，山则没有；无为而为，难道无规律正是规律吗？

最是那方方圆圆的石头生得一任儿自在，满山遍坡的，或者立着，或者倚着，仄、斜、蹲、卧，各有各的形象，纯以天行，极拙极拙了。拙到极处，却便又雅到了极处。我总是在黎明，在黄昏，在日下、雨中，以我的情绪去静观，它们就有了别样的形象，愈看愈像，如此却好。如在屋中听院里拉大锯，那音响假设"嘶，嘶，嘶"，便是"嘶"声，假设"沙，沙，沙"，便是"沙"声。真是不可思议。

有趣的是山上的路那么乱！而且没有一条直着，能从山下走到山顶，能从山顶走到山底，常常就莫名其妙地岔开，或者干脆断去了。山上啃草的羊羔总是迷了方向，在石里、树里，时隐时现。我终未解，那短短的弯路，看得见它的两头，为什么总感觉不到尽头呢？如果将那弯线儿拉直，或许长了，那一定却是感觉短了呢，因为城里的大街，就给人这种效果。

我早早晚晚是要看一阵山上的云雾的：陡然间，那雾就起身了，一团一团，先是那么翻滚，似乎是在滚着雪球。滚着滚着，满世界都白茫茫一片了，偶尔就露出山顶，林木蒙蒙地细腻了，温柔了，脉脉地有着情味。接着山根也出来了。但山腰，还是白的，白得空空的。正感叹着，一眨眼，云雾却倏忽散去，从此不知消失在哪里了。

如果是早晨，起来看天的四脚高悬，便等着看太阳出来，山顶就腐蚀了一层红色，折身过山梁，光就有了棱角，谷沟里的石石木木，全然淡化去了，隐隐透出轮廓，倏忽又不复存在，如梦幻一般。完全的光明和完全的黑暗竟是一样看不清任何东西，使我久久陷入迷惘，至今大惑不解。

看得清的，要算是下雨天了。自然那雨来得不要太猛，雨扯细线，就如从丝帘里看过去，山就显得妩妩媚媚。渐渐黑黢起来，黑是泼墨地黑，白却白得光亮，那石的阳处，云的空处，天的阔处，树头的虚灵处……一时觉得山是个莹透物了，似乎可以看穿山的那边，有蓄着水的花冠在摇曳，有一只兔子水淋淋地喘着气……很快雨要停了，天朗朗一开，山就像一个点着的灯笼，凸凸凹凹，深深浅浅，就看得清楚：远处是铁青的，中间是黑灰的，近处是碧绿的，看得见的那石头上，一身的苔衣，茸茸地发软发腻，小草在铮棱棱挺着，每一片叶子，像长着一颗眼珠，亮亮地闪光。这时候，漫天的鸟如撕碎纸片的自由，一朵淡淡的云飘在山尖上空了，数它安详。

我总恨没有一架飞机，能使我从高空看下去山是什么样子，曾站在房檐看院中的一个土堆，上面甲虫在爬，很觉有趣，但想从天上看下面的山，一定更有好多妙事了。但我却确实在满月的夜里，趴在地上，仰脸儿上瞧过几次山。那是月亮还没有出来，天是一个昏昏的空白，山便觉得富富态态；候月光上来了，但却十分地小，山便又觉得瘦骨嶙峋了。

到底我不能囫囵囵道出个山来，只觉得它是个谜，几分说得出，几分意会了则不可说，几分压根儿就说不出。天地自然之中，一定是有无穷的神秘，山的存在，就是给人类的一个窥视吗？我趴在窗口，虽然看不出个彻底，但却入味，往往就不知不觉从家里出来，走到山中去了。我走月也在走，我停月也在停。我坐在一堆乱石之中，聚神凝想，夜露就潮起来了，山风森森，竟几次不知了这山中的石头就是我呢，还是我就是这山中的一块石头？

未名湖

　　夜本来黑得沉重，也刚刚下过雨，夜就全集中到了这里；我已说不清我是从哪一个丘后来的，记得当时进了北大校内往东走，又往南，又往东，凭我的感觉，有如狗凭借了嗅觉，在这里站住了。我第一次领会了夜的真正本色。先是隐隐约约看见一层微亮，后又不可复辨，眼睛完全地无用了，这种坠入深渊般的境界只过了一刻，便出现了一种漆光，眼睛依然无用，身心却感应了。我明白这是黑的极致，黑是无光的。黑得发漆却有了光泽。湖的边沿在哪里？是圆形的，还是方形的？触摸着身边的桥栏，认作是一座汉白玉的建筑，腻得有如人脸和玻璃的紧贴，或者是少女的肌肤。身后的滴雨滑动下来，声响微妙，想象得见这滑动了很长的路线，无疑是从垂柳上下来的。夜原是为情人准备的。但今夜里没有星月，丘后的树丛里也没有绰约的路灯，幻不出天的朦胧水的朦胧，又等不及漆光，爱情也觉不宜，所以已经没有一个人在这里。这倒恰好，窃喜我来得是时候。我面朝着湖的方向，回忆着某杂志上一篇关于介绍此湖的文章，说湖中是有一个岛的，湖东是有一座塔的，但现在岛上的树和东边的塔认识不出，全在漆光里。这漆光似乎很低，又似乎很高，离我很远，离我又很近，湖显得非常大。在黑色里往前走，硬硬的就是路，软软的就是路边的草，草也潮润得温柔，踏着没一点声音。一种难得的气息拂过来，其实并不可称作拂，是散发着的，口鼻受用了，身上每一处皮肤每一根汗毛也在受用。我真感动着这一夜眼睛是多余的，心、口、鼻、耳却生生动动地受活，倒担心突然间丘后的树丛某一处亮一点灯，或远远的地方谁划着了一根火柴。我度过了三十个年的夜，也到过许许多多的湖，却全没有今夜如此让我恋爱这湖。未名湖，多好的湖，名儿也起得好，是为夜而起的，夜才使它体现了好处。世上的事物都不该用名分固定，它留给人的就是更多的体验吗？我轻轻地又返回到汉白玉的建筑上，再作一番细腻的触摸，在沉静里让感觉愈发饱溢；十分地满足了，就退身而去。穿过校园，北大的门口灯火辉煌，我谁也不认识，谁也不认识我，悄悄地来了，悄悄地走了。这一夜是甲子年的七月十六日，未名的人游了未名的湖。

柳湖

柳湖在陇东的平凉，是有柳有湖，一片柳林之中一个湖的公园，我却在那里看到了两个湖的柳和柳的两个湖。

当时正落细雨，从南门而进；南门开在城边，城是坐在高坡上；一到城沿，也就走到了湖边。这是一个柳的湖。柳在别处是婀娜形象，在此却刚健，它不是女儿的，是伟岸的丈夫，皆高达数十丈，这是因为它们生存的地势低下，所以就竭力往上长，在通往天空的激烈竞争的进程中，它们需要自强，需要自尊，故每一棵出地一人高便生横枝，几乎又由大而小，层层递进，形成塔的建筑。从坡沿的台阶往下看，到处是绿的堆，堆谷处深绿，堆巅处浅绿，有的凝重，似乎里边沉淀了铁的东西，有的清嫩，波闪着一种袅袅的不可收揽的霞色，尤其风里绿堆涌动，偶尔显出的附长着一层苔毛的树身，新鲜可爱，疑心那是被光透射的灯柱一般的灵物。雨时下时歇，雾就忽聚忽散，此湖就感觉到特别地深，水有扑上来的可能，令人在那里不敢久站。

顺着台阶往下走，想象作潜水，下一个台阶，湖就往上升一个台阶；愈走，湖就愈不感觉存在了。有雨滴下，不再是霏霏的，凝聚了大颗，于柳枝上滑行了很长时间，在地面上摔响了金属碎裂的脆音。但却又走进一个湖。这是水的湖，圆形，并不大的；水的颜色是发绿，绿中又有白粉，粉里又掺着灰黄，软软的腻腻的，什么色都不似了，这水只能就是这里的水。从湖边走过，想步量出湖的围长，步子却老走不准，记不住始于何处，终于何处，只是兜着一个圆。恐怕圆是满的象征吧，这湖给人的情感也是满的。湖边的柳，密密地围了一匝，根如龙爪一般抓在地里，这根和湖沿就铁质似的洁滑，幽幽生光。但湖不识多深，柳的倒影全在湖里，湖就感觉不是水了，是柳；以岸沿为界，同时有两片柳，一片往上，一片往下，上边的织一个密密的网，下边的也织一个密密的网。到这时我才有所理解了这些低贱的柳树，正因为低贱，才在空中生出一个湖，在地下延长一个湖，将它们美丽的绿的情思和理想充满这天地宇宙，供这块北方的黄色太阳之下黄色土壤之上的烦嚣的城镇得以安宁，供天下来这里的燥热的人得以"平凉"。

这是甲子年八月十四日的游事，第二天就是中秋，好雨知时节，故雨也停了。夜里赏月，那月总感觉是我所游过的湖，便疑心那月中的影子不再是桂树，是柳。

荒野地

这原本是庄稼地,却生长了一片荒草。荒草一人余高,繁荣得蓬勃健美。月夜下没有风,亦不到潮露水的时分,草的枝叶及成熟的穗实萧萧而立,但一种声息在响,似乎是草籽在裂壳坠落,似乎是昆虫在咬噬,静伫良久,跳动的是体内的心一颗。扮演着的是《聊斋》里的人物,时间更进入亘古的洪荒,遥遥地听见了神对命运的招引。

月亮在天上明亮着一轮,看得清其中的一抹黑影,真疑心是荒野地的投影,而地上三尺之外便一片迷蒙。夜是保密的,于是产生迟到的爱情。躲过那远远的如炮楼一般的守护庄稼的庵架,一只饥渴的手握住了一只饥渴的手,一瞬间十指被胶合,同时感受到了热,却冷得簌簌而抖。

一溜黑地过趟,松软如过草滩,又分明是脚上穿了宽松的鞋。可怜的农人种下了这一溜洋芋,四周的荒草却终使它们未能健长，挖掘过的地上没有收获到拳大的洋芋，肥沃的土地上明日的清晨却能看到两行交织的脚印。

已经是草地的中央了，失却的则是东南西北的方向。境界幽幽。心身在启示着坐下来，恰好有两块石头，等待这石头是多少个年月，石头也差不多等待得发凉了。天地之间，塞涌的是这荒草，人也是荒草的一棵，再有一棵。说话的是眼睛，说尽着唐诗宋词的篇章。头顶上的月亮丰丰满满。需要有点风，风果然而至。草把月划成了有条纹的物件，且在晃动不已。不知名的昆虫在呻吟着，散发着那特有的气味。待到死过去几次又活过来几次，一切安静了，望月亮又如深下去的一眼井水，来分辨那里面的身影了。

佛殿一样的地方，得到的是心身的和谐，方明白那一溜松软的黑地是通往未来的甬道，铺着毡毯。

生长庄稼的土地却长满了这么多荒草，这是失职的农人的过错吗？但荒草同样在结饱满的果子，这便是土地的功能。失职的农人或许要咒诅的，而娇弱无能的庄稼没有荒草这么并不需要节令、耕作、肥料而顽强健壮啊！

因为草、人归复了原来的形态，这个月下夜晚是这么苍茫壮阔。

生之苦难与悲愤，造就着无尽的残缺与遗憾，超越了便是幽默的角色，再不寄希望于梦境和来世，就这么在荒野地中坐下，坐下如两块石头。或许坐上百年上千年，或许很短的一刻，但已够了。

瀛湖岸上

夜行图

走出了荒野地，另一处草浅的地方，仍发现了曾是长过瓜果的，是南瓜或是西瓜，肯定的也是未收获到要收获的东西，瓜田早废了，瓜叶腐败为泥，而绳一样纵横的瓜蔓却还发白地将也为泥地印缀在地上。踏着这白绳的空格走，像是游戏。突然就会想起月亮上的那一株桂树，还有那一位勇敢的却砍不断树身的吴刚。

而毕竟有这么一块荒野地。

游了一回龙门

千里黄河，陡然紧束，前边就是龙门吗？多少个年年月月听说着鲤鱼化龙的传奇，多少个日日夜夜梦想着大禹疏通的险关，全没想到因事赴了韩城，在黄河岸上正百无聊赖地漫走，路人竟遥指龙门便在前头。觅寻时经历了艰辛苦难，到来却是这样地突然，不期然而然的惊喜粉碎了我的心身，我自信我们的会见是有神使和鬼差，是十二分地有缘。为了这一天的会见，我等待了三十七个春秋，龙门，也一定是在等待着我吧，等待得却是这么天长地久。

我是个呆痴而羞怯的人，我从不莽撞撞地走进任何名胜之地，在兰州和佳县我曾经多次远看过黄河，惊涛裂岸也裂过我的耳膜，但我只是远看，默默地缩伏在一块石头上无限悲哀。现在，我却热泪满面，跪倒在沙石起伏的黄河滩上，兴奋得身子抖动，如面前的一丛枯干的野蒿，我听得出我的身子同风里的野蒿一起颤响着泠泠的金属声。我从来没有这样地勇敢,吼叫着招喊河中的汽船,我说,我要到龙门去!

时已暮色苍茫,正是游龙门的气氛,汽船载着我逆流而上,汽船像是也载不动我巨大的兴奋,步履沉沉,微微摇闪,几乎要淹没了船舷。河水依然是铜汁般地黏滞,它虽在龙门之外的下游肆漫了成里的宽度而汹汹涌涌,在这峡谷中却异常平静,大智到了大愚之状,看不到浪花,也看不到波涛,深沉得只是漠漠下移,呈现出纵横交织了的斜格条纹。这格纹如雕刻上去一般,似乎隔着船也能感觉到它的整齐的棱坎。间或,格纹某一处便衍化开来,是从下往上翻,但绝不扬波溅沫,只是像一朵铜黄的牡丹在缓缓地开绽。无数的牡丹开绽,却无论如何不能数清,希冀着要看那花心的模样,它却又衍化为格纹,唯有一溜一溜的酒盅般大的漩涡无声地向船头转来,又向船后转去,便疑心这是一排排铁打的铆钉在固守了这水面,黄河方没有暴戾起来。两岸的峡壁愈来愈窄,犹如要挤拢一般,且高不可视,恨不得将头背在脊上。那庞然的危石在摇摇欲坠,像巨兽在热辣辣地眈视你,又像是佛头在冷眼静观你。峡谷曲拐绕转,一曲一景,却不知换景在什么时候什么地方,我不禁想到了那打开的一幅古画长卷,更想到了农家麦场上的那一夜古今的闲聊。正这么思想,峡壁已失却了那刀切的光洁,乃一层一层断裂为方块,整齐如巨砖砌起。而逼我大呼小叫的是那砖砌的壁墙上怎么就生长了那么高大的一株古树,这是万年物事吗?能看清它的粗桩和细枝,却全然没有叶子,将船靠近去,再靠近,却原来是峡壁裂开了一条巨缝,那石缝的一块尖石上正坐着一头同样如石头的黑鸟。这奇景太使人惊恐，或许是因为吓唬了我，随之而来的则是数百米长的大小不一、错落有序的凹凸壁，惟妙惟肖的是佛龛群了。我去过敦煌，我也去过麦积山，但敦煌和麦积山哪里有这般地壮观和萧森？我完全将此认作佛的法界了，再不敢大声说笑，亦不敢轻佻张狂，佛的神圣与庄严使我沉静，同时感到了一种说不出的平和和亲近。船继续往上行，峡谷窄到了一百米、八十米、六十米，水面依然平静，自不知了是水在移还是船在移？峡峰多为锯齿形了，且差不多峰起双层，里层的峰与外层的峰错位互补，想，若站在外层峰上下视船行，一定是前峰见船首，后峰见船尾了。恰恰一柱夕阳腐蚀了外层峰顶，金光耀眼，分外灿烂，坐船头看外层金黄的峰头与里层的苍黑的峰头，一个向前蹿一个向后遁，峡峰变成了活动体。如此大观，我看得如痴如醉，倏忽间有蓝色的雾从峡根涌出，先是一团一缕，后扯得匀匀细细充融满谷，顿时感到鼻口发呛，头发上脸面上湿漉漉地潮起水沫了。忽然峡谷阴暗起来，但同时仍在峡谷的另一处却泛起光亮，原来船正靠着一边的峡岸下通过，惊奇的是阴暗和光亮的界线是那么分明，它们是立体的几个大三角形，将峡谷的空间一一分割了。我明明知道这是光之所致，却不自觉地弯下了身子，担心被那巨大的黑白三角割伤，船工们却轰然告我：龙门已进了！

龙门，这就是龙门吗？！传说里黄河的鲤鱼一生下来就做着一个伟大的梦想往这里游，游到这里就可以化龙，那么，有多少游到了这里实现了抱负，又有多少牺牲了，半途而废了，完成了一个悲壮的形象？今日我也来到了龙门，龙在哪里呢？神话中有龙宫，龙宫有龙王也有龙女，不知洞庭湖的龙与黄河的龙是否一家，那让我做个传书的柳毅多好啊！不不，我进了龙门，我也要成龙了，我就是一条游龙，多自在，多得意啊！瞧高空上有云飞过，正驮着奇艳的落霞，这云便是翔凤了。有游龙与翔凤，天地将是多么丰富，一阴一阳，相得益彰，煌煌圆满，山为之而直上若塔，水为之乃远源长流，大美无言地存留在天地间了。

汽船终究是扭转了船头要顺流归返了，我的身子随船而下，我的心我的灵魂却永远驻恋在了龙门。试想过多少多少年，或许我已经垂垂暮老，或许我身躯早已不复存在，而更多更多的后来人到此，他们又是会看到夜空的星子静照河面，就知道那是我深情的永不疲倦的眼睛。风在峡谷回鸣，那也是我的心声，他们听得懂是我沉沉地抒发着三十七年里来得太晚的遗憾和寻见了我应寻见的企望的礼赞。那靠近水面的石壁上腐蚀斑驳的图案，他们也读得懂是我感念这次辉煌会见的画幅和诗篇，他们更以此明白，那汽船并不是船而是我踏水走来的巨鞋，或者醒悟进入龙门的十多里黄河之所以平稳，将波澜深藏，那格纹正是我来时走过的印有牡丹的绒毯。他们一定会记住一九八九年十月三十日有一个叫贾平凹的学子到此一游，从此他再不消沉，再不疲软，再不胆怯，新生了他生活和艺术的昭昭宏业。

走了几个城镇

中国的行政区域，据说，还沿用了明清时的划分，那就是不规则，或竖着或横着，相互交错，尤其省会城市必须都与邻省的距离最近，以防地方造反动乱。至于县与镇，就无所顾忌了，基于方便管理吧，百十里一县，二十里一镇。但在民间的习惯上，可能老百姓最营心的还是县，一般把省会城市不叫省城，叫省，镇当然还叫镇，而说到城，那就是指县城了。这如同所有的大路都叫官道，即便长江黄河从县城边流过，也都一律叫作县河。

今年，在断断续续的几个月里，我沿着汉江走了十几个城镇，虽不是去做调研和采风，却也是有意要去增点见识。那里最大的河流是汉江，江北秦岭，江南巴山，无论秦岭巴山，在这一地段里都极其陡峭，汉江就没有了滩，水一直流在山根。那里有一句咒语：你上山滚江去！也真是在山上一失足，就滚到汉江里去了。沿江两岸南北去数百里，凡是沟岔，莫不是河流，所有的河流也都是汉江的秉性，没堤没岸，苦得城镇全在水边的坡崖上建筑，或开崖劈出平台，或依坡随形而上。我和司机每次都是悄然出发，不事声张，拒绝应酬，除了反复叮咛限制车速外，一任随心所欲，走哪儿算哪儿，饥了逢饭馆就进，黑了有旅社便宿，一路下来，倒看到了平日看不到的一些事，听到了平日听不到的一些话，回来做一次长舌男，给朋友唠叨。

达州

傍晚到达，城里人多如蚂蚁，正好手机上有了朋友发来的短信：想我的，赏个拥抱，不理我的，出门让……蚂蚁绊倒。我就笑了，在达州，真会被蚂蚁绊倒呢。

不仅人多，人都还忙着吃，每个饭馆里都有人站着等候凳子，小吃摊更是被人围着。随处可见有女孩儿，女孩儿都是三四个并排走的，一边走一边端着个小纸盒子，把什么东西往嘴里塞。

这让我想起二十世纪九十年代去过关中的一些县城，满地都是嚼过的甘蔗皮和渣子，所有的电影院里，上千人全都嗑瓜子，嚓嚓嚓的声音像潮水一般，你不也买一包来嗑就无法坐下来。

但达州街上很干净。

好比看见青年男女相拥相爱觉得可爱，而撞着年纪大的人偷情便恶心一样，达州城里女孩子的吃相倒优雅，是个风景。

只是街道窄。街道窄一是人太多，二是两边的楼房太高也太密。楼大多没外装饰，就显得是水泥的灰气。楼高就楼高了，其实也不是摩天大厦，而几乎一座挨着一座，同样格式，一般地高，齐刷刷地盖过去，我就感觉每条街上便是两座楼，左边是一座，右边是一座。

寻着一个宾馆住下，从最上边的窗子能俯视全城。城原来是建在一个山窝子里，楼把山窝子挤得严严实实，楼顶与四边的山冈几乎齐平，风在上边跑，风的脚可以从东跑到西，从北跑到南，风跑不到街上去。

一个县城，怎么会有这么多人呢？达州离大城市远，方圆数百里的大山里，这座城就是繁华地了吧。国俫实施发展城镇化，人越来越多，楼就建得密密匝匝，要把小山窝子撑炸了。人是一张肉皮包裹了五脏六腑，人都到这里来讨好生活，水泥的楼房就把人打了包垒起来。

第二天离开达州，半路上遇着一辆运鸡的卡车，车上架着一层一层铁丝笼，每个铁丝格里都伸出个鸡头。擦车而过的瞬间，我看到那些鸡的冠都紫黑，张着嘴，眼睛惊恐不已。

镇安

没通高速公路前,从镇安到西安的班车要走七八个小时,通了高速公路,只需两个小时;双休日,西安人就多驾车去那里玩了。

隔着一条县河,北边的山坐下来,南边的山也坐下来,坐下来的北边山的右膝盖对着南边山的右膝盖,城就在山的脚弯子里,建成了个葫芦状。北山的膝盖上有个公园,也有个酒店,我在酒店里住过三天。

差不多的早晨都有一段雨。那雨并不是雨点子落在地上,而是从崖头上、树林子里斜着飞,飞在半空里就燃烧了,变成白色的烟。在这种烟雨中,一溜带串的人要从城里爬上山来,在公园里锻炼。他们多是带一个口袋或者藤篮,锻炼完了路过菜市买菜,然后再去上班。而到了黄昏,云很怪异,云是风,从山梁后迅疾刮过来,在城的上空盘旋生发,一片一片往下掉,掉下来却什么也没有。这时候,机关单位的人该下班了,回家的全是女的,相约着饭后去跳舞,而男的却多是留下来,他们要洗脚,办公室里各人有各人的盆子,打了热水洗了,才晃悠晃悠地离开。

八点钟,广场上准时就响喇叭了,广场在城里最中心处,小得没有足球场大吧,数百个女人在那里跳舞。世上上瘾的东西真多,吸烟上瘾,喝酒上瘾,打牌上瘾,当然吃饭是最大的瘾,除了吃饭,女人们就是跳舞,反复着那几个动作,却跳得脖脸通红，刘海儿全汗湿在额上。

这舞一直要跳过十二点，周围人没有意见，因为有了跳舞，铺面里的生意才兴旺。

镇安离西安太近，乡下的农民去西安打工的就特别多，城里流动人口少，那些老户就把自家的房子都做了铺面，从西安进了各种各样的货，再批发给乡镇来的小贩。而机关单位的人，最能行的已调往西安去了，留下来的，因为有份工作，也就心安理得留在县城。县城的生活节奏缓慢，日子不富不穷，倒安排得十分悠然。

我在夜市的一个摊位上坐下来，想吃碗馄饨，看着斜对面的那家铺面，光头老板已经和一个小贩讨价还价了半天，末了，小贩开始装雨鞋，整整装了两麻袋。一个穿着西服的人提了一瓶酒、三根黄瓜往过走，光头在招呼了：

啊，去接嫂子呀？

穿西服的人说：让她跳去，我买瓶酒，睡前不喝两盅睡不着嘛。

光头说：好日子嘛么，啥好酒？

穿西服的说：苞谷酒。

光头说：咋喝苞谷酒了？

穿西服的说：没你发财呀！

光头说：发什么财，要是能端公家饭碗，我也不这么晚了还忙乎！

穿西服的说：这倒是，你比我钱多，我比你自在嘛。

夜市的南头，单独吊着一个灯泡，灯泡下放着一盆水，飞虫在盆子里落了一指厚。但仍有蚊子咬人。卖馄饨的给了我一把蒲扇，那扇子后来不是扇，是在打，又打不住蚊子，一下一下都在打我。

小河

从镇安到旬阳去，走的是二级公路。车到一个半山弯，路边有一排商店，商店里不知还有什么货，商店门口都摆了许多摊位，出售廉价的鞋帽衣物。没有顾客，摊位后是一妇女给婴儿喂奶，还有一只狗。

商店的左前是一个急转而下的路口。

我从路口往下看，路是四十度的斜坡，一边紧贴着崖，崖石龇牙咧嘴，一边还是商店，开间小，入深更小，像是粘在塄沿上。有人就拉着架子车爬上来，身子向前扑得特别厉害，眼睛一直盯着地面，似乎他不敢抬头，一抬头，劲一松，车子就倒溜下去了。

也真是，我在商店里买了一包烟，烟是假烟，吸着的时候店主再拿一瓶饮料让我买，又拿一包糕点让我买，我一直吸烟，店主有些生气，说：要不要，你说个话呀！我说：我能说话吗？我一说话烟就灭了。

我顺着坡道一直往下走，这就到了镇上。两边门面房的台阶又窄又高，门开着，里边黑洞洞的，看不清是卖货的还是卖饭的。门口都有一块光溜溜的石头，差不多四五个石头上站着鸭子，鸭子总是痒，拿长嘴啄身子。转过弯，又往下走，人家和商店更多些。再转个弯，就是河，河上有一座桥。桥头上有一个饭店，摆有三张木桌，饭店旁坐着个钉鞋的，他一直盯着我的脚。

桥应该是石拱桥，或者木桥，但它是水泥桥，已经破坏了护栏。站在桥上可以看到这个镇子一分两半，一半在东边的山坡，一半在西边的山坡。一个小镇分为两半，中间是一条不大的河，所以镇名叫小河吧。

河对面是另一条街，其实是从桥头一家杂货店门口像梯子一样陡的下坡路，一直下到河滩。这条街上多卖副食，山果也在这里卖。一黑瘦女人一见我来就拿一根竹枝扇肉案上的一个猪头，说：肉耶，没喂饲料的肉！路尽头的河滩上，篱笆里长着萝卜，叶子很青，萝卜很白。

从桥那边返回来，许多人也是路过了停车下来到镇上的，站在桥上讨论着要买鸡蛋，说这里的鸡蛋一定是土鸡蛋，还说买一头猪吧，五六十斤的，拉回去喂三个月苹果，那肯定好吃哩。讨论完了，就趴在护栏往下看，两边那屋场下的石阶上，有女人在河里淘米，他们不知是在看淘米的人，还是在看水里自己的影子。

在镇街转弯处，一家门口有一堆树根，见一个酒盅粗的柴棍似龙的形状，拿了要走时，忽有三个孩子跑来说那要钱哩，不给十元钱不能拿。我很生气，说一个柴棍都要钱呀？抬头看见六七个男人全端了饭碗蹴在不远的台阶上吃，我说：是你们教唆的吧？我朋友十年前路过这儿看见一个汉代石狮子，值三百元钱你们十元钱就卖了，现在一个柴棍儿值不了一毛钱倒要十元钱？六七个男人不说话，全在笑。我就把柴棍儿扔回树根堆了。

又回到入镇的那个慢坡路上，有人赶着一头毛驴迎面走来，人走一步，驴走一步，人总想去拉驴尾，但就差一步，一步撵不上一步，驴尾到底没拉住。

半山弯的鞋帽衣物摊边，妇女不见了，婴儿坐在那里，嘴里叼着一个塑料奶嘴。狗也嚼根骨头，骨头上没肉，狗图的是骨头上的肉味，在不停地嚼。

白河

白河县城最早可能是一条街，河街。从湖北上来的，从安康下来的，船都停在城外渡口了，然后在河街上吃饭住店，掏钱寻乐。但现在是城沿着那座山从下往上盖，盖到了山顶，街巷就横着竖着，斜横着和斜竖着，拥拥挤挤，密密匝匝。所有的房子都是前后或左右墙不一样高，总有一边是从坡上凿坑栽桩再砌起来，县河上的鸟喜欢在树枝上和电线上站立，白河人也有着在峭岩塄头上筑屋的本事。

地方实在是太仄狭了，城还在扩张，因为这里是陕西和湖北的交界，真正的边城，它需要繁华，却如一棵桃树，尽力去开花，但也终究是一棵开了鲜艳花的桃树。

城里人口音驳杂，似乎各说各的话，就显得一切都乱哄哄的。尤其在夜里，山顶的那条街上，更多的是摩托，后座上总是坐着年轻的女人，长腿裸露，像两根白萝卜。街上的灯很亮，但烤肉摊上炸豆腐摊上还有灯，有卖烧鸡的脖子上拴个带子，把端盘吊在身前，盘子里也有一盏灯。一片高跟鞋叩着水泥地面响，像敲梆子，三四个女孩儿跑过来，合伙买了半块鸡，旁边的小吃摊上就有人发怪声，喂喂地叫，女孩儿并不害怕，撕着肉往舌根送，不影响着口红的颜色。

第二天的上午，我到了那条河街上。因为来前有人就提说过河街，说有木板门面房，有吊脚楼，有云墙，有拱檐，能看到背架和麻鞋，能听到姐儿歌和叫卖山货声，能吃到油炸的蚕蛹和腊肉。但我站在街上的时候我失望了，街还是老街，又老不到什么地方去，估摸也就是二十世纪八十年代吧，两边的房子非常窄狭，而且七扭八歪的，还有着一些石板路，已经坑坑洼洼，还聚着雨水。没有商店，没有饭馆，高高台阶上的人家，木板门要么开着，要么闭着，门口总是坐着一些妇女，有择菜的，菜都腐败了，一根一根地择，有的却还分类着破烂，把空塑料瓶装在一个麻袋里，把各种纸箱又压平打成捆。我终于看到了三间房子有着拱檐，大呼小叫地就去拍照，台阶上的妇女立即变脸失色地跑下来，要我不要声高，说是孩子在屋里复习哩。这让我非常奇怪，问这是怎么回事，一妇女拉我到了一边，叽叽咕咕给我说了一通。

她虽然也说不清，但我大致知道了这里原本是白河老户最多的街，当县城不停地拆不停地盖，移到了山顶后，老户的人大多就离开了，现在只剩下一些老年人和空房子，而四乡八村来县城上学的孩子又把空房子租下来，那些妇女就是来陪读的。

边城是繁华着，其实边城里的人每每都在想着有一日离开这个地方，他们这一辈已经没力量出外，希望就寄托在下一代上。已经有许多人家，日子还可以的，就寻亲拜友，想方设法，把孩子送到安康或者西安去读小学中学，以便将来更容易考上大学，而乡下的人家，又将孩子从乡镇的学校送到县城来读书。

面对着这个妇女，我不知道该对她说什么好。当头的太阳开始西斜，靠南的房子把阴影铺到了街道上，一半白一半黑。就在那黑白线上，一个老头佝偻着腰从街的那头走过来，他用手巾提着一块豆腐，一只鸡一直跟着他，时不时在豆腐上啄一口。

山阳和汉阴

县城几乎都是靠河建，建在河北岸，因为天下衙门要朝南开的。山阳就在河之北，汉阴其实也在河之北，应该叫汉阳。

县城临河，当然不是一般小河，可能以前的水都是很大水，但现在到处都缺水了，河滩的石头窝里便长着草，破砖烂坯，塑料袋随风乱飞。改革年代，大城市的变化是修路盖房，小县城也效仿着，首先是翻新和扩建，干涸的或仅能支起列石的县河当然有碍观瞻，所以当一个县城用橡皮坝拦起水后，几乎所有的县城都起坝拦水。

除拦河聚水外，凡是县城都要修一个广场，地方大的修大的，地方小的修小的。广场上就栽一个雕塑，称作龙城的雕个龙，称作凤城的雕个凤，如果这个县城什么都不是，柿子出名，雕一个大柿子。还有，就在四面山头的树林子里装灯，每到夜晚，山就隐去，如星空下落。再是在河滨路上建碑林或放置巨石，碑与石上多是当地领导的题词，字都写得不好。店铺确实是多，门面虽小，招牌却大，北京有什么字号，省城就有什么字号，县城肯定也就有了。我看见过一处路边的公共厕所，一个门洞上画着一个烟斗，一个门洞上画着一个高跟鞋。

到山阳县城的那个晚上，雨下得很大，街上自然人不多，进一个小饭店去吃饭。老板正拿个拍子打苍蝇，拍子一举，苍蝇飞了，才放下拍子，苍蝇又在桌上爬。我问有没有包间，还有一个包间，关了门就没苍蝇了。但不停地有人推门，门一推，苍蝇又进来，似乎它一直就等在门口。

苍蝇烦人，这还罢了，隔壁包间里喝酒的声音很大，好像有十几个人吧，一直在议论着县上干部调整的事，说这次能空出八个职位来，××乡的书记这次是铁板上钉钉没问题了，也早该轮到他了，××镇长也内定了，听说在省上市上都寻了人，××副主任这几天跑疯了，跑有什么用呢，听说有人在告他，×××是最后一次机会了，再不把副的变成正的，今辈子就毕势了。后来又有人进了店,立即几个在恭喜,并嚷嚷:今日这饭菜钱你得出了!来人说:出呀,出!接着有人大声咳嗽着,似乎到店门外吐痰,看见了街上什么人,也喊着你来请客呀,并没喊得那人进来,他又回到包间说:狗日的××在街上哩,也不打伞,淋着雨。一人说:这次他到××部去呀?另一人说:听说是。那人说:我让他请喝酒,狗日的竟然说,低调,要低调。哈哈声就起,有人说:咳,啥时候咱也进步呀?

进步就是升迁。越是经济不发达,县城的餐饮业就红火,县城的工作难有起色,干部们越在谋算着升迁。每过一个时期,干部调整,就是县城最敏感最不安静的日子,饭店也便热闹起来。

我在包间里吃了两碗扁食,隔壁包间的人都醉了,有碗碟破碎声,有呕吐声,有争吵声,又有了哭声。我喊老板结账,老板进来,看着墙,说:怎么还有苍蝇?用手去拍,却哎哟叫起来,原来墙上的黑点不是苍蝇,是颗钉子。

我走出饭店,默默地从街上走,雨淋得衣服贴在了身上。在我前边有两个人,一个人低声说:这次你怎么样呀?另一个人竟高声起来,骂了一句:钱没少花,事没办成。

三天后去汉阴,汉阴正举办一个什么活动,广场上悬着许多气球,摆着各种颜色的宣传牌,可能是有省市的领导来了,警车开道,呜哇呜哇叫,一溜儿小车就在街巷里转过。

汉阴的饭是最有特点的,我打问着哪儿有农家乐,就去了城关的一个村子。村子被山围着,山下就是条小河,人家住得分散，但房子都是新修的，或者几个房子一簇卧在山脚，或者在河对面，一片树林子里露出瓷片砌出的白墙，或者就在河上栽桩架屋。来吃饭的人特别多，小路上来回的汽车掉不了头，堵塞在那里，乘客下车一边往里走，一边说：乡下真美！

我错开吃饭时间，独自往沟里走，房子也越来越旧了，在一户周围长满了竹子的屋舍前，见一个女孩儿在门前坐在小凳子上趴在大凳子上做作业。这户人家三间上房，两间厦房，厦房对面是猪圈和厕所。我走近去，朝开着门的上房里张望，想看看里边的摆设，女孩儿却说：你不要进去。房里是有一个炕，炕上和衣侧睡着一个妇女。我说：你妈在睡觉？女孩儿说：不是我妈，是我大的情人。女孩儿的话让我吃了一惊，再问她话时，她一句也不愿意给我说了。

我终于在一家"农家乐"里吃上了饭，问起老板那女孩儿家的事，才知道女孩儿的妈三年前去西安打工，再没有回来，也没有任何音讯。吃毕了饭出来，却看见远远的河边，那个女孩儿在洗衣裳，棒槌打下去已经起来了，才发出啪啪响声，她不停地捶打，动作和声音总不和谐。

岚皋

几年前来过，是腊月底了吧，我们驱车从山顶草甸回县城，天已经黑了，每过一个沟岔，沟岔里都三户四户人家，车灯照去，路边时不时就有女子行走，极时髦漂亮，当时吃惊不少，以为遇见了鬼。回到县城说起这事，宾馆的经理就笑了，说那不是鬼，是在上海打工的女子回来过年了，如果是白天，你到处都能看见呢。岚皋山里的女子都长得好，最早有人去上海打工，后来一个带一个，打工的就全在了上海，在上海待过半年，气质变化，比城里人还要像城里人。经理说：唉，好女子都给上海养了！

这一次来岚皋，再也没见到时髦漂亮的女子，但桃花正开。漫山遍野里都能看到桃花，黛紫色的树枝上，还没长出叶子，花朵一开一疙瘩，特别地粉，像是人工做上去的。

县河里常有桃花瓣流过。

岚皋人好酒，在这季节喜欢用桃花苞蕾泡酒，酒有一种清香。

街道上常有大卡车开过，车上装着树，都是大树，一车只能装一棵。还有的车上装着石头，石头比一间房还要大。这些车都是从西安来的。

西安要打造园林城市，街道两旁都要栽大树的，而且住宅小区，又兴了在小区门口要堆一块巨石，西安的树贩子和石贩子就来到岚皋。树的价钱不低，石头却不用花钱，发现了一块，乡下人可以帮忙去抬到河岸，可以挣很多工钱。如果需要修路，修路有修路钱，修了路，路是拿不走的，就留下了。

乡下人到城里去打工，乡下的树和石头也要到城里去。去城里当然好啊，但城里的汽车尾气多，而且太嘈吵，不知道能不能适应。

离开岚皋时,在县城外的山弯处,有一户人家在推石磨,那么多的苞谷在磨盘顶上,很快从磨眼儿里溜下去没了,再把一堆苞谷倒到磨盘顶上,又很快没了。我突然就笑了:石磨是最能吃的。

峦庄

去峦庄是看见路边有去峦庄的指示牌,又觉得这名字怪怪的,就把车拐进去,在一个山沟深入。

路是乡级路,年前秋里又遭水灾,好多路段还没修好,车吭吭唧唧走了一小时,天就黑了。只估摸峦庄是个镇吧,长得什么样,又有多么远,却一概不知。翻过一座大山,又翻过一座大山,后来就在沟岔里绕来绕去。夜真是瞎子一样地黑,看不见天,也看不见了山,车灯前只是白花花路,像布带子,在拉着我和车,心里就恐怖起来。走着走着,发现了半空中有了红点,先还是一点两点,再就是三点四点,末了又是一点两点。以为是星星,星星没有这红颜色呀,在一个山脚处才看到一户屋舍门上挂着灯笼,才明白那红点都是灯笼,一个灯笼一户人家,人家都分散在或高或低的山上。

又是一段路被冲垮了,车要屁股撅着下到河滩,又从河滩里憋着劲冲到路基上,就在路基边有两双鞋。停了车,下来在车灯光照下看那鞋，鞋是花鞋，一双旧的，一双新的。将那新鞋拿到车上了，突然想，这一定是水灾时哪个女孩被水冲走了，今日可能是女孩儿生日，父母特做了一双新鞋又把一双旧鞋放在这里悼念的。立即又将那鞋放回原处，驱车急走，心就慌慌的，跳动不已。

半夜到了镇上，镇很小，只是个丁字街。街上没有路灯，人也少见，但一半的人家灯还亮着，灯光就从门里跌出来，从街口望过去，好像是铺着地毯，白地毯。镇上人你不招呼他了，他不理你，你一招呼他了，他就热情。在一户人家问能不能做顿饭吃，那个毛胡子汉子立即叫他老婆，他老婆已经睡了，起来就做饭。厨房里挂了六七吊腊肉，瓷罐里是豆豉，问吃不吃木耳，木耳当然要吃的，汉子就推门到后院，后院里架满了木棒，三个一支，五个一簇，木棒上全是木耳。但他并没有摘木棒上的木耳，却在篱笆桩上摘了一掬给我炒了吃。汉子说，峦庄是穷地方，只产木耳，他们就靠卖木耳过活的。这阵儿有鞭炮声，木耳先听见，它们听见了都不吱声，后来我听见了，说半夜里怎么放鞭炮，汉子说：给神还愿哩吧。

在镇的东头，有一个庙，不知道庙里供的什么神，鞭炮声就是从那儿传来的。而就在这户人家的斜对面，有一个窝进去的崖洞，洞里塑着三尊泥像，看过去，那里也有人在烧纸磕头。汉子说，那是三娘娘洞，镇上人家谁要求子，谁要禳病，谁的孩子要考学，谁要把木耳卖出去，都在那里许愿，三娘娘灵得很，有求必应，所以白日夜里人不断的。

正吃着饭，街上却有人在哭，汉子的老婆就出去了，过了好久回来，说是西头的王老五在打老婆了。汉子说：该打！我问：怎么是该打？汉子说王老五的老婆信基督，常把两岁的孩子放在地窖里就去给基督唱歌了，今日下午王老五才从县城打工回来，是不是又去唱歌不做饭不管娃了？那老婆说，是为钱。王老五在苞谷柜里藏了五十元钱，回来再寻寻不着，问他老婆，他老婆说捐给教会了，王老五就把他老婆在街上撵着打。

峦庄镇上有两个旅社，一处住满了人，一处还有两间房子，但床铺太肮脏，我就决定返回。车又钻进了黑夜里，黑夜还是瞎子一样地黑，但一路上还是有这儿那儿、高高低低的光点，使我分不清那是山里人家门口的灯笼还是天上的星星。

从棣花到西安

秦岭的南边有棣花，秦岭的北边是西安，路在秦岭上约三百里。世上的大虫是虎，长虫是蛇，人实在是个走虫。几十年里，我在棣花和西安生活着，也写作着，这条路就反复往返。

父亲告诉过我，他十多岁去西安求学，是步行的，得走七天，一路上随处都能看见破坏的草鞋。他原以为三伏天了，石头烫得要咬手，后来才知道三九天的石头也咬手，不敢摸，一摸皮就粘上了。到我去西安上学的时候，有了公路，一个县可以每天通一趟班车，买票却十分困难，要头一天从棣花赶去县城，成夜在车站排队购买。班车的窗子玻璃从来没有完整过，夏天里还能受，冬天里风刮进来，无数的刀子在空中舞，把火车头帽子的两个帽耳拉下来系好，哈出的气就变成霜，帽檐儿是白的，眉毛也是白的。时速至多是四十里吧，吭吭唧唧在盘山路上摇晃，头就发昏，不一会儿有人晕车，前边的人趴在窗口呕吐，风把脏物又吹到后边窗里,前后便开始叫骂。司机吼一声:甭出声!大家明白夫和妻是荣辱关系,乘客和司机却是生死关系,出声会影响司机的,立即全不说话。路太窄太陡了,冰又瓷溜溜的,车要数次地停下来,不是需要挂防滑链,就是出了故障,司机爬到车底下,仰面躺着,露出两条腿来。到了秦岭主峰下,那个地方叫黑龙口,是解手和吃饭的固定点。穿着棉袄棉裤的乘客,一直是插萝卜一样挤在一起,要下车就都浑身麻木,必须揉腿。我才搬起一条腿来,旁边人说:那是我的腿。我就说:我那腿呢?我那腿呢?感觉我没了腿。一直挨到天黑,车才能进西安,从车顶上卸下行李了,所有人都在说:嗨,今日顺利!因为常有车在秦岭上翻了,死了的人在沟里冻硬,用不着抬,像捐椽一样捐上来。即使自己坐的车没有翻,前边的车出了事故,或者塌方了,那就得在山里没吃没喝冻一夜。

二十世纪九十年代初,这条公路改造了,不再是沙土路,铺了柏油,而且很宽,车和车相会没有减速停下,灯眨一下眼就过去了。过去车少,麦收天沿村庄的公路上,农民都把割下的麦子摊着让碾,狗也跟着撵。改造后的路不准摊麦了,车经过唰的一声,路边的废纸就扇得贴在屋墙上,半会儿落不下。狼越来越少了,连野兔也没了,车却黑日白日不停息。各个路边的村子都死过人,是望着车还远着,才穿过路一半,车却瞬间过来轧住了。棣花几年里有五个人被轧死,村人说这是祭路哩,大工程都要用人祭哩。以前棣花有两三个司机,在县运输公司开班车,体面荣耀,他们把车停在路边,提了酒和肉回家,那毛领棉大衣不穿,披上,风张着好像要上天。沿途的人见了都给笑脸,问候你回来啦?所有人猫腰跟着,偷声换气地乞求明日能不能捎一个人去省城。可现在,公路上啥车都有,连棣花也有人买了私家车,才知道驾驶很容易的,几乎只要是个狗,爬上车都能开。那一年,我父亲的坟地选在公路边,母亲说离公路近,太吵吧,风水先生说:这可是好穴哇,坟前讲究要有水,你瞧,公路现在就是一条大河啊!

我每年十几次从西安到棣花,路经蓝关,就可怜了那个韩愈,他当年是"雪拥蓝关马不前"呀,便觉得我很幸福,坐车三个半小时就到了。

过了二〇〇〇年,开始修铁路。棣花人听说过火车,没见过火车,通车的那天,各家在通知着外村的亲戚都来,热闹得像过会。中午时分,铁路西边人山人海,火车刚一过来,一人喊:来了——所有人就像喊欢迎的口号:来了来了!等火车开过去了,一人喊:走了——所有人又在喊口号:走了走了!但他们不走,还在敲锣打鼓。十天后我回棣花,邻居的一个老汉神秘地给我说:你知道火车过棣花说什么话吗?我说:说什么话?他就学着火车的响声,说:棣花——不穷!不穷!不穷不穷,不穷不穷!我大笑,他也笑,他嘴里的牙脱落了,装了假牙,假牙床子就笑了出来。

有了火车,我却没有坐火车回过棣花,因为火车开通不久,一条高速路就开始修。那可是八车道的路面呀,洁净能晾了凉粉。村里人把这条路叫金路,传说着那是一捆子一捆子人民币铺过来的，惊叹着国家咋有这么多钱啊！每到黄昏，村后的铁路上过火车，拉着的货物像一连串的山头在移动。村人有的在唱秦腔，有的在门口咿咿呀呀拉胡琴，火车的鸣笛不是音乐，可一鸣笛把什么乐响都淹没了。火车过后，总有三五一伙端着老碗一边吃一边看村前的高速路，过来的车都是白光，过去的车都是红光，两条光就那么相对地奔流。他们遗憾的是高速路不能横穿，而谁家狗好奇，钻过铁丝网进去，竟迷糊得只顺着路跑，很快就被轧死了，一摊肉泥粘在路上。我第一回走高速路回棣花，没有打盹，头还扭来转去看车窗外的景色，车突然停了，司机说：到了。我说：到了？有些不相信，但我弟就站在老家门口，他正给我笑哩。我看看表，竟然仅一个半小时。从此，我更喜欢从西安回棣花了，经常是我给我弟打电话说我回去，我弟问：吃啥呀？我说：面条吧。我弟放下电话开始擀面，擀好面，烧开锅，一碗捞面端上桌了，我正好车停在门口。

在好长时间里，我老认为西安越来越大，像一张大嘴，吞吸着方圆几百里的财富和人才，而乡下，像我的老家棣花，却越来越小。但随着312公路改造后，铁路和高速路的相继修成，城与乡拉近了，它吞吸去了棣花的好多东西，又呼吐了好多东西给棣花，曾经瘪了的棣花慢慢鼓起了肚子。棣花已经成了旅游点，农家乐小饭馆到处都有，小洋楼一幢一幢盖了，有汽车的人家也多了，甚至荒废了十几年的那条老街重新翻建，一间房价由原来的几十元猛增到上万元。以前西安的人来，皮鞋印子留在门口，舍不得扫，如今西安打一个喷嚏，棣花人就问：咱是不是要感冒啦?他们啥事都知道,啥想法也都有。而我,更勤地从西安到棣花,从棣花到西安。我不再以出生在山里而自卑,车每每经过秦岭,看山峦苍茫、白云弥漫,就要念那首诗:啊,给我个杠杆吧,我会撬动地球。给我一棵树吧,我能把山川变成绿洲。只要你愿意嫁我,咱们就繁衍一个民族。

就在上一个月,又得到一个消息,还有一条铁路要从西安经过棣花,秋季里动工。

忙人
——游青城山

本来是一座青山,偏要叫作青城,明明是在城里住厌烦了,到这里寻清静的,适心的,又不忘墙壁横竖的城。站在山口一看到丈人峰就喊:这真像大城门楼!一到古常道观就惊呼:城中之城,这是皇城嘛!再就是从各条路上到呼应亭,证明道路曲弯如天津。再就是寻四方峰峦论证环拱似西安城墙。旅完了,游尽了,果然体验到这是一座城,不同的则是青幽罢了。

当然,所有的人并不是为寻城而来,有的听说青城山好,就到青城山来;到了山里要爬坡就爬坡,那条蜿蜒的山径上更人多如蚁。上去的腰都弓起,下去的肚皆挺凸,嘴一律张着,臭汗淋漓。径边的树木一片青绿,人肌发也为之青绿,恍惚间,满山的树也似乎是人,径上的人也是树了。上去的上到呼应亭,无路可走了,说:"下山吧。"就下山。问游后的收获,回答是:"好累哟。"

在一座八角飞翘的亭子里，有的游人坐了进去，惊讶亭子半倚了山半悬着空，看一阵栏下涌涌的飞云，喊几声，听听轰轰的回音，突然间，觉得"观景不如听景"，很无事可做，很无聊。这时候幼小年纪的报贩竟在山头叫卖，报虽是新报，但价钱极贵。买一张来，立即又被社论吸引，几个人为社论中的几个字的新提法而争论：这是什么意思，预示着什么动向，其新提法的背景是什么。于是振奋的振奋，疑惑的疑惑，忧郁的就闷闷不乐。

手持着大幅风光照的个体摄影户，肩扛着长竹花布的滑竿的脚夫们，穿梭于每一个游客的面前，一边盯着游客腰带上的钱袋，一边要求拍照和坐游，其讨厌如苍蝇。回绝了一个，又来一个，差不多已经说过五十句"不"了，最后就发怒起来，骂一声："滚开！"

几乎是所有游人的秉性，走到一块怪样的石头前，就在石头上写字，走到一株奇异的树下，就在树身上刻字，连几页木板一张芦席搭成的厕所墙上也写了"××到此一游"。游人看游人的留言，看过了新的游人又写下新的留言，有的实在愤愤不平了，就在留言之前或之后再写上"狗屁不通"，又写上自己的名姓。

建福宫、天师洞、祖师殿、上清宫门里门外，阶上阶下已经挤满了人，拍照的争抢镜头，烧香的轮换着到龛前。连道士也变乐乎了，磬得不停地敲，经还要不停地诵，会医道的被围住看病，善玄术的被纠缠相面，而茶房的道士就要一个桌一个桌地沏茶，续水，指头蘸着唾沫数钱票。

　　终于有一处安静，那是孤孤的一座无名峰，如笋一般地出现在卧云亭的右侧，沉沉静静，痴痴呆呆。这一块大石头或无知无性，或许正看着身上的一群忙乱的蚂蚁在爬行，是看呆了。

　　但这无名峰人可望而不可即，它不在径边，是一座险峰。

松云寺

商州杨斜有一个寺,很小,就二百平方米的一个院子,也只住着一个和尚。和尚在每年的三月底或四月初,清早起来,要拿扫帚扫院里的花絮,花絮颜色深黄,像撒了一地金子。

这是松花。

松是孤松,在院子西边,一搂多粗的腰,皮裂着如同鳞甲,能一片一片揭下来。树高到一丈多,骨干就平着长,先是向东北方向发展,已经快挨着院墙了,又回转往西南方向伸张,并且不断曲折,生出枝节,每一枝节处都呈Z字状,整个院子的上空就被罩严了。

松树真的像条龙。

应该起名松龙寺吧,却叫松云寺。叫松云寺着好,因为松已是龙,则需云从,云起龙升,取的是腾达之意哈。

但寺院实在太小,松的腰枝往复盘旋,似藤萝架一般,塞满了院子，倒感叹这松不是因寺而栽，是寺因松而建，寺的三面围墙竟将龙的腾达限制了。

二〇〇一年九月五日，我从商州城去寺里，去时倾盆大雨，到了却雨住天晴，见松枝苍翠，从院墙头扑搭了许多，而门楼高背翘角，使其受阻。我建议既然寺紧邻大路，院墙不可能推倒，不妨砸掉门楼背角，让松能平行着伸长出来。所幸和尚和乡政府干部都同意，并保证半月内完成，我才慰然离开。离开时，雨又开始下，一直下到天黑。

当晚还住在商州，半夜做了一梦，梦见飞龙在天，醒来睁眼的一瞬间，竟然恍惚看到周围有一通碑子，有扫松花的扫帚，有和尚吃茶的石桌。很是惊奇，难道梦境在人睡着的时候是具现的？疑疑惑惑就直坐到天明。

夏河的早晨

这是一九九五年七月二十四日早上七点或者八点，从未有过的巨大的安静，使我醒来感到了一种恐慌，我想制造些声音，但 × 还在睡着，不该惊扰，悄然地去淋室洗脸，水凉得淋不到脸上去，裹了毛毡便立在了窗口的玻璃这边。想，夏河这么个县城，真活该有拉卜楞寺，是佛教密宗圣地之一，空旷的峡谷里人的孤单的灵魂必须有一个可以交谈的神啊！

昨晚竟然下了小雨，什么时候下的，什么时候又住的，一概不知道。玻璃上还未生出白雾，看得见那水泥街石上斑斑驳驳的白色和黑色，如日光下飘过的云影。街店板门都还未开，但已经有稀稀落落的人走过，那是一只脚，大概是右脚，我注意着的时候，鞋尖已走出玻璃，鞋后跟磨损得一边高一边低。

知道是个丁字路口，但现在只是个三角处，路灯杆下蹲着一个妇女。她的衣裤鞋袜一个颜色的黑，却是白帽，身边放着一个矮凳，矮凳上的筐里没有覆盖，是白的蒸馍。已经蹲得很久了，没有买主，她也不吆喝，甚至动也不动。

一辆三轮车从左往右骑，往左可以下坡到河边，这三轮车就蹬得十分费劲。骑车人是拉卜楞寺的喇嘛，或者是拉卜楞寺里的佛学院的学生，光了头，穿着红袍。昨日中午在集市上见到许多这样装束的年轻人，但都是双手藏在肩上披裹着的红衣里。这一个双手持了车把，精赤赤的半个胳膊露出来，胳膊上没毛，也不粗壮。他的胸前始终有一团热气，乳白色的，像一个不即不离的球。

终于对面的杂货铺开门了，铺主蓬头垢面地往台阶上搬瓷罐，搬扫帚，搬一筐红枣，搬卫生纸，搬草绳，草绳捆上有一个用各色玉石装饰了脸面的盘角羊头，挂在了墙上，又进屋去搬……一个长身女人，是铺主的老婆吧，头上插着一柄红塑料梳子，领袖未扣，一边用牙刷在口里搓洗，一边扭了头看搬出的价格牌，想说什么，没有说，过去用脚揩掉了"红糖每斤四元"的"四"字。铺主发了一会儿呆，结果还是进屋取了粉笔，补写下"五"，写得太细，又改写了一遍。

从上往下走来的是三个洋人。洋人短袖短裤，肉色赤红，有醉酒的颜色，蓝眼睛四处张望。一张软不塌塌白塑料袋儿在路沟沿上潮着，那个女洋人弯下腰看袋儿上的什么字，样子很像一匹马。三个洋人站在了杂货铺前往里看，铺主在微笑着，拿一个依然镶着玉石的人头骨做成的碗比画，洋人摆着手。

一个妇女匆匆从卖蒸馍人后边的胡同闪出来，转过三角，走到了洋人身后。妇女是藏族人,穿一件厚墩墩袍,戴银灰呢绒帽,身子很粗,前袍一角撩起,露出红的里子,袍的下摆压有绿布边儿,半个肩头露出来,里边是白衬衣,袍子似乎随时要溜下去。紧跟着是她的孩子,孩子老撑不上,踩了母亲穿着的运动鞋带儿,母子节奏就不协调了。孩子看了母亲一下,继续走,又踩了带儿,步伐又乱了,母亲咕哝着什么,弯腰系带儿,这时身子就出了玻璃,后腰处系着红腰带结就拖拉在地上。

没有更高的楼,屋顶有烟囱,不冒烟,烟囱过去就目光一直到城外的山上。山上长着一棵树,冠成圆状,看不出叶子。有三块田,一块是麦田,一块是菜花田,一块土才翻了,呈铁红色。在铁红色的田边支着两个帐篷,一个帐篷大而白,印有黑色花饰,一个帐篷小,白里透灰。到夏河来的峡谷里和拉卜楞寺过去的草地上,昨天见到这样的帐篷很多,都是成双成对的鸳鸯状,后来进去过一家,大的帐篷是住处,小的帐篷是厨房。这么高的山梁上,撑了帐篷,是游牧民的住家吗?还是供旅游者享用的?可那里太冷,谁去睡的?

"你在看什么?"

"我在看这里的人间。"

"看人间?你是上帝啊?!"

我回答着,自然而然地张了嘴说话,说完了,却终于听到了这个夏河的早晨的声音。我回过头来,×已经醒,是她支着身与我制造了声音。我离开了窗口的玻璃,对×说:这里没有上帝,这里是甘南藏族聚居区,信奉的是佛教。

当我路过这段石滩

我家住在郊外,到城里去上班,每天都要路过一条河的。河是很宽了,一年里却极少有水,上上下下是一满儿的石头,大者如斗,小者如豆,全是圆溜溜地光滑;有的竟垒起来,大的在上,小的在下,临风吱吱晃动,而推之不能跌落。我叫它是石滩。每每路过,骑车便在石隙中盘来绕去,步行却总要从一块石头上跳到另一块石头上,摇摇晃晃,惊慌里有多少无穷的趣味呢。

可是,旁人却更多地怨恨这石滩了,因为它实在不平坦,穿皮鞋的不喜欢,尤其那些女子,宁可到上游多绕三里路走那大桥,不愿走这里拐了高跟。它又没有花儿开放,甚至连一株小草也不曾长,绿的只有那石头上星星点点的藓苔,但雨天过去,那藓苔就枯干了,难看得像是污垢片儿。恋人是不来的,爱情嫌这里荒寒;小孩儿是不来的,游戏嫌这里寂寞。偶尔一些老人来坐,却又禁不住风凉,踽踽返去了。

多少年来,我却深深地恋着这段石滩,只有我在那里长时间地坐过,长时间地做一些达不到边缘的回忆和放肆的想象。

八年前,我是个白面书生,背着铺盖卷儿,从那四面是山的村镇来到了城里;闹嚷嚷的地方,我是个才拱出蛋壳的小鸭,一身绒毛,黄亮亮的像一团透明的雾。我惊喜过,幻想过,做过五彩缤纷的梦。但是,几年过去了,做人的艰难,处世的艰难,我才知道了我是多么地孱弱!孱弱者却不肯溺沉;留给我的,便只有那无穷无尽的忧伤了。

忧伤,谁能理解呢?对于我的父母,我的亲朋好友,我说有了饥,他们给我吃的;我说有了渴,他们给我喝的;我说有了忧伤,他们却全不信,说我是不可理解的人。理解我的,便只有这段石滩了。

在遇到丑恶东西的时候,我没了自信,那石滩容得我静静坐着,它那起起伏伏的姿态和曲线,使我想起远在千里外的爱人了。我似乎又看见了她在早晨打开窗子,临着晨光举手拢着秀发的侧身,又似乎看见了她在晚霞飞起的田野,奔跑扑蝶、扭身弯腰的背影。于是,忧伤忘去了,心窝里充满了甜蜜,呼唤着她的名字,任一天的风柔柔地拂在脸上,到处散发着她的吻的情味,任漫空的星星闪亮在云际,到处充满着她的眼的爱抚。

在失去善美的时候,一个愁字如何使我了得!这石滩,又使我来专想静观了,它那恰恰好好的布局和安排,使我想起了家乡月下街巷屋顶的无数的三角和平面了。似乎又看见了我们做孩子的在里边捉迷藏，巷口的小花花，梳两条细细的辫子，常常身藏在墙后，辫子却吊在外边，我便将那头像画在墙上，辫子画得像老鼠尾巴一样难看。于是，忧伤忘去了，心窝里充满了甜蜜，呼唤着金色的童年，想那小花花长大了吗？还留着那个细辫子吗？如果那个头像画还在，做了大人的我们再见了，脸该怎么个红呢？

石滩就是这般地安慰我，实在是我灵魂的洗礼殿呢！但我总搞不清白，这是怎么回事呢？石滩总是无言，但一有忧伤石滩总是给我排解，这石滩到底是什么呢？

一日复有一日，我路过这段石滩，思索着，觅寻着，我知道这其中是有答案的，是有谜底的。

终有一日，我坐在这石滩上，看这一河石头，或高，或低，或聚，或散，或急，或缓，立立卧卧，平平仄仄，蓦地看出这不是一首流动的音乐吗？它虽然无声，却似乎充满了音响，充满了节奏，充满了和谐。想象那高的该是欢乐，低的该是忧伤，奋争中有了挫败，低沉里爆出了激昂，丑随着美而繁衍，善搏着恶而存生，交交错错，起起伏伏，反反复复，如此而已！这才有了社会的运动，生活的韵律，生命的节奏吗？这段石滩，它之所以很少水流，满是石头，正是在默默地将天地自然的真谛透露吗？正是在暗暗地启示着这个社会，这个社会生了育了的我的灵魂吗？

面对着石滩，我慢慢彻悟了，社会原来有如此的妙事：它再不是个单纯的透明晶体，也不会是混沌不可清理的泥潭；单纯入世，复杂处世，终于会身在庐山、自知庐山的真面目了，它就是一首流动的音乐,看得清它的结构,听得清它的节奏!试想,我还会再被忧伤阴袭了我的灵魂吗?我还会再被烦恼锈锁了我的手足吗?啊,我愿是这石滩上的一颗小小的石头,是这首音乐中的一个小小的音符,以我有限的生命和美丽的工作,去永远和谐这天地、自然、社会,人的流动的音乐!

陕西小吃小识录

序	羊肉泡	葫芦头	岐山面	醪糟
凉皮子	桂花稠酒	浆水面	柿子糊塌	粉鱼
腊汁肉	壶壶油茶	乾县锅盔	辣子蒜羊血	腊羊肉
石子饼	甑糕	钱钱肉	大刀面	油条
泡油糕	搅饭	圪坨	跋	

序

世说，"南方人细致，北方人粗糙"，而西北人粗之更甚。言语滞重，字多去声，膳馔保持食物原色，轻糖重盐，故男人少白脸，女人无细腰。此水土造化的缘故啊。今陕西省域，北有黄土高原，中是渭河平原，南为秦岭山地，综观诸佳肴名点，大体以历代宫廷、官邸和民间的菜点为主，辅以隐士、少数民族、市肆菜点演变组合而成，是北国统一风格中而有别存异。我出身乡下，后玩墨弄笔落入文道，自然不可能出入豪华席面，品尝高级膳食饮馔，幸喜的是近年来遍走区县，所到各地，最惹人兴致的，一则是收采民歌，二便是觅食小吃；民歌受用于耳，小吃受用于口，二者得之，山川走势、流水脉络更了然明白，地方风味、人情世俗更体察入微。于是，闲暇之间，施雕虫小技，录小识，意在替陕西小吃做不付广告费的广告，以白天下；亦为自己"望梅止渴"，重温享受，泛涎水于口，逗引又一番滋味再上心头是了。

羊肉泡

骨，羊骨，全羊骨，置清水锅里大火炖煮，两时后起浮沫，撇之遗净。放旧调料袋提味，下肉块，换新调料袋加味。以肉板压实加盖。后，武火烧溢，嘭嘭作响，再后，文火炖之，人可熄灯入睡。一觉醒来，满屋醇香，起看肉烂汤浓，其色如奶。此羊肉制法。

十分之九面粉，十分之一醇面。掺和，搓匀，揉到。做馍坯二两一个，若饦饦状，饦边起棱。下鏊烘烤，可悠悠温酒，酒未热，则开鏊，取之平放手心，在上搔搔，手心则感应发痒，此馍饼制法。

食客，出钱并非饭来张口，净手掰馍，碎如蜂臃（sá，头的别名）。一是体验手工艺之趣，二是会朋友谈艺文叙家常拉生意，馍掰如何，大、小、粗、细，足可见食者性情；烹饪师按其馍形，分口汤、干泡、水围城、单走诸法烹制，且以馍定汤，以汤调料，武火急煮，适时装碗。烹饪十年，身在操作室，便知每一进餐人音容相貌，妙绝比柳庄麻衣相师有过之而无不及。

西安五味巷有一翁，高寿七十。二十年前起，每日来餐一次，馍掰碎后等候烹饪，又买三馍掰碎，食过一碗，将掰碎的馍带回。明日，将碎馍烹饪，又买新馍掰。如此反复，不曾中断。临终，死于掰馍时，家人将碎馍放头侧入棺。

葫芦头

同于羊肉泡，异于羊肉泡，同者均为掰馍，异者一为羊肉，一为猪肉，猪肉又仅限于肠子。

史料载：孙思邈在长安一家专卖猪肠的小店吃"杂碎"，觉肠子腥味大，油腻多，问及店家，知制作不得法，遂告之窍道，留药葫芦于店家调味。从此，"杂碎"一改旧味，香气四溢，顾客盈门。店家感激孙思邈，特将药葫芦高悬门首，渐渐，葫芦头取其名。

葫芦头三道制作工艺，处理肠、熬汤、渝（pào）饣（sūn）。肠过十二次手续：授、捋、刮、翻、摘、回、再捋、漂、再捋、又再捋，煮，晾，污腥油腻尽脱。熬汤必原骨砸碎，出骨油汤水乳白，下肥母鸡一只，花椒、八角、上元桂，大火小火汤浓而止。渝时将肠切"坡刀形"，五片六片即可，排列在掰好的馍块上，滚汤浇，三四次，加熟猪油、味精、调料水。

南方人初见葫芦头，皆大骇，以为胃不可克，勉强食之，顿觉鲜香，遂大嚼不要命。有广东人在羊城仿法炮制，味则不及。

乡俗：身弱气柔人宜多食之，日入健壮。这恐怕是和药王孙思邈有关吧。

岐山面

岐山是一个县，盛产麦，善吃面条。有九字令：韧柔光，酸辣汪，煎稀香。韧柔光是指面条之质，酸辣汪是指调料之质，煎稀香是指汤水之质。

岐山面看似容易，而达到真味却非一般人所能，市面上多有挂假招牌的，欲辨其真伪，一观臊子燣（làn）法和面条擀法便知。

臊子，猪肉，必带皮切块，碎而不粥。起锅加油烧热，投之，下姜末、调料面煸炒。待水分干后，将醋顺锅边烹入，冲冒白烟。以后酱油杀之，加水，煮。肉皮能掐时，放盐，文火至肉烂舀出。擀面，碱和水，水和面，揉搓成絮，成团，盘起回饧。后再揉，后再搓，反复不已。而后擀薄如纸，细切如线，滚水下锅莲花般转，捞到碗里一窝丝，浇臊子，只吃面而不喝汤。

在岐山，以能擀长面者为女人本事，否则视之家耻。娶媳妇的第二天上午，专门有一个擀面的隆重仪式：客人上席后，新媳妇亲自上案擀面，以显能耐。故女儿七岁起，娘便授其技艺，搭凳子在案前使擀杖。

醪糟

醪糟重在做醅（pēi）。江米泡入净水缸内，水量以淹没米为度，夏泡八时，冬泡十二时。米心泡软，水控干，笼蒸半时，以凉水反复冲浇，温度降至三摄氏度以下，控水，散置案上拌曲粉，装入缸内，上面拍平，用木棍在中间由上到底戳一个直径约半寸的洞。后，盖草垫，围草圈，三天三夜后醅即成。

卖主多老翁，有特制小灶，特制铜锅。拉动风箱，噗噗作响，一头灰屑，声声叫卖。来客在灶前的细而长的条凳上坐了，说声："一碗醪糟，一颗蛋。"卖主便长声重复："一碗醪糟，一颗蛋——"铜锅里添碗清水，放了糖精，三下两下烧开，呼地在锅沿敲碎一颗鸡蛋打入锅中，放适量的醪糟醅，再烧开，漂浮沫，加黄桂，迅速起锅倒入碗中。

要问特点？酸甜味醇，可止渴、健胃、活血。

凉皮子

是夏天食品,三九寒天却有出售,吃者,男食客绝少,女人多,妙龄女人尤多,半老徐娘的女人更多。

制法:一斤面粉用二斤水,分三次倒入,先和成稠糊,再陆续加水和稀,加盐,加碱,稀浆用手勺扬起能拉成筷子粗细的条为宜。笼上铺白纱布,面浆倒其上,摊二分厚,薄厚均匀,大火爆蒸,气圆,约六七分钟即熟。将面皮从笼箅上扣在案上,每张面皮上抹一层菜油,叠堆一起晾凉后用摆刀切成细条。

卖主卖时并不用称,三个指头一捏,三下一碗,碗碗分量平等,不会少一条,多一条也不给。加焯过的绿豆芽,加盐,加醋,加芝麻酱,后又三指一捏,三条四条地在辣子油盆里一蘸放入碗上,白者青白,红者艳红,未启唇则涎水满口。

切记:吃凉皮子的别忘记带手帕,否则吃罢一嘴沿红色,有伤体面。

桂花稠酒

一、泡米:清水入缸,淹没江米,木瓢搅拌使脏物上浮撇而弃之,四时为宜。

二、蒸米:上笼,烧大火,熟烂达八成,离火,浇水,先米中间后笼周围，温度降至三摄氏度以下即可。

三、拌曲：平散摊开在案，撒曲面，拌，需均匀。

四、装缸：先置木棒一个，于缸中心，将米从四周装入轻轻拍压，后木心转动抽出，口成喇叭状。白布盖之，再加软圆草垫，保持三十摄氏度温，三天后酒醅即熟。

五、过酒：将缸口横置两个木棍，铜丝笊架其上，笊中倒多少酒醅，用多少生水几次淋下，手入酒醅中转、搅、搓、压，反复不已，酒尽醅干。

酒中放糖精，加桂花，加热烧开。

一般酒澄清，此酒黏稠；一般酒辣辛，此酒绵甜。乡民能喝，市民能喝，老人能喝，儿童能喝，男人能喝，女人能喝，健胃、活血、止渴、润肺。

相传太白饮此酒，成诗百篇。故历来文人到长安，专饮桂花稠酒。今有一学子欲做诗人，每次到酒店大饮觅灵感，但三碗下肚，则大醉，语无伦次，不识归路。

浆水面

"下里巴人"饭。不吃者绝不吃，喜吃者死都要吃。

城里人制浆：锅中添清水，一手持长筷，一手撒面，边搅边撒，搅匀烧开。将醋曲和洗净的芹菜放在缸里，烧开的面汤入缸内，日晒六七天，汤呈乳白色即可。乡下人制浆简单，泡半生不熟的萝卜缨子及白菜在瓮,将糁子稀饭的清汤倒几勺进去,六七天便成。

面条下锅,浆汇锅亦可,面捞碗浇浆亦可,以口味而定,但绝少不了荤油、蒜苗。冬吃能取暖,夏吃能消暑。万不能再加醋,有醋则涩,切记。

此食流行乡下,城市不多见,一向被视为贱食。殊不知浆水面味在于淡,淡方是食物本味、真味,饮食是卫护人的生命的,如果自视高雅,追求滋味精美,那将会本末倒置,反害了卿卿健康。曾风传:浆水致癌,此恶意中伤。

柿子糊塌

吃在临潼。

临潼有火晶柿,红如火,亮如晶,肉质细密,且无硬核。吃一想二,饱一人思全家。但季节有限,又不易带,遂柿子糊塌应运而生。

将软柿去皮摘蒂,放面盆中捣搅成糊,加入面粉,即为柿子面糊。

用铁片做手提,外凹中凸边高二厘米。

手铲将面糊摊入手提,一起入油锅,炸;面糊熟至五成,脱手提漂浮,翻过,炸;如此数次两面火色均匀便可食之。

但买者多有不忍吃的,颜色太金黄可爱,吃在口,又不忍细咬，半囫囵下肚，结果有烧了心的。

临潼人炸的糊塌味最佳，油锅前常围满人，便有一光棍只看不买，张大口鼻吸味，竟肥头大耳。

粉鱼

名曰鱼，其实并不似鱼，酷如蝌蚪。外地人多不知做法，秦人有戏谑者夸口为手工——捏制，遂使外人叹为观止。

秦人老少皆能做，以凉水加白矾将豆粉搓成硬团，后以凉水和成粉糊，使其有韧性。锅水开沸，粉糊徐徐倒入，搅，粉糊熟透，压火，以木勺着底再搅，锅离火，取漏勺，盛之下漏凉水盆内；"鱼"，则生动也。

漏勺先为葫芦瓢做，火筷烙漏眼；后为瓦制；现多为铝制品。

漏鱼可凉吃，滑、软，进口待咬时却顺喉而下，有活吞之美感。易饱，亦易饥。暑天有愣小子坐下吃两碗，打嗝松裤带，吸一支烟，站起来又能吃两碗，遂暑热尽去，腋下津津生风。

冬吃则讲究炒粉，平底锅烧热，淋少许清油，将葱花稍炒后，倒粉鱼炒，加糖色、调料，以瓷碗捂住，一二分钟后，色黄香喷即成。卖主见妇人牵小孩儿路过，大声吆喝，小孩儿便受诱不走，妇人多边喂小孩儿，边斥责小孩儿嘴馋，却总要喂小孩儿两勺，便倒一勺入自己口中。

腊汁肉

并不是腊肉，腊肉盐腌，它则是汤煮。汤，陈汤，一年两年，三代人四代人，年代愈久味愈醇色愈佳；煮，肉入汤锅，肉皮朝上，加绍酒、食盐、冰糖、葱段、姜块、大茴、桂皮、草果，大火烧开，小火转焖，水开圆却不翻浪。

食腊汁肉单吃可，下酒佐饭亦可，然真正欲领略其风味，最好配刚出炉的热白吉馍夹着吃，这便是所谓"肉夹馍"。是馍夹了肉，偏称肉夹了馍，买主为了强调肉美，也便顾不得语言的规范了，奇怪的是这个明显错误的名称全体食用者皆承认，可见肉美的威力了。

现在的城镇人最不喜欢吃肥肉，肉食店里终日在走后门拉关系站长队争买瘦肉，但此肉肥而不腻，瘦则无渣，深为食者所好，故近年来城镇经营者甚多，大街小巷随处可见店铺。

有上海女子来西安，束腰节食要苗条不要命，在一家店铺前踌躇半晌，馋涎欲滴却不敢吃，店主明白，大口咬嚼，满嘴流油，说："我家经营腊汁肉三代，我每日吃六个肉夹馍吃过五十年，你瞧我胖不堆肉，瘦不露骨。"女子连走了八十家店铺，见卖主个个干练，相信人的广告准确，遂大开牙戒。

壶壶油茶

深夜，城镇小巷有一点儿灯的，缓缓而来，那便是卖壶壶油茶。卖者多老翁，冬戴一顶毡帽，夏裤带上别一把蒲扇，高声吆喝，响遏行云。

所谓油茶，即面粉、调料面加凉水搅成稠糊，徐徐溜入开水锅中搅拌，匀而没有疙瘩，再加入杏仁、芝麻、籼米，微火边烧边搅。再加入酱油、盐面、胡椒粉、味精，微火边烧边搅。完全要用搅功，搅得颜色发黄，油茶发稠，表面有裂纹痕迹才止。

所谓壶壶，即偌大的有提手有长嘴的水壶，为了保温，用棉套包裹，如壶穿衣。犹在冬日，其臃臃肿肿，放在那里，老翁是立着的壶，壶是蹲着的老翁。

夜有看戏的、跳舞的、幽会的，壶壶油茶就成为最佳消夜食品。只是老翁高喊："热油茶！烫嘴的油茶！"倒在碗里却已冰凉。

乾县锅盔

关中八怪之一：烙馍像锅盖。盖为平面，盔为凸形，且硬，敲之嘭嘭，如石如铁。一年，有少年从外婆家携锅盔回，中途下冰雹，皆蛋大，砸死许多鸡羊，少年头顶锅盔，有安全帽之功能，行十里路，身无伤损，馍无破裂。

坚硬，食之却酥，没牙的老人尤其喜爱，窝窝嘴嚅嚅而动，愈嚼愈出味。

用料简单，若面粉十斤，水便四斤，碱面七钱，酵面可夏七两，冬斤半，春秋一斤。制法也简单，却必须下苦力，按季节掌握水温，先和成死面块，放在案下用木杠压，使劲压，边折边压，压匀盘倒，然后切成两块，分别加入酵面和碱水再压，再使劲压，直到人大汗淋淋，面皮光色润，用湿布盖严盘饧。饧起，面块分成每块一斤多重的面剂，推擀成直径七寸、厚约八分的圆饼，上鏊，三翻二转，表皮微鼓即熟。

锅盔铺里，卖主称馍不用手折，而以刀割，刀是长叶马刀，割是斜面削割，大显大家风度。历来卖锅盔的未遭他人抢窃，刀具使一切歹人生畏，锅盔也随时能够当盾。

据乡里传，锅盔为古军人所创。极是。

辣子蒜羊血

将羊扳倒，白刀子进，红刀子出，热血接入盆中。用马尾箩滤去杂质，倒进同量的食盐水，细棍搅之，匀，凝结成块后改切成较小的块，投开水锅煮，小火，血固如嫩豆腐，捞出，呈褐红色，舌舔之略咸。

至此羊血制成，可泡在清水盆里备用。

清晨，或是傍晚，食摊安在小巷街头，摆设十分简单，一个木架，架子上是各类碗盏，分别放有盐、酱、醋、蒜水、油泼辣子、香油。木架旁是一火炉，炉上有锅，水开而不翻滚，锅里煮的是切成小方块的羊血。羊血捞在碗里，并无许多汤，加各类调料便可下口了：羊血鲜嫩，汤味辣、呛、咸，花椒、小茴香味蹿扑鼻。

　　咸阳有一人，可以说什么都不缺，只是缺钱；也可以说什么都没有，只是有病。病不是大病，体弱时常感冒。中医告之：每日喝人参汤半碗，喝过半月即根除感冒。此人拍拍钱包，一笑了之。卖辣子蒜羊血的说：买羊骨砸碎熬汤每早喝一碗，再每晚吃羊血一碗吧。如此早晚不断，一月后病断。

腊羊肉

　　一九〇〇年，庚子事变，慈禧太后仓皇出逃，避难西安，一日坐御辇经城内桥梓口坡道，闻香停车，问：何处美味？答：铺里煮羊肉。便馋涎欲滴，派人购买，尝之大喜，后赏金字招牌："辇止坡"。

　　辇止坡的羊肉便是腊羊肉。本是百姓食物，太后竟也辇止；而在这以前，百姓更是早已马止、步止，故此食品更朝换代数百年流传不失。

　　制作此肉一腌：大瓷缸倒入井水，羊肉，带骨鲜羊肉，皮面相对折叠而放，撒精盐、芒硝，夏腌一至两天，春秋腌三至四天，冬腌四至五天，腌到肉里外色红。二煮：倒老卤汤多少，倒清水多少，辅花椒、八角、桂皮、小茴香为料，旺火烧开，羊肉下锅，老嫩分别，皮面朝上，再烧开放盐，而后加盖，武火文火煮四五个小时至肉烂。三捞：撇净浮油，将火压灭，焖半小时待汤温下降，用长竹棍挑肉，放入瓷盘。四浇：肉皮面上平放盘中，用原汁汤冲浇数遍，再小心以净布揩干。

因为是当年慈禧所留的遗风吧，此肉渐渐进入上流宴席，且趋热愈来愈甚，已大有攀高枝之德行。近多年更有人以此作后门的见面礼，致使声名大坏。

录者声明：有人曾非议腊羊肉，建议将其开除出小吃之列。但念其毕竟街巷有卖；况且，以送腊羊肉走后门，罪应在送肉人而不在腊羊肉本身，故不从。

石子饼

二十世纪七十年代，关中一农民有冤，地方不能伸，携此饼一袋，步行赴京告状。正值暑天，行路人干粮皆坏，见其饼不馊不腐，以为奇。到京，坐街吃之，市民不识何物，农民便售饼雇人写状，终于冤案大白。农民感激涕零，送一饼为其明冤者存念。问：何饼？说：石子饼。其饼存之一年，完好无异样，遂京城哗然。

此饼制作：上等白面，搓调料、油、盐，饼坯为铜钱厚薄。将洗净的小鹅卵石在锅里加热，饼坯置石上，上再盖一层石子，烘焙而成。其色如云，油酥咸香。

同州人尤擅长此道，家家都有专用石子，长年使用，石子油黑铿亮。据传，一家有二十多年的油石子，到二十世纪六十年代，遭灾，无面做饼，无油炒菜，每次熬萝卜，将石子先煮水中便有油花，以此煮过两年。

甑糕

甑糕，用甑做出的糕也。甑为棕色，糕有枣亦为棕色，甑碗小而瓷粗，釉彩为棕色，食之，色泽入目，和谐安心。

做甑糕有四关：一泡米，米是糯米，水是清水，浸一晌，米心泡开，淘洗数遍，去浮沫，沥水分。二装甑，先枣子，后米，一层铺一层，一层比一层多，最后以枣收顶。三火功，大火煮半晌，慢火煮一晌。四加水，一为甑内的枣米加温水，使枣米交融，二为从放气口给大口锅加凉水，使锅内产生热气冲入甑内。

吃甑糕易上瘾。有一作家，黎明七点跑步，八点赴甑糕摊吃三碗，返回关门写作至下午四点方停歇，数年一贯，写书十年，体壮发黑眼不近视。

钱钱肉

此肉知道的人多,品尝的人少,据说,即便在盛产的西府,一县之主每年也只有支配一个正品的权力。一般人便只能享用到此肉的下品了。

下品者,腊驴腿。将失去役力的驴,杀之,取其四腿,挂架晾冷,淋尽血水,切块,分层入瓮,每层加土硝、食盐,最后压以巨石。越旬日取出,挂阳光下曝晒,等其变干,再以石块反复压榨,排尽水分,用松木水加五香调料煮熟。取出,用驴油及煮肉之原汁掺和,再加温,肉块在油汤中提提浸浸,然后将肉块晾至呈霜状之色。

人言:吃五谷想六味。腊驴腿下酒之后,便鼻沁微汗,口内生津,故猜钱钱肉的正品不知何等仙品六味!钱钱肉正品据说更味美,且补虚壮阳,但却不是一般人所能吃到,因其价昂且要有地位才能买到。

钱钱肉正品何物炮制?叫驴之生殖器也。

大刀面

最有名的在铜川。

刀:长二尺二寸,背前端宽三寸,背后端宽四寸,老秤重十九斤。

切：右手提刀，左手按面，边提边落，案随刀响，刀随手移。

面：搓成絮，木杠压，成硬块，盘起回饧，擀开一毫米厚薄后拎擀杖叠起成半圆形。

艺高者胆大，挥刀自如，面细如丝，水开下锅，两滚即熟，浇上干燧肉臊子，一口未咽，急嚼第二口，一碗下肚，又等不及第二碗，三碗吃毕，满头热汗，鼻耳畅通，还想再吃，肚腹难容，一步徘徊，怏怏离去。

铜川出煤，下矿井如船出海，乡俗有下井前吃长面，以象征拉魂。故至今矿区多集中大刀面馆。外地人传：卖大刀面的多姓关，是关公后世，或姓包，是包公后裔。此言大谬。铜川东关一家卖主，夫姓华，妇姓陈，皆是关公包公当年所杀之人的姓氏。问及手艺，答：祖传。再问：先祖出身？则马场铡草夫。

油条

油条为极普通之食品，小说中描写旧中国工人生活贫困，即言其食。

"大饼油条"。但不料十年浩劫之中，区区油条居然也成了"珍品"，好在这已是过去的事。

油条的原料为：面粉十斤，碱面一两，食盐二两，菜籽油三斤，白矾一两半。将盐、碱、矾溶化在六七斤温水里，后徐徐倒入面内和成絮状，再扎成面团，窝二十分钟后再揉和一遍，至面色光亮，再窝。炸时，切面一块于案板上，捋成长条。有走槌，两头细中间粗的物件，擀成宽二寸厚二分的长条片，那么三指头一蘸，将油条来回一抹，快刀横剁为若干小条。而小条有阴阳，两个一叠用筷子一压，逼使结合，再两手提起摔打拉长约一尺时，捏紧两头入油锅。

其做法真令人想起包办婚姻，但经油一炸，两根面条相缠相粘，合二为一，活该是先结婚后恋爱了。

吃油条必喝豆浆。

西安北大街一卖主讲，来他店里食客多为夫妇，一人一碗浆，两根油条，而常有一男一女买两碗浆一根油条的，你吃半截，我吃半截，这必为少男少女，初恋情人也。

泡油糕

清花水一斤六两，熟猪油五两，上等面二斤，水烧开油搅匀形如乳浊状烫火面成团。凉开水五两，掺入面团揉搓不已，使溶胶状为凝胶状，包馅料入油锅。炸出，色泽乳白，表皮膨松，形似一堆泡沫，恰如蝉翼捏成。

吃泡油糕，不可性急。性急者，咬一口便咽，易烫前心。糖馅溢流顺胳膊到肘部，扬肘用舌舔之，手中油糕的糖馅则又滴下，烫痛后心。

揽饭

南瓜老至焦黄，起一层白灰的，摘下洗净切为小块，于日头下晾晒半晌。绿豆当年收获、饱满锃亮如涂漆的，簸净淘搓三四次，用温水浸泡一晌，起火烧锅，绿豆在下，南瓜在上，水与南瓜平齐。以蒸布蒙锅盖，小火半晌，揭盖用铲子将绿豆南瓜搅混捣为粥状，即成。

此食做法简易，重在选料。虽看来不伦不类，食之却甜而鲜香。

揽饭流行于秦岭山区，但平日不易吃到。吃则须贵客上门。冬食之可暖胃，夏食之能祛暑。有中医鉴定：久吃此食，身不出疮疥，足不得脚气。

圪坨

圪坨，陕北语，关中称麻食、猴耳朵。以荞面为料，掐指蛋大面团在净草帽上搓之为精吃，切厚块以手揉搓为懒吃。圪坨煮出，干盛半碗，浇羊肉汤，乃羊腥圪坨。

吃圪坨离不开羊肉汤，民歌就有"荞面圪坨羊腥汤，死死活活紧跟上"之句。

圪坨是一种富饭，羊肉汤里有什么好东西皆可放，如黄花、木耳、豆腐、栗子。

此物有一秉性：愈剩愈热愈香。但食之过甚则伤胃，切记。

跋

古人讲：君子谋道，小人谋食；在《陕西小吃小识录》的写作中，我几次为我的举动可笑了。却又一想，未必，吃是人人少不了的，且一天最少三顿，若谋道不予食吃，孔圣人也是会行窃的，这似乎就如封建年代里苏东坡所说的，为官并不就是耻事，不为官并不就是高洁一样。更有一层，依我小子之见，吃也是一种艺术。中国的饭菜注重色、形、味，这不是同中国画有一样的功能吗？当物质的一番滋味泛在口中，而精神的一番滋味泛在心头，这又是多么于人生有实益的事情啊！

陕西这块浑厚的黄土，因地域不同，民族不同，物产不同，气候不同，构成了它丰富奇特的习尚风俗，而各地的小吃正是这种习尚风俗的一种体现。由此，当我在做陕西历史的、经济的、文化的考察时，小吃就不能不引起我的兴趣了。十分庆幸的是，兴趣的逗引，拿笔作录，不期而然地使我更了解了我们陕西，了解了我们陕西的人的秉性，也于我的创作实在是有了匪浅的受用呢。

需要声明的是,《陕西小吃小识录》陆续在《西安晚报》刊出后,外地很有些读者食欲受刺激,来信要来陕西,一定要逐个去吃吃品品,而一些烹饪学会一类的专门组织又邀我去做顾问,真以为我是能做善吃的角色。这便大错了。老实说,我是什么饭菜也不会做的,于吃又极不讲究,只是我请教了许多小吃师傅,用文字记录下来罢了。而这种记录,又只能是陕西小吃的十分之一还要少,又都是我个人自觉得好吃好喝的。这实在是一件遗憾的事。

所以,当我这个专栏结束之后,真希望每一个小吃师傅动手做了别忘了来写,每一个食客动口吃了亦别忘了来录。这么扩而大之,广而久之,使天下人都能吃在陕西,写在陕西,艺术享受在陕西,爱在陕西。

- 全书完 -

诸神充满

产品经理 | 黄圆苑　　装帧设计 | 林　林
　　　　　张　越　　技术编辑 | 丁占旭
责任印制 | 陈　金　　策 划 人 | 于　桐

图书在版编目（CIP）数据

诸神充满 / 贾平凹著. -- 北京：北京联合出版公司，2021.7
ISBN 978-7-5596-5318-5

Ⅰ.①诸… Ⅱ.①贾… Ⅲ.①散文集 – 中国 – 当代 Ⅳ.①I227

中国版本图书馆CIP数据核字(2021)第105671号

诸神充满

作　　者：贾平凹
出 品 人：赵红仕
责任编辑：夏应鹏
封面设计：林　林

北京联合出版公司出版
（北京市西城区德外大街83号楼9层　100088）
天津丰富彩艺印刷有限公司印刷　新华书店经销
字数217千字　880毫米×1230毫米　1/32　10.5印张
2021年7月第1版　2021年7月第1次印刷
ISBN 978-7-5596-5318-5
定价：58.00元

版权所有　侵权必究
未经许可，不得以任何方式复制或抄袭本书部分或全部内容
本书若有质量问题，请与本公司图书销售中心联系调换。电话：021-64386496